I0646654

GUSTAVE BABIN

# Après Faillite

## SOUVENIRS

## de l'Exposition de 1900

PARIS

DUJARRIC ET Cⁱᵉ, ÉDITEURS

50, RUE DES SAINTS-PÈRES, 50

1902

*Mon cher Crozal, pour
tardif que soit l'envoi;
croyez que le témoignage de
cette amitié que vous
porte a relame, tout égard
vous faites si gracieux, n'en
est pas moins très sincère.*

# Après Faillite

GUSTAVE BABIN

✳✳

# Après Faillite

## SOUVENIRS

## de l'Exposition de 1900

« Il faut que l'Exposition universelle de 1900
« soit la philosophie et la synthèse du siècle ;
« qu'elle ait à la fois grandeur, grâce et beauté ;
« qu'elle reflète le clair génie de la France ;
« qu'elle nous montre, de même que par le
« passé, à l'avant-garde du progrès ; qu'elle
« honore le pays et la République ; que nous
« y apparaissions comme les dignes fils des
« hommes de 1789.
                    M. ALFRED PICARD
            Commissaire général de l'Exposition de 1900

FONDS
LE SENTIER
22633

## PARIS

## DUJARRIC ET Cie, ÉDITEURS

50, RUE DES SAINTS-PÈRES, 50

1902

Seine 3039

Ce volume devait voir le jour en juillet 1900. Cela intéresserait peu ses lecteurs de savoir quelles vicissitudes ont retardé son apparition.

Je le livre tel qu'il fut conçu, tel qu'il fut écrit. Pourtant, en le relisant, je m'étonne de le trouver si modéré. J'ai vu et appris tant de choses, tant de mes jugements se sont modifiés depuis les jours où j'y travaillais !

Malgré les généreux efforts de la plupart de ceux qui s'étaient voués à son succès; malgré l'éclatante preuve de vitalité qu'y donnait le génie français; en dépit des hyperboliques vantardises des discours après boire; en dépit des menteuses congratulations officielles, l'Exposition de 1900 a été, au propre comme au figuré, une faillite énorme, une calamité publique telle qu'on n'en avait pas vue de comparable depuis le Panama. Et l'on s'explique à merveille qu'un homme politique facétieux, demandant sa prolongation, ô ironie! ait pu invoquer le précédent des « jeux isthmiques ».

Je montrerai, de chapitre en chapitre, comment les organisateurs ont tenu leurs promesses, synthétisées dans cette phrase inélégante du premier en grade d'eux tous choisie comme épigraphe de ce travail.

Par un côté surtout, l'Exposition aura été vraiment représentative des façons et de l'esprit de cette fin de

siècle : par la prodigieuse, par la déconcertante mufflerie
de son Administration supérieure, et surtout de l'homme
qui a, — je n'ose pas dire dirigé sa préparation. car vous
savez, de reste, comme elle fut préparée! — mais qui
en a surveillé, du moins, les travaux.

Pour tous ceux qui l'ont suivie de près, l'organisation
de l'Exposition de 1900 a été l'une des manifestations les
plus décourageantes, les plus démoralisatrices dont ils
puissent garder le souvenir : la duplicité érigée en instrument de règne; l'hypocrisie devenue institution d'État;
l'incapacité au grand jour étalée, emmirlitonnée, plus tard,
de grands cordons et de rubans; des comédies de vertu
masquant une rapacité sordide, une soif insatiable de cha-
marrures et d'honneurs, de hochets, de clefs d'or; le renom
d'urbanité de la France compromis par des exigences
financières éhontées; le mépris affiché des collaborateurs
mêmes les plus zélés; une ingratitude cynique témoignée
aux ouvriers les plus distingués de l'œuvre commune, tel
est l'affligeant spectacle qu'on eut dans les coulisses. Ah!
les douloureuses confidences, les amères confessions que
j'ai recueillies!

Et quant au résultat final, vous le connaissez : des
désastres financiers sans nombre, des millions inutilement
engloutis, des deuils, des désespoirs, la Morgue réalisant
le maximum et recueillant cent cinquante cadavres de
plus que dans les années moyennes. Il n'y eut pas, hélas!
que les couronnes que se tressa M. Alfred Picard qui
firent monter le cours des immortelles!

Mais la justice inéluctable du sort fournit aux victimes
d'éclatantes revanches, par bonheur. Et cette entreprise,
organisée, eût-on dit, tout exprès au profit d'un seul, a
tourné à sa confusion profonde. Les solennels bavardages
de la tribune et du Conseil d'État n'y changeront rien :
après avoir formé les espérances les plus folles; après

avoir, un temps, avec cette inconscience du ridicule qui est
un de ses avantages, rêvé de chausser, à l'Élysée, les pan-
toufles toutes chaudes de Félix Faure, et même intrigué
pour y parvenir, — et cela, il fallait qu'on le sût, —
M. Alfred Picard abandonne l'aventure, amoindri, dégon-
flé, à plat.

Je ne m'illusionne pas, d'ailleurs, et je sais bien
qu'après s'être dispensé dans la préface, qu'il s'est réser-
vée, du Rapport général, un copieux tribut d'éloges, sans
doute, et cependant que nous peinerons pour solder l'ad-
dition qu'il aura oubliée sur la table, — le déficit avoué,
et partant inexact, dépasse deux millions, — « l'Homme
Éminent », chargé déjà de plus de titres qu'un évêque
n'en bénirait, va se remettre à son travail de taupe vers
quelque sinécure nouvelle. Qu'est-ce que cela peut bien
faire à ce pays qui, de par l'énergie et la foi, de par la
vaillance et l'ingéniosité de tous ses enfants, de par la
vertu de sa prodigieuse intelligence, sort de là grandi,
admiré et enrichi de quelque gloire, — qu'il n'avait pas
mendiée, lui ?

PREMIÈRE PARTIE

La Genèse

# I

Mars 1900.

Donc, on a voulu que ce vieux siècle agonisant sombrât dans
un rayonnement d'apothéose, et que son déclin fût pareil à un
crépuscule d'astre, à un coucher de dieu. Eh bien! franchement,
ce beau spectacle nous était dû, en dédommagement de tant
d'angoisses, de deuils, de déceptions. C'est proprement la féerie
où l'on conduit les enfants sages. Nous l'avons méritée. Et si,
même, quelques lazzis devaient troubler la sérénité de cette fin
décorative, si quelques éclats de gaieté en devaient altérer la solennité, nous aurions tort, je crois de nous indigner : le moribond
fut, durant sa carrière, assez peu folâtre; il devient temps, justes
cieux, qu'il se rattrape! Une Exposition tout uniment synthèse et philosophie des cent dernières années passées, selon la
parole de M. Alfred Picard reproduite en épigraphe à la première
page de ce volume, serait peut-être une fête morose. Mieux eût
valu baisser bien vite le rideau. Grandeur! grâce! beauté! J'ai
très peur que M. le Commissaire général n'ait voulu justifier le
renom que, si pieusement, lui ont établi ses familiers et ne se
soit efforcé de contempler ce pauvre siècle qui s'en va avec une
excessive indulgence : ainsi nous jugeons sans rigueur, à l'heure
où ils disparaissent, les actions et la vie de ceux-là mêmes que
nous avons aimés et estimés le moins. A tout chevet mortuaire la charité devient simplement décente. Et puis, il faut se

rappeler et méditer le mot d'Hamlet : « Si chacun, jamais, n'était traité que selon ses mérites, qui donc échapperait aux étrivières ? »

Va donc pour l'apothéose et pour la déification !

Au surplus, nous verrons à chaque pas combien les réalisations, en ce bas monde, sont toujours loin des intentions.

On nous a promis une Exposition grandiose, gracieuse et belle. Elle est avant tout immense.

En se mettant à l'œuvre, on nous a dit, non sans orgueil : « Cette Exposition, dont nous voulons vous éblouir, aura cent huit hectares de superficie, alors que sa devancière n'en avait que quatre-vingt-quinze, et elle couvrira juste six fois le terrain qu'occupait la première de nos expositions universelles, en 1855. Que si cette emprise formidable sur la ville ne lui suffisait pas, nous sommes prêts à aller chercher hors des remparts l'espace qu'il faut à cette géante pour étendre à l'aise ses membres, dussions-nous la dépecer. »

Et l'on a fait comme on avait dit.

Cent huit hectares ! Ce n'est qu'un nombre, et, sans doute, cela ne dit rien de bien précis aux esprits mêmes les plus mathématiques.

Je n'ai eu, quant à moi, la conception nette de l'étendue que représente ce chiffre, et de l'effort démesuré qu'il a fallu pour bâtir, sur un pareil terrain, tant de palais et tant de kiosques, de pavillons et de pagodes, qu'un soir du dernier automne.

J'avais accompagné, jusqu'en haut de l'un des pylônes qui encadrent sa Porte monumentale, l'architecte René Binet. Ces deux pylônes, fichés comme deux cierges à l'entrée de la grande foire, sont déjà une indication, un symptôme de la monomanie du colossal qui nous tient, et dont l'Exposition tout entière est la plus probante manifestation. Leurs flammes, vers lesquelles les peuples vont se ruer, affolés, éblouis, des confins du monde, comme des alouettes de mer sur la lanterne d'un phare, leurs flammes hypnotisantes, monstrueuses, rayonneront dans l'azur sombre des nuits à quarante-cinq mètres de hauteur. Il semble qu'on n'ait eu, en les dressant là, d'autre ambition que d'humilier, d'écraser de ces deux torches géantes, l'obélisque de

Louqsor, debout au milieu de la place de la Concorde, qui ne
leur va pas à mi-corps. Mais la svelte aiguille a pour elle la
durée, n'ayant pas la masse. Après plus de trois mille ans
écoulés, elle évoque encore les splendeurs abolies de Thèbes
aux Cent Portes, et les mystérieux hiéroglyphes entaillés dans
le granit rose de Syène rediront au siècle qui va se lever la

gloire de Ramsès II,
« Maître du monde »,
alors que les deux mi-
narets de clinquant, dé-
couronnés de leurs ai-
grettes électriques, au-
ront depuis longtemps
jonché le sol de leurs
débris. Peut-être ces
deux monuments plan-
tés en face l'un de l'au
tre, la Porte et le mono
lithe, sont-ils très sym-
boliques. Nous faisons
grand. Faisons-nous
durable? La piété des
âges à venir voudra-t-

elle recueillir, comme nous avons fait nous-mêmes de ce
débris dépareillé, les œuvres de nos mains? Le pourra-t-elle?

Ce soir où je gravis l'un des pylônes, ils étaient loin, tous
deux, d'être achevés encore. Ils aventuraient dans l'air épaissi
déjà de primes brumes, dans le vent déjà âpre, de chancelantes
ossatures de fer, peintes d'un brutal minium, qui détonnaient
étrangement parmi les tons mourants de ce crépuscule d'octobre,
nues mauves, ville grisâtre, fleuve livide, rouille précoce des
arbres.

Il fallait se couler, tout recroquevillé, par une étroite cheminée aux parois ajourées; tantôt se hisser sur des échelons mal
rabotés, tantôt s'arc-bouter aux croisillons de métal, aux entretoises de la charpente. On arrivait ainsi, à quarante mètres de
hauteur, sur une étroite plate-forme de planches qui ceignait le

pylône, tout près de sa pointe, et qu'on avait accroché là pour
permettre aux mouleurs de monter les staffs décoratifs, et, plus
tard, aux peintres de les badigeonner, fragile support qui
vacillait au souffle de la brise.

Mais, de là-haut, quel admirable panorama, et comme on
était payé de ses peines !

Tout Paris reposait, frémissant, sous nos pieds, au fond de
son cirque d'onduleux coteaux, sous sa délicate atmosphère vaporeuse, sous son tendre ciel auquel nul autre ciel n'est comparable en douceur, amas moutonnant de maisons haché d'entailles
profondes par les avenues, par les boulevards, par les rues, et,
çà et là, dominé par les masses altières des monuments, arcs
triomphaux, flèches suppliantes, vénérables palais aux frontons
auréolés de gloire.

Et c'est de là que, tourné vers le couchant, tandis que, derrière moi, tout le passé, Louvre solennel, cathédrale auguste,
noire prison, s'endormait dans la pénombre montée de l'Orient,
j'eus la vision soudaine de l'énormité, de la brutalité du monstre
qui naissait.

Au milieu de la buée violette épandue sur la vieille ville,
baignant là-bas les plaines environnantes, déferlant en vapeurs
pourprées jusqu'à l'horizon sombre, la cité nouvelle, blanche et
fardée, m'apparut semblable à une courtisane allongée en un lit
d'hyacinthe, des points d'or étincelant à son front ainsi que des
sequins, des virgules de rouge avivant ses joues de l'éclat fugace
des cosmétiques.

Immense, insolente, elle envahissait les deux rives de la
Seine, éventrant pour se faire place, avec une audace de haren-
gère, les vieux bosquets à demi-défeuillés, culbutant comme un
gêneur l'honnête palais de l'Industrie, dont les fragments encore
debout, mornes, criblés d'éraflures et de plaies, semblaient
trembler d'angoisse dans l'attente de la hache et de la pioche.
Avec l'arche géante du pont, badigeonnée, eût-on dit, de sang
vermeil, elle enjambait d'une berge à l'autre, se répandait sur
l'Esplanade jusqu'au pied du dôme de Mansard, noble, dédai-
gneux, empli d'une clarté d'azur; elle déferlait d'un côté,
moins criarde, dans le lointain, à travers le brouillard du soir,

sur tout le Champ de Mars, d'où la tour Eiffel jaillissait comme
un phare, jusqu'au pied des arcs géants de la galerie des
Machines; de l'autre, elle venait battre de la marée de ses murs
blafards, de ses minarets, de ses dômes, la colonnade en hémicycle du Trocadéro, la base des deux tours jumelles casquées
d'armets sarrazins; elle submergeait les rues, les places; elle
hérissait les quais ici des arceaux menus de deux immenses
serres, là de clochetons gothiques, de pignons moyenâgeux,
de tourelles en poivrière, en face d'un prodigieux amas de charpentes. On n'en pouvait embrasser d'un coup d'œil l'immensité. C'était une vision confuse de palais ébauchés, de colonnades imparfaites, de campaniles dégrossis à peine, d'arcades
boiteuses, de rudiments de coupoles, de carcasses, d'écha-
fauds; et cette masse empruntait à son état d'inachèvement,
quelque charme, presque de la grâce.

A cette heure équivoque, dans la vapeur montée du fleuve,
les squelettes des bâtisses pittoresques de la « rue des Nations »
au quai d'Orsay, devenaient surtout séduisants. Le dessin ne
s'en accusait pas encore; on ne distinguait qu'un enchevêtrement babélique de poutres et de sapines, quelque chose de
vague et d'aérien, de confus et qui faisait songer aux chimériques
architectures de Piranèse, ou bien au délicat lacis des mâtures
dressées dans l'atmosphère trouble d'un port, ou encore à ces
fallacieuses apparitions de minarets, de mosquées, de remparts,
que le mirage fait surgir des sables roses du désert ou des pro-
fondeurs glauques de l'Océan. Toutes les formes s'entremêlaient
à l'aventure : tours carrées, clochers effilés, dômes byzan-
tins, des terrasses près de toits à redans; tous les styles aussi,
nous devions le reconnaître plus tard : la Renaissance près du
Louis XVI, et près de styles qui n'ont de nom dans aucune langue. Pour le moment, on n'y prenait pas garde, amusé par le
caprice de ces charpentes, par les arabesques étranges de cette
dentelle de bois. Hélas! combien de ces échafaudages n'avons-
nous pas regretté, au jour où se sont montrées à nous dans leur
vulgarité, dans leur platitude, telles des façades qu'ils envelop-
paient d'un peu de mystère, dont ils masquaient la hideur
comme fait un voile nuptial d'un visage banal d'épousée ! Où

sont ces charpentes que l'imagination revêtait d'idéales maçonneries, que la fantaisie habillait de murs harmonieux !

Et puis une impression l'emportait sur toutes les autres,
celle de l'énormité de cette Mecque improvisée, germée du sol
de Paris en trois ans, et vers laquelle allait pérégriner bientôt
tout ce qui, dans les deux hémisphères, a soif de bacchanales
et de bamboches.

Une hésitante braise qui couvait au bas du ciel se réveilla
soudain sous la cendre grise des nuées ; un jet de flamme ardente
jaillit, mince comme une lame, auréola d'une lueur la cime
pensive de l'Arc de Triomphe, alluma une aigrette au faîte de
la tour Eiffel et des deux tours enturbannées du Trocadéro ;
mais pas un reflet n'en tomba jusqu'à la monstrueuse cité de
plaisir. L'ombre qui la gagnait l'agrandissait encore, en reculait
à l'infini les limites incertaines. Et quand toute lumière fut
morte là-haut, je ne distinguai plus, aux deux rives du fleuve,
terne miroir que rayaient, çà et là, des sillages, qu'une vaste
tache crayeuse et qui semblait s'étendre, toujours s'étendre
davantage et ronger comme une dartre le vieux Paris bruissant,
insensible à son mal, dans l'attente des joies promises.

*

Oui, cette Exposition est colossale ; et c'est là un des côtés,
peut-être, par lesquels elle flatte le mieux l'une de nos manies
favorites : l'amour de l'énorme, du démesuré, le respect profond
pour ce qui est hors d'échelle. Mais sous ce rapport même, elle
ne saurait pourtant être guère plus significative, plus symbolique que sa devancière, l'Exposition de 1889, donnant naissance à ces deux monstres de fer : la Galerie des Machines et la
Tour Eiffel.

Le culte de l'anormal en étendue a fait cependant des progrès certains.

Il faut aller en chercher la preuve dans la liste des projets
présentés à l'Administration, des idées de « clous » soumises
aux autorités compétentes ; — car, depuis cinq ou six ans au
moins, bon nombre de Français, sans parler des étrangers,

n'ont plus guère en tête que cette préoccupation unique : trouver le « clou ».

L'un proposait la création d'un cadran d'horloge de 200 mètres de diamètre, dont le centre eût été au niveau de la troisième plateforme de la Tour Eiffel; l'autre d'un manège de chevaux de bois de 1.200 mètres de circonférence; un Américain, se rencontrant avec le Parisien plus haut mentionné, s'offrait à doter son horloge du timbre approprié, apportait comme contribution à la fête, une « grande cloche »; un Anglais suggéra l'idée d'une « roue gigantesque », — que nous n'avons pu éviter, hélas ! — et d'une « grande balançoire », — cœur insatiable, à qui ne suffisent pas les balançoires courantes ! — Les lunettes monstres, les microscopes gigantesques étaient en nombre aussi dans la liste, sans parler du télescope qu'on a réalisé au Champ de Mars et que l'appellation de « Lune à un mètre » a vite popularisé. Deux citoyens de Hull (Angleterre) se disaient inventeurs d'un « appareil géant », sans autre désignation, ses folles dimensions constituant précisément son mérite. Celui-ci voulait faire de la tour de 300 mètres une « gigantesque cascade »; celui-là rêvait d'un « Colosse de Paris », à l'imitation du Colosse de Rhodes; cet autre encore était hanté de la vision de montagnes russes charroyant, avec un bruit d'enfer, des wagons du toit du Trocadéro au sommet de la Tour Eiffel. Sans parler des statues grandes comme le monde, des tours babéliques, des arcs en-ciel, des parasols capables d'abriter un corps d'armée en manœuvres, des globes terrestres d'une lieue de tour, et de tant d'autres saugrenuités énormes, bouteilles, abat-jour, fontaines, ballons, colonnes.

Les mots « géant », « colossal », « gigantesque », « vaste », « immense » reviennent à chaque page, et plusieurs fois, dans ces listes étonnantes. La moitié des idées oscillent entre des trous sans fond et des cheminées dont la tête se perd dans les nues.

Des fous? que non pas. Les réflecteurs des préoccupations et des goûts ambiants; — des précurseurs, peut-être.

Cette mégalomanie a son écho encore dans les idées suggérées à l'Administration par des architectes, des ingénieurs,

gens, cependant, par profession, fort graves et fort positifs, lorsqu'il s'agit de déterminer l'emplacement de la future Exposition. Il en est, parmi eux, qui vont trouver ridiculement
mesquine la foire d'aujourd'hui; ceux, par exemple, qui ambi-
tionnaient de la voir s'étaler sur des 300, 350, et jusqu'à
560 hectares !

Enfin, l'Administration elle-même, la sage Administration,
n'a-t-elle pas subi pareillement cette hantise de l'immense et du

L'AVENUE NICOLAS II

disproportionné, au temps où elle songeait à donner au Pont
Alexandre III jusqu'à 100 mètres de largeur? quand elle traça,
à travers les Champs-Élysées, cette percée « monumentale » de
90 mètres d'ouverture, entre les deux palais des Beaux-Arts ?
quand elle édifia ces deux cheminées non moins monumen-
tales, parce que non moins énormes, qui se dressent, géantes
d'entre-sort aux atours trop voyants, de chaque côté du Champ
de Mars, aux deux extrémités de la galerie de la Force motrice?
quand elle s'évertuait à rééditer, mais amplifié, mais multiplié
jusqu'au colossal dans le Château d'Eau le sortilège charmant
des fontaines lumineuses? quand elle se vantait d'avoir exécuté,
au grand palais des Beaux-Arts, les deux frises les plus vastes
qu'on connaisse, opposant, à défaut d'autres avantages, leur

surface à celle dix fois moindre des frises de Jean della Robbia,
à Pistoïa ? quand elle fit pousser sous cloche, enfin, dans le hall
de l'ancien palais des Machines, le mutilant, cette salle des Fêtes
capable de contenir vingt-cinq mille personnes ? Tenez bien
pour certain qu'elle se sent plus honorée de pouvoir citer de
gros chiffres, de ces chiffres qui étonnent et laissent béant
l'auditeur ou le lecteur, qu'elle ne le serait d'avoir, par impossible, doté Paris d'un nouveau chef-d'œuvre d'art. A ce point de
vue, la joie qu'elle éprouva de proclamer l'excédent de superficie de 13 hectares de cette Exposition sur la précédente fut son
premier triomphe, et le plus doux. Et les peuples le compri-
rent ainsi, émerveillés.

Le seul point intéressant pour notre amour-propre national
était de savoir si l'Amérique, à Chicago, n'avait pas fait plus
colossal encore. Or, la *World's fair* colombienne occupait un
espace au moins double de celui que nous offrons aux flâneries
des visiteurs cosmopolites. Nous demeurons, en somme,
de tout petits garçons, dignes de peu de considération. A un
banquet que lui offrit, lors de son arrivée parmi nous, la
Chambre de Commerce américaine à Paris, M. Ferdinand
Peck, Commissaire général des États-Unis, ne nous l'envoya
pas dire, sans daigner même reconnaître pour honorables nos
aspirations vers l'idéal yankee, vers l'énorme ; pour distinguée
la façon dont nous portons ce ridicule, dont nous enfourchons
ce dada. Laissons-le avec son opinion de barbare et soyons
fiers d'avoir fait tout notre possible pour nous associer à
l'aberration à la mode. Sous ce rapport, nous nous montrons
bien de notre fin de siècle. Il n'a pas dépendu de nous que la
noble émulation qui nous enflammait n'emportât des résultats
plus imposants. Consolons-nous en pensant que, par les intentions, du moins, notre Exposition de 1900 est réellement,
comme on dit, « dans le train ». Notre conscience n'a rien,
vraiment, à nous reprocher.

Et puis, peut-être aurons-nous, sur d'autres chapitres, des
revanches. Nous avons fait moins grand que nos émules. Ce
serait bien de la malchance si nous n'avions pas fait aussi moins
laid. Il est certain que si ridicules, si démodées que puissent

être certaines de nos bâtisses, elles n'iront jamais, comme
hideur, à la cheville de l'absurde et insolent pavillon édifié, au
quai d'Orsay, par la « République Sœur » des toasts et des discours officiels. Mais, en admettant même l'égalité dans le mauvais goût, ce serait déjà une bonne fortune, n'ayant à y édifier
que des monuments d'un pareil style, que d'avoir eu à couvrir
une moindre étendue de terrain.

En vérité, tenons-nous pour satisfaits de notre effort. Pour
des gens du vieux monde, il est encore bien gentil comme cela.

Et puis nous pourrions, par surcroît, nous enorgueillir de
la rapidité avec laquelle tout cet amas de colonnades, de portiques, de chalets et de halls est sorti de terre, en trois ans. Il a
été réalisé quelques crânes prouesses.

Notez que le concours pour la construction des palais des
Champs-Élysées, par où commencèrent les travaux, est du
25 avril 1896, et qu'un an après, seulement, on en piquetait les
fondations ; que, dans un autre ordre d'idées, le palais des
Armées, au quai d'Orsay, qui a 340 mètres de long sur 35 de
large, a été commencé seulement en septembre 1899 ; qu'il a eu
toutes les vicissitudes ; que près de la moitié de sa charpente
s'est écroulée en cours de construction, et que pourtant il sera
prêt à l'heure à l'égal de n'importe quel autre palais, mieux
même que certains autres qu'on pourrait citer.

Mais, sous ce rapport, il y avait beau temps que nous avions
fait nos preuves, nous dont, cependant, l'un des proverbes
favoris affirme que « Paris ne s'est pas bâti en un jour » ; et je
dirai, quelque part, pourquoi je ne m'extasie pas outre mesure
devant cette célérité toute relative.

## II

LE PLAN GÉNÉRAL. — LES PROJETS. — NOS ENNUIS

Avril.

Ils sont heureux, les braves gens de province qui, à la première nouvelle que l'Exposition était ouverte, se sont mis en branle et n'ont eu qu'à tomber, un beau matin, la bouche en O, émerveillés, au pied des palais neufs, des pavillons fardés de frais, des jardins embaumés et pimpants. Ils ne se douteront jamais de tous les ennuis qu'il nous a fallu subir, trois ans durant, afin qu'ils eussent, à peu près à l'heure fixée, ces jouissances.

Ah! que de fois, au cours surtout des deux dernières années, nous avons envoyé à tous les diables et l'Exposition et ses organisateurs, et surtout les limonadiers. Car il n'a tenu qu'à ces derniers, en somme, que tant de vicissitudes nous fussent épargnées.

Quand il fut bien décidé que nous donnerions encore au monde, en 1900, exhibitionnistes incorrigibles, le spectacle d'une Exposition universelle, la seule annonce de cette nouvelle ouvrit, comme par enchantement, l'écluse toute grande aux imaginations. Une Commission avait été nommée pour étudier une sorte d'avant-projet, envisager toutes les questions préalables que soulève une pareille entreprise. Elle comptait dans son sein des hommes comme M. Alfred Picard, qui devait deve-

nir plus tard le Commissaire général de l'Exposition ; comme
M. Georges Berger, qui fut l'un des triomphateurs de 1889 ;
comme MM. Tirard, Lockroy, Antonin Proust, Adrien Hébrard,
Krantz, Formigé, Bouvard, etc., etc. A peine était-elle consti-
tuée que les porteurs d'idées accoururent vers elle en foule. Il y
en avait d'insensés, et quelques-uns de raisonnables. Et je range
parmi ces derniers ceux qui rêvaient de voir l'Exposition future
s'élever hors de Paris, sur un quelconque de ces admirables
emplacements qui abondent : Vincennes, Issy, Saint-Cloud,
Courbevoie, Bagatelle, le champ de courses d'Auteuil.

Puisqu'on voulait faire grand, les espaces ne manquaient en
aucun de ces lieux. Nulle gêne ; aucune entrave. Pas de vieilles
murailles à démolir, pas même d'arbres à supprimer. Aux portes
de Paris, reliée au point choisi par de multiples voies de communications, tramways rapides, chemins de fer, bateaux, une
ville de 150 hectares pouvait éclore, sans presque que la cité
vivante à côté s'en doutât. A peine, de loin en loin, le hasard
d'une promenade, une curiosité exaspérée amenait quelques
promeneurs, se risquant à affronter les boues, les fondrières,
pour la joie de connaître, avant tous autres, l'ébauche du
monstre. En paix, loin des regards indiscrets, à l'abri des palissades et des échafaudages, les bâtisseurs poursuivaient leur
œuvre, et, point gênés par la préoccupation du cadre environ-
nant, laissaient aller et s'épancher leur fantaisie. Les palais
sortaient du limon, germaient du sol comme une moisson, en
hâte, entre deux hivers, se paraient, se doraient pour la fête
solennelle. Puis, à l'aurore du jour dit, apparaissait au monde
tout un décor miraculeux et inconnu, ombragé de verdures
naissantes ; et les foules accourues, étonnées et ravies, avaient
cette illusion de pénétrer le mystère même de la création,
d'assister à la naissance spontanée d'un monde.

La Commission hésitait, séduite par la vision lointaine de ce
miracle, et les amants du vénérable Paris respiraient, pleins
d'espoir, quand un ultimatum du Conseil général de la Seine,
et du Conseil municipal unis, ces deux si pures émanations du
suffrage universel, survint à point pour tout gâter. Ils signifiaient
à la Commission, par les bouches autorisées de MM. Alphonse

Humbert et Alexis Muzet, qu'il leur fallait une Exposition dans Paris, dût-on saccager à fond la capitale ; sinon ils refusaient de verser la subvention de 20 millions qu'ils avaient promise par avance. Ils protestaient que la tenue hors de l'enceinte urbaine de la « Foire du Monde » priverait la Ville de recettes d'octroi importantes et qu'ils seraient, par suite, dans l'impossibilité de tenir leurs engagements financiers.

La vérité c'est que « l'Alimentation parisienne » s'était émue ; c'est que le marchand de vins, ce tout-puissant faiseur de rois, ce grand ressort des élections, avait senti lui échapper une aubaine ardemment et longuement convoitée.

La Commission s'inclina, bon gré mal gré ; M. Picard lui-même, si tenace d'ordinaire, se rallia, et « l'Alimentation » put inscrire à son drapeau, en lettres d'or, on peut le dire, une nouvelle victoire.

Et voilà pourquoi nous avons vu les rues éventrées, les arbres arrachés, les promenades fermées, des arrondissements entiers interdits aux passants, le service des bateaux même arrêté partiellement sur la Seine, la circulation des omnibus et des tramways livrée à toutes les fantaisies de rouliers ivres ou de chevaux rétifs, aux hasards des embourbements et des ruptures d'essieux, la ville entière la plus coquette du monde devenue répugnante et sordide, et soudain un objet d'horreur pour ses amoureux les plus fervents, mise à sac, enfin, à ce point que plus d'une fois nous nous sommes pris à regretter qu'il n'y eût pas, dans quelque coin du Code, une loi formelle et draconienne qui permît d'infliger des supplices chinois aux auteurs d'une profanation pareille !

Voilà pourquoi, pauvres Parisiens de naissance ou d'aventure, nous ne pouvons avoir ni les émerveillements, ni les illusions des étrangers subitement jetés dans la cité de fête qu'ils n'ont pas vu enfanter, et qui leur apparaît triomphante dans sa parure, telle qu'Athènè se montra casquée d'or aux Olympiens dès que s'ouvrirent au jour ses yeux glauques ; car nous avons suivi, au

jour le jour, la construction de ces palais, l'érection de ces
statues; nous sommes dans le secret des dieux, nous avons vu
ces marbres, ces porphyres, à l'état de boue blanchâtre, et nous
savons que ces majoliques, que ces étincelantes faïences, qui
si joliment reluisent au soleil, ne sont que peinture et que
badigeon, et que duperie!

Si encore on nous avait dédommagés en prodiguant plus
tard, sur nos pas, la beauté! Mais de toutes les idées acceptées
par la fameuse Commission ou par l'Administration, entité
impuissante autant qu'irresponsable, deux seulement m'apparaissent dignes d'éloges : celle qui consistait à faire de la Seine,
du beau fleuve tranquille et lent, la rue centrale, le grand boulevard mouvant de l'Exposition, et celle qui aboutit à la démolition du palais de l'Industrie et à la percée d'une avenue nouvelle
ouvrant, des Champs-Elysées, une perspective sur l'hôtel des
Invalides et sur le dôme altier de Libéral Bruant et de Mansart.

Non que j'eusse contre le pauvre vieil édifice qui avait abrité
la première de nos expositions universelles, en 1855, le moindre
grief personnel. Sa bonhomie, sa condescendance à se plier à
tous les services qu'on lui demandait, me rendaient indulgent
pour la plate insignifiance de ses lignes. Et puis, ma foi, sous
ce rapport de l'esthétique, nous n'avons guère le droit de faire
les renchéris, et nul tressaillement d'orgueil ne me secoue, pour
mon compte, quand je m'arrête d'aventure à la place où s'éri-
geait autrefois le palais défunt. Même, il me semble que
MM. Cendrier et Barrault, qui l'avaient construit, furent, en
leur temps, d'autres audacieux que MM. Girault, Deglane,
Louvet et Thomas, les auteurs des palais actuels.

D'autre part, je ne m'illusionne pas, et sais qu'il ne fallut, en
réalité, aux promoteurs de l'avenue nouvelle, qu'une très faible
dose d'inspiration : la perspective des Champs-Elysées avait
existé jadis ; de vieux plans, d'anciennes gravures nous la montrent, encadrant, comme aujourd'hui, dans le lointain, la coupole d'or. Et longtemps elle fut considérée comme un site
intangible. Elle avait, il est vrai, à cette époque, l'avantage grand
de ne point comporter d'architecture. De beaux massifs d'arbres
seulement la limitaient : le carré Marigny, où les héros du

temps venaient goûter les émotions de la petite guerre, sous
l'œil extasié des nourrices et des bambins rêvant de tendresse
ou de gloire. Ironie des choses! Quand on la supprima, quand
on en aveugla l'entrée en bâtissant le palais de l'Industrie, les
artistes d'alors protestèrent avec la même énergie que déployè-
rent à s'indigner certains d'entre ceux d'aujourd'hui, quand il
s'agit de la démolition de ce même palais; — car il y eut, souve-
nez-vous-en, vers 1896, des pleurs et des grincements de plumes
lorsqu'on parla de toucher à cet édifice Maître Jacques! Le beau
projet n'eut guère pour lui que les architectes.... et les sculpteurs
tout naturellement. Le palais de MM. Cendrier et Barrault
n'avait pas connu pareille fortune.

Le pont, enfin, le pont lui-même jeté sur la Seine dans l'axe
de l'Esplanade, avait été prévu. Que dis-je? Il avait existé, en
chair et en os; je veux dire en belle pierre de taille et en fer. Eh
oui! De 1824 à 1826, l'ingénieur Navier avait construit, au point
précis où le pont Alexandre III enjambe si crânement le fleuve,
un pont suspendu, — c'était alors la grande mode! — Pourtant
jamais l'ouvrage ne fut livré à la circulation. Lorsqu'on tendit
entre ses pylônes les câbles de suspension, un mouvement se
produisit dans les maçonneries. Les ingénieurs prétendirent
bien, il est vrai, que le mal était réparable aisément; mais
le Conseil municipal intervint. Déjà frondeur, il protesta
contre les intentions du gouvernement; le pont lui déplaisait
et comme emplacement et comme structure, car les quatre piles
de ses têtes masquaient le dôme des Invalides. Les ingénieurs, peu sûrs d'eux-mêmes, furent-ils trop heureux de
s'abriter derrière cette opposition de l'édilité, ou bien le gouvernement de Charles X saisit-il cette occasion de donner une
facile satisfaction à sa bonne ville de Paris? Toujours est-il
que le pont de Navier fut démoli avant d'avoir servi. Les ingénieurs du pont Alexandre III devaient en retrouver les fondations quand ils voulurent asseoir à leur tour les culées de leur
ouvrage; ce fut même, pour le dire en passant, une des difficultés qui les contrarièrent le plus.

Enfin, et quoi qu'il en soit du mérite plus ou moins éclatant
qu'on eut à exhumer ces idées oubliées, l'inspiration, à mon

2

sens, fut louable, qui consista à les reprendre et à leur donner la vie.

Elle sortit du concours institué entre les architectes pour établir le plan général de l'Exposition, et où, déjà, était prévu le pont, nécessité par la construction de la néfaste gare des Invalides. Elle figurait dans cinq ou six projets, et notamment d'une façon très précise dans celui de M. Ch.-A. Gautier, l'architecte de ces jolies serres de l'Horticulture, et dans celui de M. Eugène Hénard qui est peut-être, de tous les architectes concurrents, celui qui a apporté aux organisateurs le plus de suggestions, les unes heureuses, les autres plus contestables.

Hélas! que n'a-t-on subi aussi docilement, pour notre joie, l'influence de tels artistes qui, guidant l'architecture dans sa voie aujourd'hui naturelle, fidèles à l'orientation donnée en 1889, la seule capable de nous conduire vers de la beauté non vue, acceptaient l'aide des auxiliaires nouveaux créés à leur intention, plaquaient fastueusement sur leurs façades, sur leurs toitures, les céramiques et les verres, maçonnaient des pans entiers en matériaux lumineux et souples, écrasaient à pleines mains la couleur, jonglaient avec les rayons ardents, ceignaient de frises aux miroitants reflets les fugaces palais de fête, faisaient scintiller et vibrer dans la profondeur des murailles jusqu'alors inertes, de crépitantes et vivantes flammes.

Ceux-là furent peu nombreux. Mais il n'en était pas besoin, et l'indication qu'ils apportaient était suffisante.

Trop d'autres s'étaient acharnés à la décevante poursuite du « clou », comme si l'on créait un clou, et comme si ce n'était pas la foule elle-même qui l'élisait, la foule aveugle et instinctive, et capricieuse, qui va où elle veut et fixe la vogue à sa guise. Trop d'autres encore se satisfirent avec ce rêve banal : faire grand, étonner; comme si charmer n'était pas préférable et autrement digne d'envie !

Il y avait bien encore, de ci de là, quelques trouvailles intelligentes et que j'eusse aimé, pour ma part, à voir adopter. Ainsi, ce rêve de « Maison moderne », qu'avait fait le premier M. Mathias Morhardt, qu'il soumit à la primitive Commission, et qui fut reprise plus tard par l'architecte Plumet : créer, dans

un coin quelconque, — on avait parlé du Cours la Reine, — la
maison modèle d'un petit rentier, construite dans un style neuf,
agencée et meublée par des artistes qui sont à l'avant-garde du
mouvement contemporain et qui n'auraient pas cru déchoir en
dessinant des maquettes de tentures, en modelant des cuillers,
des gobelets ou des plats; en fournissant des modèles de dentelles ou de broderies. L'entreprise, certes, eût présenté quelque
attrait. Elle aurait résumé un effort d'art considérable, qui s'est
produit en ces dix dernières années, et dont les résultats, avec
la classification adoptée, logique, sans doute, mais injuste
souverainement, sont maintenant éparpillés dans les classes,
où seuls les chercheurs sagaces, les pourront découvrir. Il fallut
y renoncer. La Ville de Paris, en maintes occasions si ouverte
aux tentatives audacieuses, la Ville, pressentie, ne comprit pas
l'idée, ou ne put l'encourager efficacement. On en demeura là,
et ce fut grand dommage.

Mais, en somme, on retint à peu près tout le meilleur des
idées contenues dans les sept ou huit cents projets qui furent
soumis à l'examen des diverses Commissions.

L'idée de faire de la Seine la voie triomphale, l'axe de l'Exposition, se dégagea aussi, je l'ai dit, des projets soumis à l'Administration.

Sous le règne même de la Commission préparatoire de 1895,
M. Le Thorel l'inscrivait dans une notice adressée à M. Alfred
Picard. Il assignait comme champ à l'Exposition, « les emplacements de 1889 prolongés jusqu'à la Concorde, *avec la Seine
pour axe* ». Il semble que ce soit, dans ses grandes lignes, son
programme même qu'on ait réalisé. On devait retrouver ce
thème, au concours ouvert entre les architectes pour le plan
général, dans plusieurs projets, dans celui de M. Ch. Girault,
l'architecte du petit Palais des Champs-Élysées, notamment.

En 1889, on n'avait guère donné à refléter au fleuve que des
façades sacrifiées. La rue, des Invalides au Champ de Mars,
c'était le quai d'Orsay, fort peu intéressant, au demeurant,

refuge de l'Agriculture et de l'Alimentation, présentant à peine, çà et là, un pavillon de carton pâte souriant de toutes ses fenêtres aux passagers des bateaux-mouches. Le vrai spectacle était ailleurs.

Cette fois, on a doté la Seine, où se mirent plus haut et Notre-Dame, et la Sainte-Chapelle, et le Louvre, d'un cadre digne d'elle, si varié, si mouvementé de lignes, si coloré, qu'on oublie volontiers l'insignifiance qu'il affecte par places, sa lourdeur, son manque d'air, son tassement excessif.

Il est certain que la vue du pavillon de la Ville de Paris, par exemple, n'est pas une apparition d'art si captivante que le flot s'attarde à la refléter; et vous me concéderez que le palais des Congrès, à l'autre bout du Cours la Reine, n'est pas non plus un modèle de grâce svelte. Mais les serres de l'Horticulture, ces halls aux vitrages irisés et comme décomposés par le temps, avec leur parure délicate de treillages verts et de fleurs printanières; mais les pavillons mêmes de la rue des Nations, à quoi, précisément, je pensais en parlant plus haut de tassement, ces pavillons débordant jusque sur les berges, se poussant, dirait-on, jusqu'au bord du lent miroir, margent vraiment d'agréable façon ce bief de la Seine qu'on a baptisé « le Bassin des Fêtes » — parce que, dans l'esprit des organisateurs, ce doit être le théâtre le plus fréquent des illuminations, des soirées vénitiennes. Et plus loin, le Vieux Paris, tout enfantin, tout théâtral et « boîte de jouets » qu'il soit, donne pourtant, à certaines heures, avec son va et vient de foules bigarrées, le soir, alors que ses vitraux flamboient, une amusante silhouette, capricieuse et haute en couleur.

❦

Cependant, comme je descends, ce matin de printemps, la Seine blonde et limpide, d'où s'évaporent de flottantes buées, lentes comme une suprême caresse, où voguent et se jouent tous les rayons, toutes les nuances, la blancheur des palais, l'éclair métallique allumé à la pointe des flèches, et les serpenteaux veloutés qui sont l'image déformée de hautes tours, et les

flammes violentes des bannières et des drapeaux ; parmi tant de
lumière, tant de mouvement et de bruit, parmi tant de joie partout déversée dans l'air léger, sur l'eau profonde, dans les rues
éphémères qui s'animent, je me remémore, avec un regret,

LE PALAIS DE LA NAVIGATION

presque, l'habituel tableau des quais d'autrefois, d'avant cette
kermesse colossale.

Quelle tranquille allégresse, par ces premières belles mati-
nées !

Sur le fleuve mal éveillé encore, le va et vient alerte des
bateaux parisiens, la procession solennelle de quelque train de
péniches entraînées par un remorqueur qui s'essouffle ou par
la « chaîne » rageuse grinçant de tous ses engrenages.

Sur la berge, où de folles brises éventent le panache tendre
des platanes touffus, des vieux ormes noueux, des peupliers
penchants, une vie calme, une activité paisible. Des manou-
vriers, débardeurs, cribleurs de sable, accomplissent leur rude
besogne quotidienne, sans hâte, sans fièvre, sachant, sans avoir
lu jamais l'Ecclésiaste, qu'à toute chose il y a sa saison et à
toute affaire sous les cieux son temps, et qu'à chaque jour suffit
sa peine. Ils vont, toujours du même geste machinal, le torse
au vent, superbes, par ce soleil de renouveau qui revêt tout de

nuances héroïques, les haillons les plus sordides et les nudités les plus misérables. Et non loin de ceux qui peinent, d'autres, moins heureux encore, des sans-travail, dorment à l'ombre transparente des platanes, des ormes et des peupliers, leur *far niente* troublé de songes mélancoliques.

Puis ce sont des groupes familiers, et dont tant de fois notre oisiveté s'amusa.

Le baigneur de chiens, d'abord, retroussé à mi-bras et à mi-jambes, attendant, les pieds dans l'eau, debout auprès de son baquet rempli de drogues nauséabondes, la clientèle aristocratique : *Miss*, jeune personne de la famille des terriers anglais, ou *Bob*, hargneux king-charles trop gâté, descendus du noble faubourg au bras d'un imposant valet de chambre. Les scènes inénarrables qu'on voyait ! *Miss* et *Bob*, rebelles au bain, rebelles aux ciseaux, à toutes les coquetteries dont on les entourait, et enviant, qui sait? l'innommable caniche errant le long des berges, — ainsi que tels d'entre nous furent jaloux, certains soirs de lassitude, des pauvres hôtes errants des quais, des locataires à la nuit des dessous de ponts, de leur liberté, de leur indépendance, de leur existence vagabonde et traversée d'aventures ! — et les éclats de rire des badauds penchés au bord des parapets, en présence de ces rébellions inattendues, ou bien encore les péripéties du sauvetage d'un bouchon ou d'une planche à la dérive par quelque bon gros terre-neuve, maniaque du dévouement, dont on se raillait !

Il y avait encore, de place en place, la baignade des chevaux, la cavalcade gesticulante et bruyante des palefreniers et des ordonnances descendus des abords de l'École militaire, du quartier des Invalides, qui entrait dans le fleuve avec des ruades et de grands rires puérils, et dont tant de flâneurs suivaient les ébats. Il y avait les lavoirs improvisés en plein vent, sur quelques pavés lisses, où tout le petit peuple des ports faisait sa lessive, l'été, profitant d'une journée chaude pour savonner un peu l'unique chemise ou le tricot unique, ou le bourgeron, ou même, horreur ! le pantalon ; multipliant les prodiges d'ingéniosité pour ne pas blesser la pudeur des passants ou seulement pour éviter la pleurésie.

Et le « perruquier des chemineaux », qui s'en allait le long
des cales, emportant sous son bras l'essentiel de l'attirail de
Figaro : ciseaux, rasoir, blaireau et, en guise de bol à savon,
quelque vieille soucoupe, ou la moitié d'une noix de coco, moins
fragile ! Comme fauteuil, une pierre de taille égarée loin du
tas, un sac de plâtre ou de ciment, un madrier. Pour un sou,
un petit sou, il opérait, accommodait son patient avec les
grâces mêmes d'un Lespès, et ses ronds de bras, et ses hoche-
ments de tête satisfaits. Il était, toutefois, plus expéditif : un
sou de besogne, cela ne représente pas grand temps. L'opération
terminée, le rasé de frais descendait au bord du quai et, comme
disent les marins, se débarbouillait à la grande tasse, tandis
qu'un autre prenait sa place entre les mains du barbier.

Or, on a démoli et reconstruit tous les quais ; on a, pour employer le langage des ponts et chaussées, « transformé les ports
de tirage en ports droits »; autrement dit, on a remplacé les
cales inclinées qui venaient mourir en pente douce au bord du
fleuve, par des quais verticaux qui plongent droit dans son lit.
La navigation y trouvera plus de facilités. Seulement le moyen,
maintenant, pour les baigneurs de chiens, pour Figaro, pour
leurs clients, de s'approcher de l'eau, tour à tour miroir, lavabo
et lavoir ? Et où vont-ils s'en aller, tous, les perruquiers des
bêtes et ceux des pauvres hères sans feu ni lieu ?

Mais où sont déjà partis les arbres qui, l'été, leur versaient
charitablement un peu d'ombre ?

On en a fait un grand carnage, tant pour la construction de
l'Exposition que pour l'établissement des deux gares d'Orléans
et de l'Ouest, corollaires de l'Exposition. Du Jardin des Plantes
à l'île des Cygnes, on a transplanté, coupé, arraché. Et avec tant
d'hypocrisie ! Ici, un fétichisme ridicule; là, des cruautés systé-
matiques. Aux Commissaires étrangers on imposait, dans la
construction de leurs pavillons, un respect absolu des plantations.
En vain, ils proposèrent, collectivement, de déplacer à leurs frais,
pour les mettre au vert dans les pépinières de la Ville, les arbres
qui les gênaient, puis de les replacer, les travaux de démolition
terminés. On fut sourd à ces propositions. On a préféré infliger
aux pauvres martyrs des traitements dignes des Sioux. Ainsi, au

pavillon de l'Impératrice Marie, à l'Esplanade des Invalides, on
a mis l'architecte russe dans la nécessité de déguiser en piliers.
pour sa construction, quatre ou cinq ormes vénérables, de
les habiller de corselets de zinc enduits de plâtre, cerclés de
bases et de chapiteaux. Ils en mourront, c'est bien certain, mais
du moins on aura semblé déférer aux injonctions des sylvains de
la presse.

A côté de cela, on a très sournoisement, nuitamment, dans
le plus grand mystère, fait choir sous le fer d'innombrables platanes.

On avait, d'ailleurs, d'admirables possibilités de les faire disparaître : on avait besoin de tant de bois ! Sitôt pris, sitôt pendus : on les abattait à l'aube; au grand jour ils étaient équarris;
le soir enfouis dans les pilotis. Ainsi le regretté Dumollard en
usait avec les servantes, vers 1855, à l'époque, justement, de la
première Exposition universelle.

J'eus pourtant une fois ce divertissement morose de voir opérer les meurtriers, un jour qu'ils s'étaient sans doute attardés à
d'autres besognes et n'avaient pu faire disparaître avant le plein
midi les traces de leur dernier forfait.

C'était à l'Esplanade des Invalides, au bord du quai.

Un platane gisait sur le sol, tronc superbe, à l'épiderme mar-
bré de squames, navré d'affreuses blessures rouges par où suin-
tait toute sa sève. La veille encore, évidemment, il était debout,
tendant vers le ciel des rameaux pleins d'espoir en le printemps
prochain et gonflés déjà de sucs généreux prêts à jaillir en bourgeons verdoyants.

En bas, le « mouton » s'acharnait à coups redoublés sur
d'autres pieux trop neufs, les voisins, les frères de ce mutilé,
exécutés quelques heures avant lui; et chaque coup faisait mousser, sur la section tout humide faite par la scie, un peu d'écume.
Lui, on allait l'équarrir; des marques de craie sur son écorce
indiquaient au charpentier les arêtes à dresser. L'homme était
là, au milieu d'un cercle de curieux attentifs, haut, large, les
épaules saillantes sous son maillot de laine, et la main au manche de la hache. Il attaqua le grand cadavre étendu à ses pieds...
La hache tournoyait comme le glaive du bourreau, traçait dans

l'air un arc d'argent, et d'une poussée folle entrait dans l'aubier rosé qui saignait; puis, sous je ne sais quelle contraction des poings nerveux, s'arrêtait net à la marque blanche, aplanissait, taille à taille, la face voulue, avec la précision qu'y eût mise un ciseau entre des doigts experts. Et la prestigieuse habileté de cet ouvrier superbe rendait presque indulgent pour le crime dont il était complice.

A tout cela je resongeais, cette matinée d'avril en descendant la Seine en fête, l'âme occupée de ce regret que nous gardons aux êtres et aux choses que nous ne reverrons jamais plus. Je songeais aux beaux arbres disparus, au petit monde qui vivait à leur ombrage, baigneurs de chiens et perruquiers des chemineaux, aux chemineaux eux-mêmes, torses nus, ruisselants de sueur, bruns et luisants sous le soleil comme des bronzes, et jusqu'à ces bandes de corneilles familières de la rive gauche, qu'abritaient paternellement les beaux ormes du quai d'Orsay toujours désert, et qui, chassées par le tumulte des marteaux et des truelles, durent, passant les ponts, s'en venir, ce printemps dernier, accrocher les grosses pelotes noires de leurs nids aux platanes d'en face, au quai Debilly... A tous ceux qu'on exila, je pensais....

......... Et puis à vous,
Andromaque, des bras d'un grand époux tombée....

# III

Avril.

Je flânais, un joli matin du dernier été, au quai d'Orsay, parmi les fantaisistes constructions de la rue des Nations.

La plupart n'étaient encore qu'à l'état de squelettes, et j'admirais les prestigieuses architectures que dessinaient dans l'air assoupi tant de charpentes, tant d'échafaudages.

Telles de ces armatures paraissaient équilibrées à peine, une poutre étayant l'autre, des fermes se maintenant on ne sait comme, au point qu'on se demandait si ce n'était pas la plus élémentaire prudence qui conseillait de profiter, pour les lever ainsi, de la saison où les brises sont occupées ailleurs. Il y en avait d'invraisemblables, de paradoxales, et qui semblaient le linéament fragile de chimériques châteaux de conte bleu, éclos une nuit pour quelque féerique fête sans lendemain, évaporés, fondus aux premiers rayons de l'aurore prochaine. Le fin réseau des mâts, des manœuvres, des vergues sur le ciel mouvant d'un port, n'est pas plus délicat que les dentelles capricieuses qu'avaient tendues ici les charpentiers. Ces échafaudages et ces charpentes de l'Exposition entière nous ont procuré, d'ailleurs, à nous tous qui avons suivi au jour le jour les travaux préparatoires, des joies d'art sans mélange que nous ne devions plus guère retrouver devant les maçonneries vraies ou fausses des constructions achevées. Traversées tantôt de flèches lumineuses jouant à travers leurs mailles, tantôt découpant sur des ciels inco-

lores leurs toiles aranéennes, avec le jour, avec le temps, leurs
aspects variaient à l'infini. Ces ossatures compliquées de sapin
neuf, bleuâtres aux premières heures, se doraient par les beaux
après-midi, s'empourpraient au crépuscule; sous le voile de
l'averse, elles sombraient, s'évanouissaient comme des vapeurs,
revêtaient des aspects fantômatiques, se reculaient dans le
mystère; on songeait alors à la royale avenue d'une léthargique
Thulé, abandonnée avant l'achèvement, ruine que dissolvent
lentement les brumes.

C'était, dans les formes, la même variété. Tandis que le lourd
dôme des Etats-Unis, si laid, si pataud dans son état définitif,
jaillissait de son tambour en fuseaux, ceux du pavillon autri-
chien, incurvés à mi-hauteur, dessinés par des cercles parallèles
évoquaient le souvenir falot d'une cage de crinoline. Plus loin,
c'étaient des tours, de hauts clochers pointus, et des plates-
bandes, et des frontons.

Et dire que pas un tableau, pas même une gravure magistrale
ne nous conservera l'image de ces merveilles! Cependant que
s'édifiaient tant de palais; que, dans cette ville bouleversée, mé-
connaissable, le pittoresque fourmillait, nos chers maîtres pei-
naient devant d'insaisissables paysages, congelaient sur des
toiles des mers décourageantes de fluidité et de vie. Nous étions
quelques douzaines, dans Paris déserté, à jouir en paix de ces
visions de rêve.

Or, je m'applaudissais précisément de cette solitude où nous
laissait le grand exode traditionnel vers la montagne ou vers la
plage, et qui nous permettait de savourer tranquillement nos
plaisirs, quand un vieil ouvrier passa, une pioche et une pelle
sur l'épaule, bonne figure grisonnante et hâlée, avec deux yeux
clairs, très riants. Il toucha du doigt sa visière, à la façon des
militaires, et je saluai de mon *sombrero* gris. Nous suivions le
même chemin, dans la direction des Invalides; il m'avait vu le
nez en l'air, dans les charpentes; d'un coup, il entama la conversation au bon endroit.

« Eh bien! proféra-t-il, c'est la quatrième Exposition à laquelle je travaille; mais je n'ai jamais vu employer tant de
bois! »

Ah ! voilà un brave homme qui n'avait pas regardé sans voir, et encore que, sans doute, il n'eût pas été au nombre des invités du « bal des Nations », en 1867, j'aurais pu le feuilleter un mo-

L'ÉCHAFAUDAGE ROULANT DU GÉNIE CIVIL.

ment sans ennui, si nous avions été tous deux de loisir. Mais nous ne pûmes échanger que quelques réflexions. Devant le pavillon de la Belgique, il me quitta : il était arrivé à son chantier.

Du moins, sur un point, avait-il porté un jugement précis : il constatait la revanche du bois à l'Exposition de 1900.

Les vingt et un coups de canon qui saluèrent, en 1889, l'apparition des trois couleurs françaises au faîte de la tour Eiffel saluaient aussi l'apothéose du fer.

Il triomphait partout.

D'abord dans cette vaine cheminée de 3oo mètres, laide, sans doute, mais où était réalisé tout de même un joli tour de force; dans les palais entiers du Champ de Mars, ces deux souriants palais versicolores de M. Formigé, cette galerie de M. Bouvard, d'une esthétique contestable et qui permit aux clairvoyants de présager, dès que commencèrent les travaux de l'Exposition actuelle, la maigre somme de beauté qu'elle nous révélerait, puisque l'auteur du Dôme central devenait le grand ordonnateur de l'architecture de 1900; dans cette imposante galerie des Machines, enfin, qu'on vient de mutiler si inutilement, dans cette galerie des Machines dont nul, je pense, n'a pu franchir pour la première fois la porte sans demeurer ému au seuil, écrasé devant la grandeur de ses arcs qui venaient de renouveler, de rajeunir, en l'amplifiant, le miracle de l'ogive gothique, nef prodigieuse qui nous émerveillait encore par sa hardiesse, par son immensité, par l'harmonie de ses proportions, aussi, quand elle nous apparut vide, prête à être livrée, pour la mise à sac, aux architectes et aux charpentiers d'à présent.

Cette fois, il est partout en recul sensible; et au moment même où la moindre des maisons de rapport est charpentée en fer, armée partout de fer, l'Exposition de 1900, en majeure partie, est construite en bois. Partout où l'emploi du métal n'a pas été impérieusement exigé par les dimensions des vaisseaux, son rival a fait un retour offensif.

Tous les pavillons des puissances, au quai d'Orsay, à part deux ou trois,— celui de l'Angleterre, où l'on a même renchéri dans l'emploi du métal, puisque les murailles entières y sont revêtues de tôle; celui de la Belgique, encore, édifié en ciment armé, — tous ces pavillons sont charpentés en bois. En bois également le palais des Armées, le pavillon des Forêts, le palais de la Navigation de Commerce ; en bois, le pavillon des Congrès et le pavillon de la Ville de Paris et l'une des serres de l'Horticulture, au Cours la Reine; et le Vieux Paris, lui seul, au quai

Debilly, a utilisé dans ses fondations des milliers et des milliers de troncs géants. Au Trocadéro, tout le long des quais, des forêts entières sont enfouies. Et je ne parle pas des innombrables « attractions » dont la construction a englouti des cubes invraisemblables de sapin, à épuiser la Norvège et les Alpes ; de tous les petits théâtres, les panoramas, maréoramas, cinéoramas, dioramas et « autres *ramas* », comme on disait, d'après Balzac, dans les agences d'architecture, qui s'échelonnent de la Concorde au quai de la Cunette, à droite, à gauche, sur terre, sur pilotis, partout. Et je comprends, devant cet amoncellement de pieux, de poutres, d'arbalétriers, de moises, de pannes, de chevrons, l'étonnement de mon vieil ouvrier du quai d'Orsay.

Ce n'est pas encore sous ce rapport, je pense, que l'Exposition résume honnêtement les tendances du siècle,

Je sais, d'ailleurs, et je vais vous dire les raisons qui militaient en faveur du bois. Dans plus d'un cas, c'était une nécessité que d'y recourir.

Il y avait d'abord dans son emploi une question d'économie.

Si, en temps ordinaire, la construction en bois est déjà sensiblement meilleur marché que la construction en fer, qu'on songe à la situation qui se présentait depuis deux à trois ans : les usines, surmenées, n'arrivaient pas à fournir à la prodigieuse consommation qu'entraînaient les entreprises, parallèles à l'Exposition, de deux gares dans Paris, du Métropolitain, sans parler du regain d'activité et, partant, des demandes que déterminait, dans la France entière, l'approche même de la « Foire du Monde » ; les prix du fer haussaient dans des proportions inusitées, doublaient presque, je crois ; de plus, à un moment donné, on put envisager la perspective de payer le charbon au prix du diamant.

La production des hauts fourneaux et des usines fut du coup ralentie, par suite de cette dernière crise, au moment même où les besoins étaient le plus pressants ; toutes les constructions entreprises à la dernière heure dans l'Exposition, cafés, restaurants, théâtres, durent, par force, être édifiées sur des charpentes en bois.

L'obligation où l'on était de construire vite et d'être prêts à
date à peu près fixe fut une raison aussi de l'adoption des bois
comme matériaux de charpente, dans la plupart des cas. Dès le
début des travaux, les architectes eurent la sagesse de prévoir
que jamais la métallurgie, même au poids de l'or, ne pourrait
arriver à satisfaire en temps voulu à toutes les demandes. Et les
deux causes se tiennent, comme on voit : la raison d'économie
et la difficulté de s'approvisionner.

Donc, au moment où l'on croyait son règne révolu, au moment où l'on allait le confiner dans les usages auxiliaires, construction de palissades ou d'échafaudages de service, le bois fait
une réapparition imprévue ; il entame contre son victorieux
rival une lutte suprême.

Comme pour justifier une intervention aussi inattendue, il
risque des fanfaronnades, il s'associe aux tentatives les plus
aventureuses, mettant, dirait-on, une sorte de coquetterie à
apparaître une fois encore en beauté. L'expérience des bâtisseurs en fer a profité aux charpentiers.

Au Champ de Mars, pour servir au montage des fermes du
palais du Génie civil, ils édifient un pylône roulant qui émerveille même les ingénieurs, habitués aux prouesses. Ils entassent
les poutres, les entretoises, les escaliers, superposent les paliers
aux paliers jusqu'à vingt-cinq mètres de hauteur.

Et cette machine formidable et légère se déplace, glisse sur
des rails d'un bout à l'autre du chantier avec une aisance parfaite, accourt partout où l'on a besoin d'elle, apportant des
équipes entières d'ouvriers. Dites au métal d'en faire autant !

Au palais des Beaux-Arts, aux Champs-Élysées, quand il
s'agit de mettre en place la coupole, la piste tout à coup se hérisse
d'un tel entassement de madriers entrecroisés, que les fantaisies les plus folles du crayon et du burin courant, affranchis de
toutes impossibilités et de toutes invraisemblances, sans autre
règle que le caprice, paraissent du même coup dépassées. Les
« chandelles », les hautes pièces verticales qui, rangées en cercle, constituent les piliers d'appui de toute la masse, s'élancent
à des hauteurs vertigineuses avec une si belle crânerie, l'ensemble de la passagère construction donne une si complète

LES ECHAFAUDAGES DU GRAND PALAIS

impression de puissance alerte qu'on se prend à regretter de
voir tant d'adresse, tant d'art dépensé pour une si brève
durée.

Et puis, cette masse énorme, invraisemblable, constitue
presque un instrument de précision ; elle vit, puisqu'elle peut
se mouvoir. Des vérins la supportent et, au moindre affaisse-
ment susceptible de compromettre sa stabilité, vont la redresser,
la remettre d'aplomb, bien en équilibre.

Un autre échafaudage tout grêle, haut et fier comme une
tour, circule de long en large sur des voies, à travers le même
palais, balançant à son sommet de longs fléaux pareils à des
bras, capables d'atteindre n'importe quel point des arceaux à
monter. Et ce n'est que grâce à ces deux gigantesques engins,
l'échafaudage circulaire de la coupole, l'échafaudage mobile,
que le fer peut aller tout là-haut essayer dans les cintres ses
grâces d'acrobate.

Mais la merveille était peut-être à la galerie des Machines,
où, pour l'édification de la salle des Fêtes, si saugrenue en soi,
comme invention, s'entrelaçaient dans un fouillis, dans un pêle-
mêle de chaos, les deux ennemis, le fer et le bois, chacun portant l'autre à tour de rôle : le bois ici employé comme échafaudage au montage des fers, le fer là encadrant les pans de bois
dont sont formées, avec un revêtement de plâtre, les murs mêmes
de la salle.

Dans tous ces ouvrages, le bois ne joue que le rôle d'un utile
auxiliaire ; plus loin nous le verrons tenir les premiers emplois,
suffire aux usages les plus multiples, tantôt membrure de toits
arrondis en calottes, effilés en flèches, renflés en tiares ; tantôt
âme et armature des façades de palais ; tantôt épine centrale de
colonnes ou de pilastres, suppléant la pierre dans ses besognes
de portefaix ; tantôt formant la membrure des architectures les
plus inattendues, par exemple de cet absurde Globe céleste du
Champ de Mars ; plus loin, enfin, fournissant au constructeur
des éléments décoratifs d'une infinie variété, ainsi dans les cloisons séparatives des palais et dans l'aménagement des classes,
ainsi dans ces serres du Cours la Reine où il rayonne à la
place d'honneur, découpé, festonné en fins treillages, habillant

comme d'une parure de pliantes lianes les rèches arcades de
fer, prenant je ne sais quelle allure de renouveau, tant ce
mode ornemental était oublié, délaissé.

Et, dans ces fonctions multiples, il affirme une plasticité,
une souplesse infinie égale à son audace. Alors que le métal
demeure, à peu près partout, rude et sans grâce, le bois, docile,
se laisse travailler, recourber, se prête à tous les caprices du
décorateur ou de l'architecte, s'attendrit sous le ciseau qui
l'entame, s'amollit sous les doigts qui le ploient, offre d'inépui-
sables ressources, justifie, en somme, le regain de préférence
dont il jouit.

Or, tandis que le bois accomplit ces prouesses, le fer, je l'ai
dit, bat en retraite ; il se terre.

Sans doute, il demeure l'élément fondamental de tous les
grands palais, au Champ de Mars, à l'Esplanade des Invalides :
sans doute on en a construit tous les halls de quelque importance. Il se juche, en une cage saugrenue et d'une décourageante
hideur, au-dessus du palais des Fils, Tissus et Vêtements, près
de l'avenue Le Bourdonnais, et, de tout le grand palais des
Champs-Élysées, les promeneurs n'aperçoivent, du plus loin,
qu'une lourde toiture de métal et de verre. Il forme l'ossature
encore, dans la galerie des Machines, mutilée, tronçonnée, de
l'énorme et inutile salle des Fêtes. Mais on l'a utilisé sans
conviction, et comme à contre-cœur.

Ceux qui bâtirent l'Exposition de 1889 aimaient le fer pour
lui-même, pour les grandes choses qu'il permettait d'accomplir, pour les espérances qu'on pouvait fonder sur lui. Ils aspi-
raient à lui voir jouer un jour un autre rôle que le rôle utilitaire
où il était confiné, rêvaient de le venger de l'injuste dédain où il
avait croupi, jusque là, aux yeux des architectes, relégué dans le
demi-jour des intérieurs ; ils souhaitaient de l'attirer à la grande
lumière, de l'associer à la gloire de la pierre dans les façades,
dans la décoration des édifices. L'ambition n'était pas mesquine.

Les architectes d'aujourd'hui n'ont ni le même idéal, ni les mêmes ferveurs. Mieux : on pourrait supposer qu'il y a dans leur attitude à l'égard du métal plus que de l'indifférence et plus que

LA SALLE DES FÊTES

du dédain, et maintes fois je me suis surpris à me demander s'ils n'avaient pas, d'un consentement unanime, tacite, peut-être, conspiré pour se relever de la retentissante défaite que leur avaient infligée, à la dernière Exposition, les ingénieurs, et si 1900 n'était pas, plutôt qu'un démenti, plutôt qu'un revirement, une revanche de 1889. Le surprenant, c'est seulement que cette revanche soit prise par eux sous le proconsulat d'un ingénieur aussi convaincu que M. Alfred Picard. Aurait-il donc tremblé qu'on ne l'accusât de favoriser trop les camarades ?

Le fait certain, c'est que le rôle décoratif du fer, cette fois-ci, est, autant dire, nul dans les palais officiels, construits par les architectes de l'Administration.

Timidement, avec des pudeurs de jeune vierge et des maladresses de cyclope, le constructeur du grand hall des Champs-Élysées a essayé de tirer du métal lui-même les motifs d'ornementation de ses charpentes, en découpant ses tôles, en les gaufrant et les frisant bien gauchement et bien grossièrement.

Un peu plus résolument, l'architecte de la salle des Fêtes, M. Gustave Raulin, a abordé le problème dans certaines pièces de ses fermes, les grêles colonnes qui séparent ses travées, notamment ; mais nous payons ces semblants de témérité de la vue de bien des staffs et de bien des peintures lamentables.

Tout près de là encore, le pont roulant électrique des sections étrangères, aux galeries de la Force motrice, cet engin formidable et si alerte apporté par les Allemands, témoigne de vagues aspirations à l'élégance, avec son arc treillissé, épousant la courbe même des fermes du hall qui l'abrite. Mais c'est là bien peu de choses ; presque partout ailleurs, le fer est planté grossièrement, sans art, conserve des dehors de piles de viaduc, de grosse chaudronnerie, rebute par son aspect trop brutal, par la sécheresse de ses angles, par la roideur de ses courbes, sans souplesse et sans vie.

Certaines tentatives, d'ailleurs peu révolutionnaires, pour renouveler un peu les formes générales des nefs, ne sont pas à imiter. Les fermes des deux palais de l'Industrie chimique, et des Procédés généraux de la mécanique, au Champ-de-Mars, composées de parties rectilignes raccordées par de brèves courbes, et ainsi se rapprochant du dispositif des charpentes en bois, semblent, par un fâcheux effet de perspective, se rebeller et se redresser là-haut, et vouloir soulever le vitrage qu'elles portent à la façon d'un toit chinois, retroussé et grimaçant.

M. Blavette, au palais des Fils, a, dans ses grandes nefs,

adopté un système de piliers qui, verticaux sur leur face extérieure, vont se renflant de bas en haut, perpendiculairement à
la nef, sur leur face interne, et je veux croire qu'il a été guidé
par d'autres raisons que des considérations d'art pur, car au
point de vue de l'impression, l'effet de ces piliers fichés en terre
par la pointe, pour ainsi dire, est peu rassurant. Mais ce défaut,
encore acceptable dans ces vaisseaux immenses, ce défaut devient tout à fait choquant aux Invalides, dans le palais construit
d'après le même principe par M. Esquié. Comme les espaces, ici,
sont beaucoup moins vastes, que le manque de parallélisme des
deux lignes de piliers opposées saute aux yeux d'une façon plus
évidente, l'équilibre apparent du hall est détruit du coup. On
voit les fermes chanceler, appuyées l'une sur l'autre, s'étayant
comme deux ivrognes, oscillant, à la merci de la première brise
un peu forte. Et ce n'est pas, parbleu, pour leur donner des
émotions pareilles, que l'on convie les gens à vous venir rendre
visite. Sortons, sortons vite !

Mais en face, du côté de la rue Fabert, chez MM. Larche et
Nachon, ce sont des fantaisies pires encore : voici des piliers en
deux morceaux, et qui semblent montés sur des échasses. Leur
base, en effet, est très menue. Et puis, brusquement, à quelques
mètres du sol, un ressaut, un encorbellement, en quelque sorte,
et la ferme repart, plus massive, plus trapue. On dirait que le
métal a manqué et qu'on a dû enter, tant bien que mal, et souder
un support de fortune pour surélever à la hauteur voulue une
cage d'abord trop basse. On pense à des ferrailles d'occasion,
achetées au rabais et adaptées ensuite, à l'aventure, à une destination nouvelle. Par exemple, on cherche en vain à quelles
nécessités de construction les architectes ont obéi et quel pouvait bien être l'intérêt de cet essai malencontreux.

Je me borne à ces quelques exemples, d'où vous pourrez conclure, s'il vous plaît, que l'art audacieux des Eiffel, des Dutert
et des Contamin est, pour le quart d'heure, quelque peu somnolent.

Cependant, suivez-moi. Pas bien loin : jusqu'au bord de la
Seine, jusqu'à un coin tranquille d'où l'œil embrasse en son
ensemble le pont Alexandre III.

Voici ce que font les ingénieurs dès qu'on laisse à leur génie la bride sur le cou. Et quoi que les architectes aient tenté pour en altérer la mâle beauté, cette œuvre constitue un joli dédommagement à tant d'insignifiances et de platitudes, à tant de capitulations et d'apostasies.

Cette voûte d'acier de 107ᵐ5o d'ouverture, supportant, par l'intermédiaire de sveltes montants, un tablier tout mince, est réellement d'une crânerie, d'une légèreté merveilleuses. Elle semble poser à peine sur les rives, souple comme une lame d'épée, robuste, néanmoins, à défier les ans. Ses arcs s'élancent de la berge de granit avec l'aisance de l'osier penchant tendu au-dessus d'un ruisseau. Et il y a dans son enjambée une allégresse irrésistible, une aisance telle qu'on ne perçoit pas, tout d'abord, le tour de force. Car il est de par le monde des viaducs plus imposants par leurs dimensions, et, même dans Paris, nous avons été préparés à la naissance de celui-ci : le pont Mirabeau, d'Auteuil à Grenelle, n'est guère moins hardi ; M. Jean Résal, l'ingénieur éminent qui les a construits tous deux, s'était en quelque sorte fait la main dans ce précédent ouvrage. Tout de même, son dernier né l'emporte en envolée : le pont Alexandre III marquera, dans l'art de bâtir en fer, une date, au même titre, presque, que la galerie des Machines de 1889. En dehors, en effet, de ses dimensions très respectables, de sa forme nouvelle, — il est le pont le plus surbaissé qui existe, — et des difficultés d'établissement qu'il a présentées en raison même de cette forme ; en dehors encore de la hardiesse de ses lignes, il aura eu, au regard des ingénieurs, ce mérite de leur révéler un procédé nouveau de construction, de mettre à leur service une matière jusque-là inemployée à de pareils usages, l'acier moulé.

A voir le résultat superbe qu'ont obtenu pour ce coup d'essai M. Résal et M. Alby, qui fut son collaborateur, on peut attendre beaucoup de cet auxiliaire survenu aux constructeurs de grands travaux publics.

Vous venez de voir une œuvre de fer belle de puissance et d'audace. Suivez-moi encore, et nous allons découvrir le métal sous un jour plus inattendu.

C'est au Champ de Mars, au milieu de cette file de palais qui longe l'avenue de Suffren, au palais du Génie civil et des Moyens de transport.

Un architecte s'est trouvé, M. Jacques Hermant, qui, chargé d'installer à Chicago la section française, fut très frappé de l'impression d'extrême légèreté que laissaient les fermes de diverses galeries. Auprès de ce lacis ténu de tirants et d'entretoises, nos constructions en fer, à nous, lui apparurent massives, d'une lourdeur inutile, et donnant la sensation d'une matière gaspillée ou mal utilisée. La galerie des Machines, qui si fort nous émerveilla, et qui demeure une imposante chose, l'œuvre, en tout cas, de précurseurs, lui sembla pourtant, à distance, un travail presque barbare, loin, du moins, de la perfection, et un peu à côté du problème, rapproché du hall des Manufactures édifié par les Américains. Et, ayant étudié et comparé les charpentes des deux édifices, il s'avisa qu'il y avait deux façons très différentes d'employer le fer, et que les constructions métalliques peuvent, en dernier ressort, se résumer en deux types : le pont et le hall.

Dans le premier cas, il s'agit de créer un ouvrage peu encombrant, qui laisse au-dessous de lui le plus grand espace libre et qui s'élève aussi peu que possible, afin d'éviter, pour l'établissement des chemins d'accès, des terrassements coûteux ; un ouvrage où le métal soit ramassé, condensé, pour produire, sous un minimum de volume, le maximum de résistance. Dans le second cas, au contraire, il faut jouer avec la souplesse du fer, alors qu'on mettait à profit tout à l'heure sa robustesse ; il faut créer pour la toiture un support léger, élastique comme une lame de fleuret, et qui supportera le vitrage sans effort apparent, avec la même aisance que l'armature d'une ombrelle en tend la soie changeante. Nous avions, jusqu'ici, le tort d'appliquer au hall le principe du viaduc.

Ayant donc à construire un hall, M. Jacques Hermant a adopté résolument le parti américain. Il s'est efforcé de répartir

sur de grands espaces des organes métalliques très fins. Il a
écarté autant qu'il a pu ses entretoises en les allongeant, aminci
ses supports, quitte à les multiplier.

Il a obtenu ainsi des fermes d'une grâce, d'une légèreté

LES FERMES DU GÉNIE CIVIL

inouïe. Il a réalisé une œuvre audacieuse, neuve, pleinement
belle et que nous aurons l'occasion d'analyser.

On ne saurait trop l'en louer ; on ne saurait trop le remercier
de cette joie, de cette consolation qu'il nous donne au milieu des
défections partout visibles. Par lui, l'art du constructeur en
fer a fait chez nous un pas vers la beauté inconnue.

Mais c'est là le seul effort sérieux de l'architecture dans la
voie nouvelle, — car je mets à part les serres du Cours la Reine,
qui, je crois, nous intéressent à un autre point de vue. — Partout ailleurs, vous la verrez frappée de stérilité, impuissante à
créer, dans le style monumental, des formes inédites, ou seule-

ment à rafraîchir les vieilles ordonnances. C'est en vain qu'on aura mis à sa disposition des matériaux merveilleux, à la fois malléables à l'infini et résistants jusqu'à l'invraisemblance. Ou bien elle veut les ignorer, ou bien, les pratiquant, elle se défend d'avoir de si mauvaises connaissances; et quand, d'aventure, il lui faut, bon gré, mal gré, recourir à leur aide, elle nie, plus tard, honteuse, le concours qu'ils lui ont offert; elle les dissimule, les enfouit sous l'amas hypocrite des pierres et des plâtras; elle rougit d'avouer ces fréquentations plébéiennes : le granit seul ou le tuf, ou ce qui les imite, même, sont de grande race et de bon ton.

Ce qui caractérisera les artisans de cette Exposition, c'est leur haine de la vérité nue, leur haine, je le répète, du fer,... et de l'ingénieur qui si cruellement les humilia dix ans plus tôt.

Ils ont réagi de tous leurs efforts dans les bâtisses neuves qu'ils ont construites; ils s'en sont pris même à ce qu'ils ne pouvaient détruire et qui les offensait par une crânerie démodée : à la galerie des Machines, qu'ils ont mutilée, découpée en tronçons, comme on fait d'un serpent malfaisant qu'on rencontre, et lors du concours ouvert au début de la période de préparation, en vue de déterminer le plan général de l'Exposition, la tour Eiffel eut à subir de leur part les pires attentats et les derniers outrages, ici flanquée de cariatides, là habillée de plâtre, rasée, découronnée, affublée tour à tour en déesse et en éléphant.

Elle a résisté. Elle est debout, insolente, la tête dans la nue, presque jolie, maintenant, par comparaison, parée de sa seule franchise, en face de tous ces édifices mensongers, intéressante comme toutes les victimes, et il est des soirs où le panache tricolore de son phare flambe de je ne sais quelles lueurs de triomphe. Qu'elle demeure sereine dans l'attente de la revanche du fer. L'avenir est à elle, et puisqu'elle doit survivre à ces palais de boue et de crachats qui l'avoisinent, elle reverra luire les grands jours.

Que les foules s'arrêtent, surprises et ravies, au seuil du palais du Génie civil, tout défiguré qu'il soit par les cloisons et les vitrines, c'est déjà un présage heureux, cela.

# IV

## PROCÉDÉS NOUVEAUX DE CONSTRUCTION

Mars

Confesserai-je ici une de mes déceptions? Je m'attendais à voir apparaître sur les chantiers de l'Exposition davantage d'engins perfectionnés qu'on ne nous en a montré. N'allez pas, d'ailleurs, me demander lesquels; je ne suis pas grand clerc en la matière. Pourtant, comme je ne néglige jamais l'occasion de visiter, quand le bon hasard m'en met à même, une usine ou un atelier, j'ai eu, de temps à autre, quelques émerveillements. J'ai admiré des machines si expéditives, si travailleuses, et d'autres si précises, et j'oserai dire si sages; j'ai conçu pour elles une telle estime, une telle admiration que j'espérais de tout mon cœur les revoir, évadées un moment des halls enfumés où elles peinent d'habitude, venir travailler un peu au grand jour, et raboter, et river, et souder sous nos yeux, en pleine fête. Mais non; il paraît qu'elles avaient fait leur besogne auparavant, et que lorsque les fers arrivèrent à pied-d'œuvre, tout préparés pour le montage, on n'avait plus besoin du ministère de ces étonnantes travailleuses. Force nous fut donc de nous contenter du spectacle des forges portatives ronflant dans les échafaudages, des frappeurs, des riveurs audacieux, balançant à cinquante ou soixante pieds en l'air leurs marteaux rythmiques. Et, sans

aucun doute, il était nécessaire qu'il en fût ainsi, car les ingénieurs avaient trop grand intérêt à bâtir vite ; ils eussent, d'autre
part, été trop fiers de nous montrer leurs dernières conquêtes,
pour avoir laissé passer de gaîté de cœur une occasion pareille
et qu'ils ne retrouveront plus de bien longtemps.

Pourtant, on nous aura présenté, aux chantiers du grand
Palais des Champs-Elysée, une installation vraiment modèle.

Je n'apprendrai rien à aucun Parisien digne de ce nom, flâ-
neur, par conséquent, en disant ici qu'à l'heure actuelle toute
maison est construite à moitié dans la carrière même d'où pro-
viennent ses matériaux. Pour peu qu'on se soit arrêté quelquefois
devant une bâtisse en train, on aura constaté que le montage
d'une maison par les maçons se réduit maintenant à n'être guère
plus qu'un jeu de patience un peu grand. Les pierres, établies
d'après les dessins fournis par l'architecte et par l'entrepreneur,
d'après le « calepin » arrêté par eux, arrivent toutes taillées au
chantier où elles doivent être utilisées — économie de main
d'œuvre, puisque les ouvriers sont moins exigeants en province
qu'à Paris, économie sur les droits d'octroi, la matière qui franchit les barrières où veillent les hommes vert-bouteille étant
ramenée au strict minimum, au volume exact qu'elle doit occuper dans la construction, plus, toutefois, un excédent de trois
centimètres sur chaque panneau, ce qu'on appelle le « pouce du
carrier ». L'œuvre des tailleurs de pierre sur place se trouve
ainsi réduite à bien peu de chose, pour les blocs simplement
équarris, sans moulures : à l'enlèvement du «pouce du carrier».

Eh bien ! ici, on avait trouvé moyen d'amoindrir encore cette
intervention de la main d'œuvre, de la limiter, autant dire, au
ravalement, et c'était une machine qui enlevait les trois centimètres de marge, amenait la pierre à ses dimensions définitives ;
c'était la « scie diamantée » à laquelle tous les gens du métier qui
se sont aventurés sur les chantiers ont rendu visite, sans parler
d'innombrables profanes.

Cette scie était circulaire, d'un diamètre de 2$^m$20, d'une épaisseur, à la tranche, de 2 centimètres. Sur cette tranche et aussi
sur les deux faces, en une circonférence très rapprochée des arêtes,
étaient disposés, trois à trois, en triangle, une série de cent

soixante petits diamants d'une eau, comme on pense, assez peu merveilleuse, et sans autre chose de commun qu'une parenté vague avec ces ruineuses gemmes qui scintillent de tous les feux du prisme sur le satin des gorges nues ; c'étaient des « boorts » du Brésil, de vulgaires cailloux amorphes et sans éclat et valant tout au plus vingt fois leur poids d'or.

Actionnée par la vapeur, animée d'une vitesse de 300 tours

LE PALAIS DES FORÊTS

à la minute, la roue diamantée fournissait en une heure près de trente mètres carrés de parements de pierre tendre, soit environ la besogne de deux cent quarante bons tailleurs de pierres.

Cette économie considérable de main d'œuvre était multipliée encore, sur l'ensemble des travaux, par le perfectionnement des appareils dits de levage, grues et treuils qui, maintenant, simplifient étonnamment la besogne de l'ouvrier, aussi bien à l'usine que sur les chantiers. J'ai trouvé quelque part cette indication qu'une grande forge qui a travaillé précisément pour l'Exposition, et qui produisait, en 1860, 2,000 tonnes de charpentes métalliques dans son année, en employant 1,200 ouvriers, a fourni, en 1899, 10,000 tonnes de fers avec seulement 450 ouvriers. Et peut-être est-ce tout de même un peu inquiétant, ces conquêtes de la mécanique, et ce bilan du siècle que nous promettaient les

organisateurs de l'Exposition, ne sera pas toujours très réjouis-
sant à feuilleter.

Au chantier des Champs-Elysées, le progrès était représenté
par un pont roulant électrique, — qui, à part son mode de pro-
pulsion, était la répétition identique des ponts à vapeur que vous
connaissez, et, au surplus, la réduction des fameux ponts rou-
lants de la galerie des Machines, en 1889, — et par une « grue
à pylône » qui amusa beaucoup les badauds des quais, avec ses
allures de franc échassier.

C'était, montée sur un wagon ou truc mis en marche au
moyen de bielles et d'engrenages, une charpente métallique de
près de 30 mètres de haut avec 24 mètres carrés de base seulement, une pyramide de treillage au haut de laquelle se balançait une grue ordinaire, un fléau articulé qui la prolongeait,
s'inclinait à volonté, se tendait à la façon d'un bras dans toutes
les directions où son aide était nécessaire et qui était capable
d'élever à 35 mètres de hauteur, un poids de 5.000 kilogrammes.
Son crochet, pendant au bout d'une chaîne démesurée qui s'en-
roulait sur un treuil actionné en bas par la machine motrice de
tout l'appareil, venait agripper sur le sol les pierres équarries
et taillées et les déposait à leur assise, à leur place. Ce colossal engin roulait d'un bout à l'autre des façades, pivotait au
doigt et à l'œil avec le fardeau qu'il hissait. Et si puissantes
étaient toutes ces machines de levage, si raisonnablement réparties sur la surface entière du chantier qu'une pierre, à partir
du moment où le bateau qui l'avait prise à la carrière l'amenait à quai, ne touchait presque plus la terre. Une grue la prenait sur la péniche, la déposait sur un wagon qui la conduisait
jusqu'au pont roulant ; soulevée de nouveau, elle était déposée
quelques instants plus tard à proximité de la scie diamantée et,
une fois débitée, elle reprenait sa promenade sur un autre wa-
gonnet qui la venait présenter à la grande grue à pylône. Elle
se balançait en l'air quelques minutes, puis bientôt reposait sur
son lit de mortier. C'était de l'ouvrage proprement expédié, sans
pertes de temps, sans fausses manœuvres, avec très peu de personnel.

Et c'est grâce à de pareils auxiliaires qu'on a pu édifier en

trois années, — la première adjudication de travaux, celle de l'es-
tacade où l'on déchargeait les matériaux est du 29 octobre 1896,
— ce groupe des deux palais des Champs-Elysées, qui ne présentait pas moins de 40.000 mètres carrés de superficie. C'est
bien, évidemment; toutefois, vous vous rappellerez à propos que
Libéral Bruant et Mansart, qui n'avaient ni scie diamantée, ni
grue à pylône, ni pont roulant électrique, ont édifié, pour
Louis XIV, les Invalides, qui couvrent 126.985 mètres carrés,
s'il vous plaît, de 1671 à 1675.

Progrès ! progrès qu'on nous chante, serais-tu donc, en fin
de compte, et malgré des apparences fallacieuses, un vain mot,
et comme disait le génial et terrible Edgar Poë, « une extase de
gobe-mouches? »

A côté de ces applications d'engins nouveaux ou peu connus,
la construction de l'Exposition fut encore le prétexte d'un essai
assez intéressant.

Vous n'êtes pas sans avoir lu, dans des journaux, dans des
revues parfois très doctes, avec quelle facilité la foi scientifique
des Américains transporte les montagnes qui ont ont cessé de se
plaire à un endroit déterminé. On vous aura conté des histoires
invraisemblables de mairies, de palais de justice, de cathédrales
voyageant par petite vitesse, comme de simples colis. Piqués,
j'imagine, par le récit de pareilles prouesses, nos ingénieurs
brûlaient d'imiter ces tranquilles audaces; et, afin de leur en donner l'occasion, les architectes, pour une fois se montrant bons
princes envers eux, eurent la complaisance de décider que la
galerie de la Force motrice, située au fond du Champ-de-Mars,
en avant de l'ancien palais des Machines de 1889, aurait exactement les dimensions de l'ancienne galerie des Industries diverses
édifiée jadis par M. Bouvard, et surmontée de l'étonnante coupole de chocolat que vous connaissiez bien sous le nom de
Dôme central, soit 30 mètres en largeur. On allait donc pouvoir
accommoder les restes de la vieille charpente dans une construction neuve et les ingénieurs conçurent le téméraire projet de les

utiliser sans démolition, en réduisant au strict nécessaire les travaux, c'est-à-dire en transportant à l'américaine les fermes entières de la place qu'elles occupaient primitivement à celle qu'elles devaient occuper dans l'avenir. On justifia l'entreprise par des raisons d'économie, argument pour lequel l'Administration tient toujours la bonne oreille ouverte. La vérité, un de mes confrères, qui est un peu celui des ingénieurs aussi, l'a dite ingénument : c'est que « l'occasion était vraiment trop tentante pour ne pas chercher à effectuer le déplacement d'un seul coup, comme cela se pratique assez souvent en Amérique ». On succomba à la tentation.

On commença par sectionner en trois tronçons les six fermes métalliques qui composaient le vaisseau ; — hélas! qu'on nous eût donc trouvés timides, « en Amérique ! » — On avait ainsi trois immenses cages.

La galerie nouvelle se trouve disposée perpendiculairement à l'ancienne, c'est-à-dire que l'axe en est parallèle à celui de la galerie des Machines, au lieu de lui être perpendiculaire. Il fallait donc que les trois morceaux, composés chacun de deux fermes soigneusement reliées l'une à l'autre, « contreventées », en terme de métier, vinssent d'abord se placer d'un mouvement en avant ou en arrière suivant leur position dans le hall primitif, à l'alignement de la galerie de la Force motrice, puis qu'on les fît évoluer d'un quart de cercle avant de les rouler à leur emplacement définitif: deux mouvements de translation, un mouvement de rotation.

On isola d'abord, avec précautions, de leurs fondations les pieds droits, qui, soulevés doucement à l'aide de vérins à vis, furent montés sur de petits chariots munis de galets d'acier. En même temps on disposait au fond de fossés, de façon à esquiver l'obligation de lever trop haut la charge entière, deux voies ferrées perpendiculaires l'une à l'autre et d'un écartement égal à la portée des fermes, l'une courant dans le sens de la longueur de la vieille galerie, l'autre suivant le front des façades du bâtiment à construire. A leur croisée, on posa une voie circulaire d'un diamètre égal à la diagonale de chaque travée, de telle sorte que les quatre pieds des fermes y vinssent se poser. Des treuils, placés sur un plancher léger, à la base des fermes, devaient actionner tout le système. Je passe sur les détails trop techniques, ceux qui touchent, notamment, à l'équipement des chariots de roulement.

Quand tout fut prêt, on convoqua, le 8 novembre 1898, pour assister à l'expérience, M. Paul Delombre, alors ministre du Commerce, et quelques invités de distinction. Tout marcha, on peut bien le dire, sur des roulettes : en fort peu de temps, la première travée, ayant roulé, pivoté, puis roulé encore, reposait sur ses chariots d'acier, à la place qui lui était assignée pour la durée de l'Exposition de 1900.

Par malheur, on s'enorgueillit trop de ce premier succès, et trop vite on abandonna à elles-mêmes les charpentes nomades : le 9 décembre suivant, un coup de vent jetait à bas les deux travées déjà transportées, et qu'on avait eu l'imprudence de débarrasser des poutres qui les contreventaient. Ce fut le lamentable couronnement d'un curieux travail. Adieu les économies entrevues ! Mais n'empêche que l'expérience, en soi, avait été très bien conduite, et, au demeurant, avait réussi. Il en avait été comme pour ces effroyables exploits des chirurgiens auxquels le patient survit une heure, par persuasion, et afin que la science triomphante puisse proclamer qu'il succomba non à l'opération elle-même, mais bien aux suites de cette opération.

Je dois mentionner encore l'application à certains travaux de l'Exposition d'un système nouveau de fondations : les fondations sur sol comprimé.

Les procédés couramment employés pour asseoir solidement sur leur base nos maisons et nos monuments sont longs et dispendieux. Ils entraînent toujours, à tout le moins, des travaux de terrassements assez considérables. Pour peu qu'on ait affaire à un terrain peu résistant et qu'il faille, par surcroît, recourir aux pilotis, la dépense devient considérable.

L'économie de temps et d'argent que permettent de réaliser les fondations sur sol comprimé les ont fait adopter avec enthou-

siasme par les architectes de l'Exposition, gens très pressés
d'arriver à l'heure, et réduits, comme crédits, à la portion con-
grue. On affirme, de plus, que les fondations ainsi établies sont
extrêmement résistantes et ne peuvent occasionner nuls déboires.
« Un puits bien battu, me disait un des jeunes architectes de l'Exposition, M. Auguste Bluysen, collaborateur de M. Ch. A. Gaul-
tier, qui a tenté l'expérience aux serres de l'Horticulture, un puits
bien battu fournit au moins la même résistance que trois pieux
solides.» Le système nouveau avait donc pour lui tous les avantages. Aussi l'a-t-on utilisé abondamment : les serres du Cours-
la-Reine, je le répète, le palais de la Ville de Paris et le palais
des Congrès qui les encadrent; en face, plusieurs pavillons des
puissances et le palais des Forêts; enfin, le pavillon du Commissariat général, le premier chantier de l'Exposition où en fut fait
l'essai, sont fondés sur sol comprimé.

Voici, en gros, en quoi consiste le procédé : Une sonnette,
toute pareille à celles dont on se sert pour battre les pilotis,
mais armée d'un appareil à déclic d'une forme particulière, appelé
« homard » en raison de son rôle de pince, élève à la vapeur,
jusqu'à une dizaine de mètres, une masse de fonte de 1.500 kilogrammes environ, puis le « homard », rencontrant un collier qui
desserre ses griffes, la laisse retomber en chute libre sur le sol.

La première masse employée est appelée par les ouvriers
« la carotte », et ce vocable imagé en indique mieux qu'un croquis la forme. La « carotte », donc, s'enfonce en terre par sa
pointe. A coups répétés, elle creuse le sol jusqu'à une profondeur estimée suffisante; mais elle le creuse sans déblais, en le
comprimant tout autour du puits qu'elle fore ainsi.

Dans ce trou, on jette des bétons de composition variable qu'on
comprime à leur tour, toujours par le même moyen, la chute
libre d'un corps lourd; mais, cette fois, on emploie un poids
d'une forme moins aiguë, une sorte d'obus — c'est d'ailleurs
le nom que lui ont décerné les ouvriers, — s'enfonçant dans les
matériaux par la pointe. Insensiblement, les pierrailles du béton,
la chaux qu'elles entraînent sont refoulées dans le sol jusqu'à
saturation, pour ainsi dire; jusqu'à refus. Bientôt, à chaque
coup le poids s'enfonce un peu moins, et quand le puits est

enfin rempli, on en achève le bourrage à l'aide d'une troisième masse dont la base, cette fois, est plane, et qui établit un champ horizontal. Les murailles, les fermes de métal viennent s'ap-

LE BOURRAGE D'UN PUITS

puyer sur ces blocs cylindriques de maçonnerie, qui forment, en réalité, comme des pieux de pierre, si l'on peut dire, et des pieux robustes.

M. Dulac, l'inventeur de ce système, ou plutôt du principe de ce système, est mort il y a quelques années. Il n'aura donc pas assisté au triomphe des fondations sur sol comprimé. C'est dommage, car ce triomphe sera complet, on peut le prévoir, après la consécration que leur a donnée l'Exposition.

Il me reste, enfin, pour avoir épuisé la liste des procédés originaux employés à l'édification de l'Exposition, à parler de certains matériaux soit d'invention récente, soit utilisés dans un rôle qu'ils n'avaient pas encore joué, et encore de tours de main jusqu'alors peu connus. Tels sont l'acier moulé, le ciment armé, puis un succédané du staff, la « fibrocortchoïna », et enfin le métal déployé. Et tout en désirant éviter, dans ce livre, de vous infliger de la technologie à haute dose, je demande à vous les présenter en quelques mots.

C'est en acier moulé, je l'ai dit, que sont établis les quinze arcs du pont Alexandre III. L'adoption de ce métal n'a pas été, paraît-il, sans quelque résistance de la part du Conseil supérieur des ponts et chaussées qui, comme chacun sait, contrôle en France tous les travaux publics.

L'acier moulé n'avait, jusqu'à ce moment, été employé que par les ingénieurs des constructions navales, auxquels il fournissait de grosses pièces, bâtis de machines, étraves ou étambots de navires; par les artilleurs, qui lui demandaient la matière constitutive de leurs canons. Quelle figure allait-il faire dans le nouvel emploi qu'on se proposait de lui donner? Il y avait dans le savant aréopage des membres timorés, contemporains de Navier, peut-être, qui eussent volontiers reconstruit là le pont suspendu qu'il y avait jeté lui-même sous le bon roi Charles X, plutôt que de risquer une expérience qui les épouvantait. M. Résal fut assez heureux pour les convaincre et pour leur démontrer qu'étant donné la forme nécessaire du pont, très surbaissé, sans support intermédiaire, l'emploi de l'acier coulé s'imposait sans conteste. Ils ne doivent pas le regretter maintenant.

Chacune des pièces d'acier constituant les arcs, — il y en a trente-six pour chaque arc, — a donc été fondue aux usines, sur des gabarits très compliqués de lignes; car elles ne sont pas d'une section uniforme, et chaque arc va se renflant, de la rive, jusqu'à mi-distance environ de la clef, jusqu'au point d'épaisseur maxima appelé *rein,* puis diminue jusqu'à la clef. Ces pièces, ou *voussoirs,* sont réunies par boulonnage, non par rivetage comme dans les ponts en acier laminé, où les rivets produisent toujours, sur les faces apparentes, un effet si désobligeant.

Pour ce montage, en raison de ce qu'on ne pouvait songer à interrompre la navigation par l'établissement d'une file continue de pilotis au travers du fleuve, force fut encore de créer un accessoire nouveau, cette fameuse passerelle qui intrigua si fort, pendant des mois, les Parisiens, car ils la prenaient pour une partie du pont lui-même, cette sorte de longue poutre tubulaire qui, roulant sur des rails le long des rives, se transportait successivement à la place de chaque arc, entraînant avec elle, soutenu par des tirants solides, le plancher qui servait, en quelque sorte, de matrice à l'arc. Ce fut un admirable travail, dans ses moyens comme dans ses résultats, seuls visibles à l'heure qu'il est.

Le ciment armé va faire, après cette année, quelque bruit dans le monde (1), encore que les Anglais et les Américains, réputés d'habitude si hardis, ne lui aient manifesté qu'une médiocre confiance en ne consentant jamais à établir directement sur lui, sans autre intermédiaire, la base de leurs pavillons du quai d'Orsay.

Tout le long de ce quai, en effet, des Invalides à Grenelle, la ligne du chemin de fer de l'Ouest, qui longe le fleuve en tranchée, est recouverte en ciment armé. C'est sur ce toit que sont construits en grande partie et les pavillons des Nations, et le palais des Armées, et celui de la Navigation de Commerce, et celui des Forêts; sur des pieux en ciment armé aussi que s'appuient, dans la partie où ils surplombent les basses cales, et le pavillon de la Ville de Paris, et le palais des Congrès, et les serres de l'Horticulture. En ciment armé encore, tous ou presque tous les balcons en encorbellement de l'Exposition, aux palais des Beaux-Arts, au palais de l'Éducation, à maint autre; et la passerelle qui relie le Trocadéro au pont d'Iéna, et les murailles

(1) Hélas ! depuis que j'ai écrit ces lignes, il n'en a fait que trop ! Et l'on se rappelle la terrible catastrophe du 29 avril, au Champ de Mars.

de la tranchée où passent, à cette place, la voie des tramways et la rue carrossable, sont toujours de ciment armé. Or, il n'y a que cinq ou six ans que le ciment armé a vu le jour. C'est un beau commencement.

En substance, le ciment armé est du béton de ciment, ou mélange de gravier et de ciment, coulé sur place dans des moules de planches qui le modèlent, autour de tiges de métal rondes, de différents calibres suivant les charges que devra supporter l'ouvrage à exécuter ; et ainsi on façonne tour à tour des piliers, comme au-dessous du Cours la Reine, des poutres, ou même des planchers entiers d'un seul bloc, comme au petit palais des Champs-Élysées et sur la voie ferrée des Moulineaux.

J'hésite à charger cette description trop sommaire du procédé. Cependant dois-je ajouter que, dans les poutres qui travailleront en flexion, c'est-à-dire en étant suspendues par une de leurs extrémités ou par les deux, des pièces de fer plat, noyées dans la masse transversalement aux fers ronds, relient ceux-ci et accroissent la résistance du bloc en lui donnant de l'homogénéité, remplissant précisément le rôle que joue, dans un fer en I, la partie verticale, le bâton, l'*âme* de la pièce. Et il ne manquera pas, parmi vos amis, d'ingénieurs qui, certes, vous exposeront, mieux que je ne saurais le faire, comment le fer résistant aux efforts de traction, tandis que le béton suffit à faire équilibre aux forces de compression, tout est pour le mieux dans le meilleur des systèmes possibles.

Maintenant, nous voici tout au... ou tout à la « fibrocortchoïna », car Littré ignora ce mot barbare. Mais, sans qu'il soit besoin d'un dictionnaire, vous en démêlerez sans peine, j'espère, la double étymologie, latine et très noble quant à sa racine, vraisemblablement auvergnate, et partant moins patricienne, pour la désinence.

La fibrocortchoïna, — allons pour le féminin ! — c'est, si vous voulez, du plâtre armé, mais armé de copeaux et de roseaux.

Et c'est très suffisant pour l'usage que cela doit fournir, plus résistant encore que le vieux staff, fait de plâtre et d'étoupe.

La fibrocortchoïna, préparée à l'atelier, arrivait en grandes planches de 2 mètres à peu près de longueur, de 40 à 50 centimètres de largeur, qui, bien sèches, étaient attachées, à l'aide de clous soigneusement étamés ou bien galvanisés, — car la rouille eût taché irrémédiablement les blanches murailles, — sur les pans de bois ou sur les charpentes. Parfois, dans les moments de presse, on préparait directement ces « planches de plâtre » sur les chantiers. Quelques minutes y suffisaient : sur une table, quatre baguettes ou tringles encadraient un espace rectangulaire dans lequel on coulait d'abord une mince couche de plâtre frais ; puis, sur ce plâtre on étendait, sans précautions aucunes, de ces fins débris de bois ou fibres que les emballeurs utilisent pour envelopper les objets précieux, puis une poignée de roseaux de marais ; on versait une nouvelle couche de plâtre, noyant le tout, et en quelques minutes, on démoulait une plaque grisâtre qu'on pouvait transporter, fumante, au tas où les ouvriers, le lendemain, la viendraient prendre pour l'appliquer sur le support destiné à la recevoir. Un enduit lisse par dessus, enduit qui prenait grâce aux aspérités volontairement ménagées à la surface des planches, surtout dans les planches fabriquées en grand à l'usine, et voilà d'admirables parois pour les palais, des parois que les peintres n'avaient plus qu'à grimer pour en faire, à leur gré, des marbres, des granits, des porphyres, des malachites, ou de très vieilles et de très vénérables pierres..., que six mois passés à l'air allaient effriter et renvoyer en poussière, comme font les siècles des plus augustes monuments que l'homme ait érigés.

Dans nombre de palais, pourtant, la muraille est plus solide, le support en étant constitué non par de fragiles roseaux secs, non par de l'étoupe, mais par du « métal déployé ».

Prenez garde à ce dernier venu dans l'art du constructeur :

il ira loin. Son coup d'essai, qui est précisément l'Exposition, a été vraiment un coup magistral. Dans la plupart des pavillons étrangers, dans presque tous les palais du Champ de Mars, à droite, à gauche, il a tenu brillamment sa place.

Qu'est-ce que le métal déployé ? Son nom le définit mal.

Imaginez une mince lame de tôle, cisaillée à des intervalles réguliers de fentes parallèles, d'entailles disposées à sa surface en quinconce, c'est-à-dire de telle sorte que chaque entaille d'une rangée quelconque tombe entre deux entailles de la rangée supérieure et de celle d'au-dessous. Représentez-vous ensuite cette lame étirée à l'aide de machines puissantes, dans un sens perpendiculaire aux fentes; vous aurez ainsi obtenu un treillis métallique dont les vides auront la forme de losanges. Je ne vous expose pas ici le mode exact de fabrication; je cherche à vous donner une idée de l'aspect du métal déployé. Vous en pouvez voir, d'ailleurs des échantillons au Trocadéro, où il double et complète les clôtures de bois, de chaque côté de la voie charretière en tranchée, le long du quai Debilly.

Comme la feuille métallique primitive est, je le répète, assez mince, cette sorte de grille qu'elle est devenue demeure très malléable, très plastique, prend sous l'outil ou sous les doigts les profils les plus variés, se modèle selon le gabarit sommaire des moulures, tout en devenant très rigide, une fois posée et clouée.

Dans les constructions où il a été utilisé, le métal déployé a suppléé la toile grossière qui servait autrefois, qui a servi encore dans quelques cas, cette fois-ci, à supporter la mince couche de plâtre par quoi sont constituées les murailles précaires des palais d'Exposition. On le clouait, on le tendait comme cette toile, autour des pylônes de charpente composant l'ossature des piliers ou des pieds-droits; puis, sur ce réseau, on venait plaquer le plâtre à pleines truelles.

On en a fait des consommations formidables : plus de 500.000 mètres carrés dans l'intérieur de l'Exposition. Il y en a 13.600 mètres dans le plancher du palais de l'Électricité, 70.000 à la salle des Fêtes, 30.000 au palais des Mines; et c'est partout à l'avenant. Le ciment armé et le métal déployé sont les rois du moment ; ils partagent le sceptre et le trône, dans cet empire transitoire du truquage qu'est la grande foire de 1900, avec le plâtre, avec le staff, avec la peinture, avec tout ce qui est clinquant, duperie.

Et je vous laisse le soin de prononcer si cela symbolise bien ou mal notre pauvre vieux siècle.

## V

## LES ARTISANS DE L'ŒUVRE

Mars.

Je fis halte, un soir torride, sur les pentes du Trocadéro, où d'autres déjà m'avaient précédé, et avec eux je regardai.

Le spectacle qui nous retenait avait pour nous quelque chose de surprenant, d'insolite et, le dirai-je, de blessant.

C'était sur les chantiers de l'Asie russe, sur ce terrain du pavillon sibérien dont, trois ou quatre mois auparavant, nous avions solennellement fêté la prise de possession en présence d'un ministre, de hauts fonctionnaires, de quelques diplomates et d'une bonne demi-douzaine de princes.

Une soixantaine d'hommes étaient attelés sur des câbles à un lourd fardier chargé de troncs d'arbres, qu'il s'agissait de monter du quai tout en haut de la côte, au pied même du palais. Peut-être une toute petite machine actionnant un treuil ou un cabestan y eût-elle suffi. Mais non, on avait abondamment à sa disposition de la main-d'œuvre, on l'employait, sans doute parce que plus économique; encore qu'on eût dû, relativement, la payer un bon prix, car tous ces hommes aux longs cheveux, aux barbes hirsutes, pour la plupart, aux regards ingénus et résignés, on les avait fait venir de Russies lointaines, de Tobolsk, disait-on, de quelque Sibérie sinistre, au regard de laquelle, malgré tout, malgré la discipline orientale à peu près

conservée, malgré le semblant d'esclavage, la France hospitalière
devait leur sembler un Eden.

On nous les avait présentés justement le jour de cette pose de
la première poutre du pavillon. Et ç'avait été pour eux jour
de grande liesse.

En belles chemises de soie bleues, rouges, jaunes, qu'on leur
avait données toutes neuves, j'imagine, pour la circonstance, ils
avaient assisté du dehors, psalmodiant des prières, à l'office
divin célébré dans une chapelle improvisée; puis défilant, si
humbles, si fervents! devant l'archiprêtre officiant, devant les
diacres coiffés de mîtres de velours pourpre et la démarche
lourde sous leurs chapes et leurs dalmatiques de toile d'argent,
ils avaient tendu, enfin, leurs fronts inclinés aux doigts mouillés
d'eau sainte des popes. Pour veiller sur eux, pour protéger leur
dur labeur, on avait dressé à l'entrée du chantier une haute croix
dorée, au milieu de laquelle rayonnait et souriait l'icone de la
Vierge. Après quoi, on leur avait fait largesse de quelques verres
d'âpre *vodki* et d'un bon repas. Leur entrain, au dessert, s'en
était échauffé. Il avait fallu, même, avant la fin de nôtre déjeu-
ner à nous, leur ordonner un peu de calme, tant leurs vivats
étaient bruyants.

Et en quittant la table, nous les avions trouvés bien sages,
assis en rond et chantant, accompagnés par un accordéon, des
airs populaires de chez eux, monotones et doux comme des
cantiques. Leurs figures rayonnaient d'une joie enfantine, et dans
leurs yeux, où se reflétait la flamme des chemises rouges, l'éclair
d'azur des chemises bleues, flottait un sourire au souvenir de la
petite maison de là-bas, subitement évoquée par un chant.

Il y avait parmi eux deux femmes vêtues d'écarlate, l'une un
foulard voyant noué sur sa tête, l'autre diadémée du *kakoshnik*
national. Ils dansèrent tour à tour avec elles.

Nous nous amusions de leur gaieté puérile, de leurs costumes trop brillants, de leurs gambades d'enfants, qui contras-
taient étrangement avec leurs carrures d'athlètes, de leurs chan-
sons naïves. Comme tout cela est loin!

Maintenant, plus de refrains, plus d'oripeaux!... Peut-être
les leur avait-on seulement prêtés, les vêtements neufs du jour

de fête ? A peine de couleur locale ; les hommes en haillons, presque, en chemises d'indienne sales, trouées, par les déchirures desquelles on pouvait suivre le jeu admirable des muscles ; d'aucuns habillés déjà au magasin de confection voisin ; des manières de sauvages déguenillés et suants, aux visages embroussaillés, courbés dans un formidable effort, tous leurs corps tendus sous les câbles d'attelage.

Toutefois, ils chantaient toujours. Et leur chant, mélopée traînante et mélancolique, était semblable à une plainte.

Chaque phrase se terminait par un *hi-ha* prolongé au son duquel toute la bande se jetait en avant, entraînant dans une course de quelques mètres le terrible chariot. Et pendant ces courts moments, on sentait un frisson vous hérisser la chair : qu'un des câbles se rompît, qu'une fausse impulsion fût donnée au timon de l'éfourceau et c'était deux, trois, dix hommes écrasés, jetés contre la palissade ou, en arrière des roues, broyés par la charge qui redescendait. Nous haletions.

Cela dura un long temps. Et comme la journée touchait à sa fin, des ouvriers des autres chantiers, des nôtres, passaient. Ils s'arrêtaient aussi, comme nous. A un moment où le chariot s'ébranlait, au rythme de la psalmodie plaintive, des claquements de fouet crépitèrent comme une moquerie, comme un éclat de rire, et l'un des spectateurs, un plâtrier ou un maçon en cotte blanche, ricana : « Du foin ! » et puis reprit sa route.

Et je crois qu'une heure après, devant la soupe fumante, au milieu des enfants babillards, admirant confusément, par la fenêtre ouverte de son logement sous les toits, la souveraine beauté qui revêt Paris quand il va s'endormir essoufflé par une journée de rude labeur, maint des curieux qui s'apitoyaient avec moi sur le sort des tristes « amis russes » apprécia mieux que la veille le bonheur d'être fils de la « France douce »

Pourtant, ils ne chantent pas, nos ouvriers ; ils ne chantent plus ; je veux dire plus de ces chœurs comme en entonnaient autrefois les ouvriers travaillant en équipes, comme j'en enten-

dis chanter jadis aux charpentiers battant des pieux à l'aide de
la vieille sonnette à tiraude :

> En voilà un !
> Deux, ça va mieux !
> Le trois s'en va,
>     Ça ira !
> Le quat' va bien,
>     Ça va bien !

de ces entraînantes niaiseries qui donnaient du cœur aux moins
vaillants et dont le branle réglait comme un pendule les mouvements des bras noueux.

Ils ne chantent plus, et il faut s'en réjouir. Car leur silence ne
prouve point qu'ils apportent au travail moins de contentement
que d'autres ni moins d'ardeur. Non. Mais les travaux pénibles,
les travaux de bêtes de somme auxquels étaient astreints naguère
leurs devanciers et qui, exigeant de tant de forces unies des efforts
rigoureusement combinés, justifiaient les refrains cadencés, ces
travaux-là leur sont désormais évités; la tâche bestiale qu'ils
voyaient accomplir aux Russes leur est pour jamais épargnée ;
la machine, tant maudite, et si injustement, s'en charge toute
seule. Battage des pilotis, levage des fermes de charpentes les
plus lourdes, la vapeur accomplit tout cela avec une rapidité
miraculeuse. Il suffit qu'une intelligence la surveille et la guide.
Le rôle de l'ouvrier s'est heureusement modifié, relevé, et aussi,
par contre-coup, sa situation morale et matérielle. On lui demande
davantage d'initiative, davantage de compréhension, avec un
moindre effort musculaire. Sans doute, il y a toujours des ma-
nouvriers. Ils sont en moins grand nombre, et de cela j'ai donné
plus haut un exemple et des raisons.

On demeure stupéfait, plus que du peu de temps qu'on a
mis à construire l'Exposition, du nombre restreint d'ouvriers
qu'on y a employés.

Ç'a été encore là une de mes désillusions : j'avais rêvé, pour
toute cette période de préparation, d'un hourvari terrible, d'une
bataille formidable de l'homme contre la matière, d'une mêlée
de travailleurs se ruant, bras nus, gorges au vent, pioches,
truelles et marteaux en mains, sur la terre qui résiste, sur la

pierre trop lourde, sur le métal rebelle. Je trouvais une lutte réglée, un effort soutenu, mais sans rage ; sur l'emplacement d'un palais futur, de rares maçons perdus dans l'étendue des fondations ou lilliputiens au faîte des murailles ; quelques douzaines de riveurs greffant mètre par mètre, sur le tronc d'un pilier de fer, les rameaux grêles des arcs, et, en somme, au plus fort des travaux, au mois d'octobre dernier, 6.200 hommes éparpillés dans l'immensité de ces 108 hectares de terrain ; pas tout à fait 60 par hectare. Au moment du suprême coup de feu des installations, le total des travailleurs employés par la direction des travaux ne dépassait pas 7.300, abstraction faite, bien entendu, des ouvriers amenés par les Commissaires étrangers.

Pourtant, quelle formidable besogne ils ont abattue et avec quelle apparente aisance !

Cette Exposition, d'où peuvent sortir, suivant la fantaisie des destins, contrariée à peine par la sagesse ou la folie des hommes, tant de biens ou tant de maux ; cette Exposition qui va, je l'espère, tirer de leur léthargie des indolents qui s'oubliaient, stimuler des énergies latentes, éveiller des désirs féconds, et qui, peut-être, causera, j'en ai peur, beaucoup de déceptions, car les rêves qu'elle fit éclore furent parfois insensés ; cette Exposition aura, sur plus d'un point, donné aux ouvriers la conscience précise de leur force, de la puissance qu'ils peuvent acquérir demain, ce soir, quand ils voudront. Sans doute, ils en avaient déjà le soupçon confus. Il n'est aucun homme de quelque intelligence qui ait traversé, même pour un temps court, les chantiers trois ans ouverts aux deux rives de la Seine, sans acquérir à cet égard une certitude.

Savez-vous que tout un palais de l'Exposition, — non le plus joli, mais cela ce n'est pas leur faute, — le palais de l'Économie sociale et des Congrès, a été construit entièrement par des associations ouvrières ? Quel exemple, et quels fruits il peut porter !

C'est un essai qu'on voulait faire, et on choisit justement cet

édifice où vont être discutés, par des gens souvent bien désintéressés, pas toujours très clairvoyants, — la science des livres et
des rapports est un guide bien chancelant, — quelques-uns des
problèmes dont la solution intéresse la classe ouvrière. En d'autres lieux, les coopératives sont intervenues aussi, puisque
l'une des clauses essentielles des cahiers des charges portait
qu'elles pouvaient être admises aux adjudications. C'est ainsi
que les clôtures de l'enceinte ont été fournies et posées par les
Charpentiers de Paris; que beaucoup d'entreprises de peinture
ont été soumissionnées par *le Travail*, société d'ouvriers peintres. Mais nulle part l'expérience n'a été aussi complète qu'au
palais des Congrès.

On n'eut pas recours, en ce qui le concerne, à l'adjudication :
de gré à gré on confia les travaux aux Charpentiers de Paris,
plus haut nommés, aux Maçons de Paris, aux Menuisiers de
Paris, à la Société coopérative des ouvriers parqueteurs, à l'Association des ouvriers peintres, à l'Association des plombiers-
couvreurs-zingueurs, à la Société coopérative des sculpteurs-
décorateurs ornemanistes et à l'Union des ouvriers serruriers,
enfin. Il résulta de ce mode de procéder la nécessité de construire
le palais en bois, — c'est le seul pour lequel on ait une excuse
aussi valable, — car aucune association ouvrière de production n'exploite encore d'usine métallurgique. Mais patience !...

Le résultat a été excellent pour l'Administration, et sans
doute aussi pour les constructeurs. Les travaux se sont poursui-
vis normalement, sans à coups. Le pavillon a été l'un des premiers achevés, sinon même le premier. Et les rapports entre les
travailleurs et l'agence d'architecture ont été parfaits. Si cet
exemple n'entraîne pas les ouvriers les plus rebelles jusqu'ici à
l'esprit d'association, on aura le droit de s'en étonner.

Car, pour peu qu'ils aient observé, les travailleurs des chantiers de l'Exposition n'ont pas été sans remarquer les conditions infiniment moins défavorables dans lesquelles leurs camarades des coopératives accomplissaient leur tâche. Il est certain
qu'au point de vue des mesures protectrices contre les accidents, les ouvriers associés étaient autrement favorisés que ceux
employés au compte de patrons. Il était impossible de n'en être

pas frappé, notamment en ce qui concernait les ouvriers peintres.

Quelques journaux ont recueilli l'écho de plaintes très justi-
fiées des travailleurs, sur ce chapitre. On a demandé aux ouvriers
des besognes extrêmement périlleuses, et, encore que les accidents aient été relativement peu nombreux, par bonheur, sur
ces chantiers, il n'en demeure pas moins que les risques étaient
gros. J'ai plus d'une fois frémi de voir, suspendus aux fermes
de quelque palais, à vingt-cinq ou trente mètres en l'air, sur des
supports hasardeux au point d'inquiéter un gymnasiarque, des
peintres en bâtiment protégés seulement contre la chute, à tout
moment possible, par une ou deux planches superposées, un bout
de corde, rien. Sous eux, le sol, hérissé de madriers anguleux, de
ferronneries tranchantes, — et puis, soixante pieds de vide ! Et
ils chantaient, ceux-là, ils roucoulaient des romances sentimen-
mentales, car le peintre est lyrique par définition, par état. Or,
plus loin, j'apercevais, par exemple, des membres de l'Association de peintres *le Travail*. Ceux-là aussi se balançaient là-
haut sur des échafaudages aussi légers. Mais sous eux était tendu
le grand filet que les règlements administratifs, soucieux, dirait-on, d'éviter seulement aux spectateurs des émotions trop
fortes, imposent au plus audacieux des acrobates.

Ce rapprochement-là, d'autres que moi l'auront fait, et je
serais bien surpris si ceux-là n'avaient pas joué des pieds et des
mains, le jour même qui suivit leur découverte, pour conquérir
la faveur d'entrer dans une de ces coopératives privilégiées.

Je ne parle que pour mémoire, et comme d'un luxe, des
confortables roulottes que les mêmes associations amenaient
sur les chantiers pour abriter, à côté d'un petit bureau pour le
« maître compagnon », les vêtements propres qu'on endosse
pour venir au travail, regagner le soir son logis, traverser le
grand Paris si coquet, alors que tant d'autres pauvres hardes
gisaient dans les coins, sur le sol, suspendues à quelque clou, à
la merci des éclaboussures de plâtre ou de minium. Ce n'est
rien qu'un détail ; mais de tous ces détails un peu est fait le bien-
être, le bonheur.

La question de sécurité, de protection contre l'accident est
importante, elle, en revanche.

5

Si les patrons pouvaient entendre les imprécations qui les poursuivent, les malédictions qui tombent sur eux, passé l'affolement premier causé par le drame, quand un ou deux de leurs hommes ont été précipités de quelque échafaudage, je crois qu'ils en seraient émus. La caisse des accidents n'est qu'une panacée banale, et mieux vaudrait, pense-t-on dans ces moments, des peines préventives contre l'imprudence.

J'ai eu cette mauvaise fortune de voir de près l'un des accidents graves qui aient marqué les travaux : l'écroulement, le 8 octobre 1899, d'une douzaine de fermes de charpente du palais Armées de terre et de mer. J'arrivai là, attiré par le fracas de la chute, dix minutes après la catastrophe. Ce fut un effroyable spectacle, cet entassement de bois tordus, éclatés, d'où partaient de déchirants appels, le va et vient éperdu des hommes aux larges cottes de velours, ensanglantés, leurs visages convulsés par l'épouvante ou la douleur; et le long, l'interminable sauvetage traversé de gémissements.

Un autre jour, — la malchance me poursuivait au point de me laisser inquiet, troublé de vagues superstitions en des jettatures, de souvenirs de contes romantiques, — un autre jour, je fus témoin de la chute d'un échafaudage, au palais des Fils et Tissus, au Champ de Mars, presque au point où, le matin même, un vitrier, un pauvre petit gars de vingt ans, était tombé d'une hauteur de quinze mètres et s'était fracassé.

J'allais quitter les chantiers, la nuit tombant. C'était en plein hiver, un soir brumeux, funèbre, où, à quatre heures et demie, les ouvriers devaient laisser le travail, n'y voyant goutte. Un coup de trompe avait sonné déjà, donnant le signal de la retraite, d'une dégringolade joyeuse le long de toutes les échelles, d'une fuite précipitée dans toutes les directions, vers toutes les issues, avec un brouhaha, des rires. Et soudain, un coup sec, un claquement violent arrêta net les courses, éteignit les lazzis. Près du grand porche de l'avenue Rapp, un échafaudage venait de s'écrouler. Dans la pénombre glauque et trouble du hall, un nuage de poussière ondula. Tous les élans convergèrent de ce côté.

Il y avait à terre un amas de débris, qu'en grande hâte, fébri-

lement, les premiers arrivés s'employaient à déblayer. Pas un
cri, pas un soupir. Et, successivement, on retira des décombres
trois hommes, trois plâtriers tout blancs et rouges, ensanglantés.
Deux paraissaient peu grièvement blessés. On les entraîna vers
l'infirmerie, où l'on allait quérir un brancard pour emporter le
troisième.

Pauvre diable ! Tandis qu'on continuait à écarter les planches, les cordes, les boulins, dans l'incertitude où l'on était si
d'autres victimes ne demeuraient pas ensevelies là-dessous, on
l'étendit à terre avec mille précautions, la tête appuyée sur un
sac, au milieu d'un cercle de fronts penchés, de bouches contrac-
tées, d'yeux effarés.

La tête !... Ce n'était plus qu'une bouillie pitoyable, du sang,
du plâtre et des cheveux arrachés, une masse horrible où plus
rien ne vivait, rien..., que le filet de pourpre tiède suintant goutte
à goutte d'un trou béant, tout noir; et les lèvres, qui, tout à
l'heure, s'agitaient désespérément, n'avaient plus un tressaillement, pâles maintenant et entr'ouvertes.

Comme le brancard tardait à venir, on le souleva, des camarades, — oh! si doucement, si attentivement! — et l'on partit
vers le poste médical. Hélas! on ne dut guère y déposer qu'un
cadavre !

Alors, des rumeurs s'élevèrent autour de la flaque sombre
que buvait lentement le sol; des mots de colère se croisèrent,
proférés à mi-voix, comme dans une chambre mortuaire; des
mots horribles, et que la plume se refuse à écrire, se répondirent,
de la place humide encore où gisait tout à l'heure le blessé, au
tas informe des planches brisées, des madriers rompus, des
câbles arrachés, d'où émergeait une pièce de fer, l'angle aigu
d'un rampant d'escalier où sa pauvre tête s'était fichée en tombant comme une pomme sur un chaume...

Les cieux me préservent d'encourir jamais une réprobation
pareille à celle dont j'entendais encore le grondement, cette
soirée d'hiver, au coin du feu !

Certes, en dédommagement de tant de dangers courus, on a témoigné aux plus humbles collaborateurs des architectes beaucoup de bienveillance, et même quelques égards. Dans la pluie de décorations qui va s'abattre sur le pays à l'occasion des « grandes assises du travail », on a même pensé à eux. A leur usage, on a créé une médaille spéciale, qui leur fera oublier bien des choses : quelles plaies, je vous prie, ne panserait-on pas en France, avec un centimètre de ruban ? Le langage de la proclamation que leur adressa, pour leur notifier cette décision, M. Alfred Picard, était très digne et bien propre à exciter les zèles les plus vacillants. Enfin, j'ai aperçu, de ci de là, des écriteaux intéressant « Messieurs les ouvriers », dont le style frisait d'un peu près la basse flagornerie.

Tout cela me semble fait pour donner à nos gens, avec quelque ambition, une assez bonne opinion de leurs mérites. Je comprends toutes les ambitions, et j'ai d'eux, peut-être, une meilleure opinion encore qu'eux-mêmes.

Je n'ignore, parbleu ! aucun de leurs défauts, j'entends de leurs défauts collectifs. Je les trouve minces, secondaires, auprès de leurs merveilleuses qualités.

Ils ont, dites-vous, mauvaise tête ? Je crois qu'on exagère

L'INAUGURATION DU GRAND PALAIS

bien un peu. Ils sont plus faciles à manier qu'on ne veut le reconnaître, certes ; à preuve la facilité déplorable avec laquelle,
dans les circonstances critiques, les meneurs les entraînent.

Je vais vous faire sourire : je crois bien que leur pire défaut
c'est leur vantardise, une sorte d'amour-propre enfantin et absurde qui les pousse, dans nombre de cas, aux pires sottises,
comme il les porterait à l'occasion aux plus grandioses héroïs-
mes...

Un mot seul de leur argot définit cet état d'âme : ils sont
« crâneurs ». Eux, si simples, si bons enfants, en général, entre
camarades, il suffit qu'ils se sentent le point de mire de deux
yeux seulement, d'un objectif photographique, pour devenir
tout à coup poseurs, théâtraux, pour jouer leur scène.

Mais, à bien prendre, n'est-ce pas là un défaut national ? Ne
sommes-nous pas tous, tant soit peu, les victimes de cette infil-
tration universelle du théâtre dans notre vie, de ce culte du
cabotinisme qui se révèle à tant de signes ?

Après tout, national ou non, nous pouvons nous consoler de
ce travers, si c'en est un. Il n'est pas grave. Et puis, les sévères
censeurs qui nous entourent et nous guettent par dessus les
monts, par delà les fleuves ou les mers, nous ont reproché si
souvent et si acrimonieusement nos airs conquérants, que nous
avons bien gagné le droit de nous en faire gloire. Quand on ne
peut se guérir de ses ridicules, le parti le meilleur qu'on ait à
prendre c'est encore de les porter élégamment. Et, dans bien des
cas, il est si facile de tirer un bon parti de ce penchant à la vanité !

L'un des jeunes architectes du palais des Armées, M. Umbdenstock, me racontait, un jour de cet hiver, pendant les grands
froids qu'il a fait et qui forcèrent à interrompre les travaux sur
presque tous les points, le procédé qu'il employa pour retenir sur
leur chantier ses charpentiers.

Il y avait derrière leur palais, très en retard parce qu'il avait
subi beaucoup de vicissitudes, des ouvriers russes qui travaillaient à un pavillon destiné également à abriter une exposition
maritime et guerrière. C'étaient de ces manières de colosses velus,
habitués de naissance aux frimas, et dotés de coffres à défier
toutes les bronchites.

. M. Umbdenstock s'arrangea de façon à leur faire dire que leurs collègues français étaient assez curieux de savoir laquelle des deux équipes supporterait le mieux et le plus longtemps la rigueur des temps. Puis, quand il les sut dûment avertis, il s'en revint vers ses compagnons à lui :

— Vous savez, les enfants, le pari que font les Russes : que vous déguerpirez du chantier avant eux, à cause du froid. Qu'en dites-vous?

Or, pas un des charpentiers français ne quitta les travaux, même quand les Russes demeurèrent, une journée ou deux, blottis au coin de leur feu, dans leurs touloupes, sous leur tente du Trocadéro.

Pareillement, entre leurs propres ouvriers, M. Umbdenstock et son ami et confrère M. Auburtin s'attachèrent à maintenir une émulation constante, les divisant par équipes, leur donnant des tâches déterminées, excitant les uns par l'exemple des autres. Et c'est ainsi que les deux vaillants architectes arrivèrent à édifier, en moins de huit mois, un palais de 340 mètres de façade.

Si les défauts de nos ouvriers me sont apparus véniels, j'ai vu éclatantes, précieuses leurs qualités.

Nous avons eu maintes occasions à rapprochements et à comparaisons, puisque plusieurs Commissaires généraux ont cru devoir faire venir de chez eux certains ouvriers dont ils avaient besoin, soit qu'ils craignissent de n'avoir pas les nôtres aussi bien en main, soit que, pour tels travaux, il fallût en réalité des ouvriers spéciaux.

Je les ai observés tous et regardés vivre.

Il y eut d'abord, presque au début, des charpentiers allemands, moyenâgeux, prodigieusement habiles, et que leurs confrères d'ici admirèrent fort; des hommes lourds, appliqués, réfléchis; il y eut des Russes, qui construisaient des cahutes de troncs bruts assemblés, à peine supérieurs, comme art, à des ouvrages de castors, des êtres rudes, des lendores asservis, tremblants; il y eut des Finlandais, qui édifièrent cette petite chapelle du

quai d'Orsay, adroits à ciseler et à assembler le bois, agiles comme
des gabiers, et portant, comme eux, accroché à la ceinture le
couteau qui semblait leur principal outil, de braves gens très
dociles, qu'un contremaître amenait en escouades sur le chantier, à l'heure du travail, reconduisait au Trocadéro vers midi,
ramenait après le repas, et rentrait le soir au campement, comme
eût fait un sergent galonné; il y eut des ouvriers anglais qui, vers
le coup de cinq heures, prenaient le thé sur un établi paré d'une
nappe blanche, où reluisait le ventre rebondi de la théière, et
qui, la besogne achevée, déambulaient vers les boulevards, tout
pareils à des gentlemen accomplis, en capes de feutre, en vestons
élégants, le pantalon marqué d'un pli correct; il y eut aussi des
Norvégiens et des Suédois qui, pour badigeonner leurs pavillons
de couleurs vives, se gantaient, afin de conserver les mains
blanches, et qui fredonnaient des airs étranges dans leurs échafaudages; il y eut, sur le tard, des Annamites aux mouvements
de fantoches, des Chinois qui grelottaient dans des caracos de
coton bleu.

Que ces ouvriers-là étaient donc différents des nôtres!

Ceux-ci ne ruminent point comme les Allemands. A quoi
bon méditer longuement, puisqu'il ont la compréhension rapide? L'œil vif et l'esprit alerte, ils vont, ils font, lestement,
délibérément. Et je ne crois pas, au bout du compte, qu'ils
commettent dans leur tâche plus de sottises que n'importe
quels autres.

Ils ne dorment point non plus sur la besogne, comme les
Russes, et c'est une joie que de les voir si délurés, si prestes,
courir dans les échafaudages. Et pour ce qui est de la servitude,
je vous renvoie, pour savoir ce qu'ils en pensent, aux premières
pages de ce chapitre. Je sais bien que d'aucuns les aimeraient
mieux plus... souples! Mais qu'y faire?

Ils ont de multiples outils pour travailler le bois, le plâtre ou
la pierre; mais avec quelle adresse merveilleuse ils se servent de
chacun! Et pour la perfection, pour le fini du travail, ils ren-
draient des points à qui voudrait. Il y a, par exemple, dans les
galeries de la Force motrice, au fond du Champ de Mars, des
fondations de machines, des maçonneries de ciment d'une

complication prodigieuse, et cependant précises, dans leur tracé, dans leurs parements, comme les organes mêmes des engins qu'elles supportent. Je sais des sculpteurs moins habiles de leurs doigts que les maçons qui les construisirent.

Et s'ils ne sont pas coquets à la façon des Anglais ou des Scandinaves, s'ils ne mettent pas plus de gants pour brosser un panneau que leurs grands-pères n'en mettaient pour tirer le glaive du fourreau, ils ont aussi, croyez-le bien, le souci de l'esthétique de leurs vêtements. Ils savourent, tout comme d'autres, la joie d'être très forts, très beaux, d'exhiber des biceps et des torses d'athlètes. Car ils sont, pour la plupart, superbes et ils le savent.

Ce me fut un sujet de surprise, de voir qu'ils n'aient inspiré aucun peintre; qu'aucune toile, aux derniers Salons, ne nous les ait montrés, plafonnant en fières et mâles silhouettes sur le ciel, à des hauteurs vertigineuses, accrochés dans les positions les plus périlleuses à un arceau qui vacille, ou acharnés dans un effort de tout leur corps sur quelque pierre inerte, sur quelque lourde poutre soudée au sol, et haletants, et ruisselants, vivants, admirables d'entrain, d'énergie, grandioses comme des héros; ou bien encore funambulesques, comme les sculpteurs et les plâtriers en longues blouses pareilles à des souquenilles, tout blancs de la tête aux pieds, dans des échafaudages blancs, devant des murs immaculés.

N'avons-nous donc plus de dessinateurs ? Et nos coloristes sont-ils si affairés qu'il n'aient pas vu cela ?

Les sujets fourmillaient qui s'offraient à leur crayon.

Au milieu de nos accoutrements bourgeois, uniformisés comme les livrées d'une bonne maison, au milieu de nos vestons étriqués, de nos redingotes absurdes, réapparaissaient tout à coup en nombre des costumes qu'on croyait perdus, ou conservés seulement par quelques fantaisistes, quelques farauds de la profession, amples pantalons de velours rentrés au bas dans le brodequin, flottants coltins de coutil, pareils de forme aux soubrevestes louis-treizièmes, feutres ou bérets provocants, qui faisaient songer impérieusement à telles estampes d'Abraham Bosse ou de Callot où passent des gentilshommes empanachés et bottés, et

qui, à cette fin de siècle sans poésie, apportaient un peu de
caractère.

Mais les artistes ne les virent pas, occupés ailleurs, dans des
boudoirs, des coulisses ou des musées.

Je voudrais encore, avant de quitter ce chapitre, souligner
la prodigieuse souplesse dont le génie de nos ouvriers donna des
preuves.

J'ai dit quelles paradoxales charpentes ils ont élevées çà et là.
Ils en ont fait d'autres, eux qui admiraient de si bonne foi les
charpentiers allemands et leurs beaux assemblages en trait de
Jupiter, ils en ont fait qui, au point de vue de leur art, sont des
chefs-d'œuvre purs, ainsi ces fermes du palais des Forêts, qu'es-
timent entre toutes les hommes de métier. Et leur intelligence
déliée que je louais tout à l'heure, et leur compréhension rapide
des choses leur ont permis de s'assimiler, du jour au lendemain,
des façons et des tours de main qu'ils ignoraient la veille.

Par exemple, les Commissaires généraux de la Chine et du
Japon, au lieu d'amener à grands frais de là-bas des bâtisseurs,
se sont adressés tout simplement à des architectes français, à des
ouvriers français. Dites si vous avez rêvé une pagode d'une chi-
noiserie plus fidèle, une maison de thé plus irréprochablement
japonaise que les constructions qui s'élèvent sur les deux concessions chinoise et japonaise du Trocadéro?

Dans ces mêmes jardins du Trocadéro, tels murs de grossier
enduit historiés de barbares figures, plus sauvages que nature,
sont l'œuvre cependant de plâtriers exercés, presque des artistes.
Et je crois qu'au demeurant, les chefs de chantier auront préféré avoir affaire à eux qu'à des nègres impénitents. S'ils sont
parfois moins dociles, du moins sont-ils autrement vaillants au
travail. Et s'ils ne redoutent guère le bâton, c'est uniquement
parce qu'ils sont assez raisonnables pour ne plus mériter qu'on
le leur montre. Et pour toutes les belles besognes, pour les plus
difficiles comme pour les plus enfantines, ils sont prêts toujours.

Leur courage, enfin, leur sang-froid devant le péril, enthousiasme et confond.

Quels dangers n'ont-ils pas courus!

On est deux, trois, dix sur un fragile échafaudage. Une écoperche qui s'affaisse, une poutre de fer qui fléchit, un nœud de corde qui se relâche, et tout s'abîme, pêle-mêle, des planches, des madriers, de lourds outils, tout, avec les hommes. Chaque travail aventure quelques vies. Le moindre faux mouvement, un vertige précipite sur le sol l'être insouciant qui plaisante et joue, là-haut, à vingt-cinq mètres, au faîte d'un arc ou sur un lanterneau. Cette pensée de la mort toujours prête à les effleurer ne les émeut point.

Au grand Palais, un après-midi, on procédait à la démolition d'un échafaudage. La manœuvre était délicate : une poutre s'était accrochée à une corde et les efforts de deux solides gaillards ne semblaient pas pouvoir l'arracher. Et brusquement, à une saccade, elle céda, partit à pic. L'un des hommes, celui qui avait tiré, était hors de portée. Mais l'autre, au pied même de la charpente, n'eut que le temps de se tapir contre un montant. S'il avait seulement levé la tête, il était perdu. Au subit mollissement du câble dont il tenait l'autre extrémité, il avait deviné tomber la pièce : instinctivement il se raidit en arrière. Il dut sentir le vent agiter sa moustache. Malgré moi, j'avais fermé les yeux. Et quand, au bruit de la chute, je les rouvris, l'homme riait, tout heureux de l'avoir échappée belle. Toujours je les vis ainsi, sitôt le péril passé. Dans les positions les plus dangereuses, ils conservaient une assurance parfaite. J'en ai vu gambader sur des toits de verre, sur des poutrelles étroites, et jusque sur une plateforme extraordinaire qui les descendait du comble de la Salle des Fêtes, à la Galerie des Machines. Pourtant, cet engin était effrayant : quelques planches avec quatre montants de fer et un anneau accroché à un câble d'acier. Quand c'était chargé, on désembrayait le treuil à vapeur qui actionnait le tout, et la nacelle descendait en chute libre, vertigineuse à donner la petite mort, jusqu'à un mètre du sol, où, brusquement, un geste du mécanicien sur un levier arrêtait le mouvement. Or, une seconde de distraction de cet homme, et c'en était fait des camarades si insouciants et si gais.

On exalte, et je n'y contredis point, l'abnégation, l'esprit de sacrifice du soldat. Du moins a-t-il de rares heures pour prouver en ce point sa valeur. Mais l'ouvrier ? Pour lui, toute minute est hasardeuse, tout mouvement périlleux ; sa bravoure est de tous les instants, et si naturelle, si spontanée qu'il ne paraît point la soupçonner.

Le rapprochement s'imposait, et M. Alfred Picard le sentait, quand, portant à la connaissance de ces modestes collaborateurs la décision ministérielle qui créait à leur profit une médaille nouvelle, il s'adressait à eux comme à des compagnons d'armes. C'était bien le langage d'un homme qui les voyait à l'œuvre et leur rendait justice plénière.

En ces temps où le rôle actif de l'épée va s'effaçant, ce sont eux, et eux seuls, la bisaiguë, la hache ou le marteau de forge au poing, qui peuvent nous rendre l'héroïque frisson que d'autres, avant nous, savourèrent devant le geste de virile beauté d'un mousquetaire ou d'un bravo qui dégaînait.

# VI

15 avril au matin.

J'ai quitté presque au petit jour le Champ-de-Mars, où l'on a travaillé toute la nuit pour donner un semblant de fini aux palais et aux parcs sur le trajet que doit suivre, pour l'inauguration, le cortège officiel, — car on a décidé d'ouvrir, coûte que coûte, ce 15 avril, en dépit de toute raison. Et je n'aurai point, tout à l'heure, la surprise que va donner à d'aucuns la soudaine transformation en jardins verdoyants et fleuris des chantiers qu'ils avaient laissés, la veille, quelque peu chaotiques. Point d'impression de conte de fée! J'ai assisté, minute par minute, à la métamorphose; et, pareil aux enfants qu'on mène aux marionnettes trop près de la scène, j'ai vu la ficelle, — ce qui est encore une satisfaction. Mon plaisir sera autre. Il n'aura pas été moindre.

Avant-hier, on « répétait » les illuminations. Pour la première fois, la rue des Nations prenait l'aspect magique que nous lui verrons les jours de grands galas; de fantastiques architectures de lumières se miraient dans le fleuve endormi, et même l'austère Commissariat général, la maison laborieuse où, depuis tant de nuits, veillent des lampes, resplendissait, elle aussi, de feux multicolores. Mais hier, une pareille distraction aurait paru trop frivole ; on avait des préoccupations plus graves. Et la file silencieuse des palais étrangers demeura noire; et aux façades du bâtiment administratif, les fenêtres seules rougeoyaient.

Neuf heures tintent comme je me mets en route, d'Auteuil.

De très loin, le long des quais, on devine, à la lueur laiteuse épandue dans la nuit limpide, la fournaise où bouillonnent tant d'énergies. La même clarté va, chaque soir, pendant des mois, faire pâlir là-haut les astres; mais ce sera le reflet d'une fête, la folle flambée qui, pendant l'orgie, embrase les hauts vitraux d'Elseneur; et des clameurs, et des éclats de cuivres, avec elle, monteront vers le firmament. Elle est, aujourd'hui, mystérieuse et inquiétante, dans le silence, comme la vitre solitaire et muette qui clignote à l'aube.

Elle se lève à mesure qu'on approche. Elle dore les quatre pieds de pachyderme de la Tour Eiffel dont la pointe, là-haut, s'effile et fuse, violette, plus géante, dans la demi-ténèbre de cette nuit claire, qu'au grand jour, presque belle de sincérité, au milieu de tous ces palais de carton, menteurs et singeant la pierre, au milieu de ces bulbes, de ces dômes, de ces campaniles blancs dressés comme des pics neigeux au-delà des promontoires sombres que profilent, aux premiers plans, les maisons de la ville...

Au Trocadéro, où j'arrive, c'est le calme presque absolu, et c'est presque l'obscurité, par contraste avec la nappe d'éblouissante lumière que déversent sur le Champ de Mars, là-bas, les becs à incandescence. Quelques réverbères, de loin en loin allumés. Quelques ouvriers, çà et là. On a terminé tout ce qu'on veut montrer, à distance, au chef de l'État et à sa suite.

Au pied du palais, on vient de jeter bas la palissade qui enceignait le pavillon de l'Asie russe; car les ordres administratifs sont formels : plus d'échafaudages, plus de barrières. Et l'on a découvert ainsi, en avant, sur l'allée, une plaie béante, un vaste pan de charpente nue autour de laquelle s'empressent des plâtriers, tandis que des manœuvres emportent les dernières planches, les derniers piquets de la clôture.

Mais en face, déjà des jardins sourient, printaniers. Des gazons margent de leur frais velours des corbeilles plantées, voilà des mois, par les horticulteurs hollandais : blêmes narcisses, tulipes

soufre, jacinthes blanches, jacinthes lilas, jacinthes d'un rose de
chair languide, plus pâles à la clarté du gaz et comme transies de
froid sous la rosée, jacinthes pourpres, jacinthes bleu sombre,
plus noires, dans la nuit. Et des allées, par places, sont sablées
et ratissées déjà.

Je descends, un moment, une voie inclinée, bordée de dieux

assis méditant, inconnus, tutélaires, à l'ombre de grands catalpas
dénudés, devant le pavillon des Indes néerlandaises, au seuil des
maisons des chefs malais de Padang, dont les murs sont enluminés comme des miniatures, dont les toits se redressent en épe-
rons armés de cornes de clinquant qui scintillent. Puis voici
des coupoles basses et crépies à la chaux, d'autres vêtues de céramiques vernissées, striées de mouvants reflets; et des minarets
et des murs crénelés; l'Algérie, la Tunisie, des mosquées, des
maisons défiantes et closes, des voûtes mauresques, où veillent
des lampes de cuivre; Sfax, Kairouan évoquées, les villes de soleil que je ne fis qu'entrevoir, jadis, comme en un rêve, et dont le
séduisant fantôme surgit tout à coup à mes yeux. Puis, des palais anglais, avec de grosses enseignes commerciales, raco-
leuses; puis encore l'Indo-Chine, l'Extrême-Orient, portiques

bas gardés par des dragons, murailles de laque trouées d'étroites fenêtres dont les grillages d'or se découpent en étranges caractères, signes du bonheur, de la longévité, de la bienvenue, — que sais-je?

Des ombres passent, parfois, des jardiniers avec des arrosoirs, des bêches, des râteaux; des gaziers achèvent de monter des candélabres; de rares terrassiers creusent des tranchées. Mais la grande bataille est là-bas, de l'autre côté de la Seine, dans cette immense arène, enclose de murailles neuves sur la blancheur desquelles viennent mourir, en ombres rosées, céruléennes, les flammes blanches des globes Auër, les flammes jaunes du pétrole, les flammes vertes de l'acétylène, les flammes rouges des feux allumés comme au bivouac.

Ici, ce ne sera la vie que lorsque des nègres en pagnes, des Arabes en burnous blancs, de pauvres exilés s'efforceront pour animer toutes ces maisons somnolentes où des brasiers se consument, séchant les plâtres trop récents.

Le pont d'Iéna franchi, le pont noir, c'est la mêlée, avec son fracas fait du bruit des pics sur le sol dur, du claquement des planches et des écoperches qui s'abattent, du ronflement des lampes, du halètement des cylindres compresseurs qui roulent en crachant des étincelles, égalisant la place où, bientôt, doivent passer des allées propres, grinçant sur les rails que, l'après-midi, parcouraient des wagons, et qu'on enterre, écrasant les plaques tournantes qui gémissent.

Pas un coin où l'on ne travaille. Les instants sont maintenant comptés.

Pourtant, ce n'est pas la fièvre que vous pourriez croire, que je comptais trouver. Depuis si longtemps qu'on se surmène, les muscles sont ankylosés, les volontés détendues. Quelques ventres sont vides.

— T'as pas mangé, le Gascon? questionnait près de moi un terrassier. Et le camarade grommelait : « Non! » Or il est dix heures.

Autour des foyers rutilants, précautions contre cette nuit assez fraîche, des hommes sont affalés, brisés de fatigue, et somnolent; ceux-ci attendent que leur tombereau soit chargé;

ceux-là que le moment soit venu de reprendre le quart, la pioche
ou la pelle en mains.

Ils causent peu, à voix basse. Que se diraient-ils ?

De temps en temps, ils s'interrompent, et, courbés sur le
manche de leur outil, se délassent, bayant. Et à les voir ainsi,
les bras inactifs, devisant, j'ai l'impression qu'ils renoncent,
qu'ils en ont assez, qu'ils s'arrêtent, découragés, sûrs qu'ils sont,
maintenant, de ne plus arriver à l'heure. Mais non, un tombereau
arrive, décharge un tas de gravier ou de sable; les travailleurs
se remettent à l'œuvre, éparpillent à plat cette grosse taupinière,
puis, de nouveau, font trève en attendant le tombereau suivant.

Quelques-uns errent, les mains vides. Un d'entre eux vient à
moi. Il cherche du travail, me demande si je ne pourrais pas
l'embaucher.

Comment ! dans ce coup de feu, il reste encore des gens in-
occupés ?...

Sous les arcades du rez-de-chaussée, les restaurants sont
éclairés. Des peintres y besognent. Et il y en a des mètres carrés de badigeon à passer, avant midi ! A quoi bon se hâter ainsi ?

Autour des becs de gaz, des chauves-souris volètent gauchement, effarées de ce tintamarre, de cette lumière.

Les parterres d'ici, à leur tour, se fleurissent; les jardiniers,
artisans du mensonge dont nous jouirons tantôt, déballent, de
camions, des pots à profusion, et dépotent, et repiquent, et
bêchent. Sur les pentes abruptes, ravinées, creusées de fondrières qui montent tout au fond de la vaste esplanade, ils ont
planté des rhododendrons en grosses boules, des fusains, des
haies entières d'arbustes verts. Ce sont eux qui, tout à l'heure,
au soleil, auront le dernier mot, eux et leurs râteaux, et qui
nous persuaderont que tout ce décor est prêt, parachevé.

Hélas ! ils ne masqueront toujours pas les brèches ouvertes
au pied du Château-d'Eau, de ce Château-d'Eau qui devait
être l'un des clous de l'inauguration ; ils ne feront point jaillir l'eau de ces tuyaux qu'on maçonne à la hâte, et dont on ne
pourra jamais conduire la veine jusqu'au faîte de cette grotte
ébauchée, ébréchée, et qui s'écroulerait sous le poids du premier jet; et leurs pauvres rhododendrons ne nous dissimuleront

pas le geste anguleux de cette armature de tringles qui sera, plus tard, au front du palais de l'Electricité, une étoile embrasée. Leur artifice demeurera plus d'une fois impuissant à nous tromper.

Car, que de trous à boucher! que de niches à l'état de charpente! que de balcons absents!

Il y a, au bas de la lanterne d'angle du palais du Génie civil, un escalier qu'on vient de commencer au coucher du soleil. Est-ce qu'une nuit suffira pour tant de besogne?

*

J'ai voulu revoir la Salle des Fêtes.

L'avant-veille, quand j'y étais passé pour la dernière fois, la grande piste circulaire, au milieu, produisait l'impression d'un chantier ravagé par un cyclone. Le Champ de Mars, ce matin de décembre où s'abattirent les fermes de la galerie de Trente mètres, qu'on venait de transporter comme je vous l'ai dit, avait un aspect moins lugubre. C'était un amoncellement de bois enchevêtrés, de madriers rompus, de poutres éclatées, de cordes arrachées, de ferrailles tordues, de gravats au milieu desquels allaient, venaient et s'agitaient de braves petits soldats du génie, en toile grise, réquisitionnés pour la circonstance, l'air de pygmées luttant contre un cataclysme.

Pourtant, au-dessus, là où si longtemps se hérissait une forêt de poutres, de madriers, emplissant une carcasse de hall, on voyait un cirque revêtu de ses staffs, de ses panneaux décoratifs, éclairé par son plafond à verrières, presque achevé, enfin, contre toute vraisemblance. Il n'y manquait plus qu'un parquet, des gradins, quelques pans de plâtre, de place en place. Mais, pour que les staffeurs, les charpentiers, les parqueteurs pussent revenir, se remettre à l'œuvre, il fallait d'abord déblayer le terrain. Et jamais je n'aurais cru que les soldats, même en s'y mettant en grand nombre, arriveraient à bout de cette corvée herculéenne.

Or, c'est maintenant fait, et cela tient du prodige.

Une nuée innombrable de travailleurs se démènent, et parmi

eux les bons petits soldats, toujours. Des marteaux battent, des
scies ronflent un peu partout. Le plancher est en place; les gradins commencent à se poser.

S'il y a, extérieurement, dans le Champ de Mars, des choses
qu'on a tout à fait abandonnées en l'état où elles se trouvent,
comme aux palais de l'Industrie chimique ou de la Mécanique,
en avant du Château-d'Eau, où des lanternes montrent encore
leur ossature de chevrons, ici on veut donner l'illusion complète
du fini, et l'on y arrivera, avec le concours du Belloir national
et providentiel.

Les tentures sont posées aux baies énormes, peluches vieil
or, velours cramoisis, satins nacarats; et, dans le salon d'honneur, les nobles architectures de l'*École d'Athènes*, sur une tapisserie des Gobelins, prolongent la perspective de l'escalier géant
qui monte de la Salle des Fêtes, dissimulent la froideur du mur.

L'architecte, M. Gustave Raulin, que la rosette rouge va
récompenser de son effort, est là, malade à moitié et se traînant, mais énergique et plein de vouloir, dirigeant le bataillon
pressé des travailleurs.

Et son inspecteur, M. Courcoux, me conte leurs dernières
émotions, et comment on a jeté bas cet échafaudage titanesque
qui, l'avant-veille encore, emplissait l'énorme coupole. Il ne fallait pas songer à le démonter. Il y eût fallu six semaines, deux
mois. Alors, on prit une résolution héroïque, désespérée. Par
des traits de scie on le divisa en quatre morceaux ; on en
fit quatre tronçons, encore monstrueux, hauts de vingt-cinq
mètres, que soixante hommes, attelés à des câbles, abattirent
l'un après l'autre. Et je comprends maintenant cette allure
bouleversée qu'avait, deux jours auparavant, la Salle des Fêtes.
Mais n'avoir pas été là ! n'avoir pas assisté à cette opération
hasardeuse entre toutes! Quel regret! et quel coup d'œil grandiose ce dut être, l'étreinte de ces soixante gars charpentiers et
de ces palées de sapin !

Il est onze heures passées.

Vers la porte, un mouvement. Un groupe entre, en tête
duquel je reconnais la haute silhouette de M. Alfred Picard,
son fidèle Chardon au côté.

Des bienvenues, des félicitations. On cause de cette alerte,
naturellement, de ce coup de feu terrible, affolant.

— Ah ! ce que je suis content d'avoir fini !

Je regarde le Commissaire général sans pouvoir maîtriser
un mouvement de surprise. J'insinue que demain, il faudra se
remettre à la tâche ; que certaines parties, dehors, autour de
nous...

— Ça ? ce n'est plus rien, auprès de ce que je viens de faire
en ces cinq ans.

Et l'indéfectible calme de cet homme qui vient de fournir,
en effet, le plus écrasant labeur, peut-être, qu'un mortel ait
jamais assumé, et sa confiance en lui sont troublants plus que
je ne saurais dire... ; un peu inquiétants, aussi, tout au fond.
Et tandis que M. Alfred Picard, que M. Henri Chardon s'en
retournent,—vers le travail, toujours, vers l'avenue Rapp, pour
la suprême veillée, une phrase de Bossuet se balance en ma
mémoire :

« A la nuit qu'il fallut passer en présence des ennemis,
« comme un vigilant capitaine, il reposa le dernier ; jamais, il
« ne reposa plus paisiblement. »

J'ai flâné longtemps encore, de droite et de gauche, par le
Champ de Mars, à travers les ornières et les précipices que
chaque minute aplanissait, à travers des salles désertes et téné-
breuses où l'on trébuchait à chaque pas, et dont les planchers
tremblaient sous les pieds, à travers d'autres salles où, à la
lueur de chandelles fumeuses, des menuisiers se crevaient les
yeux, et qui dépendaient,— ô ironie !— du palais de l'Électricité.

J'ai déambulé dans le quartier avoisinant, plus animé, plus
vivant que de coutume, où des cabarets flambaient et chantaient,
malgré l'heure avancée, où des bandes d'ouvriers en bourgerons

s'en allaient, gais d'avoir terminé la corvée. Puis, j'ai rendu
visite, dans la galerie où ils soupaient, aux vaillants pioupious,
dévorant à pleines dents les œufs rouges du Vendredi Saint; et
la belle humeur de la jeunesse était en eux, triomphante de la

VISITE PRÉSIDENTIELLE

fatigue, stimulée par ce que ce métier qu'on leur imposait avait
d'insolite, d'inattendu et d'amusant.

Et, comme trois heures sonnaient, j'ai retraversé le Champ
de Mars tout entier pour rentrer.

Dans la Salle des Fêtes, plus de flâneurs, comme un peu
plus tôt; et les troupiers ont repris leur place parmi les ouvriers.
Le royal escalier du fond qui, à minuit, n'avait pas de rampes,
en a deux, à présent, qui sont de velours et d'or vêtues et qu'on
démolira après la fête d'aujourd'hui. Les gradins sont en place,
et des feuillages s'épanouissent aux balcons des loges.

Dehors, le vacarme s'est accru, dirait-on.

Les jardiniers arrachent, en hâte, les treillages sous la protection desquels, depuis des mois, poussaient leurs tendres
gazons. Des façades, les derniers échafaudages tombent : « Gare
dessous ! » Et des planches s'abattent avec un grand fracas sur
les planches qui, déjà, gisent à terre, et que les ouvriers d'en
bas n'ont pas le temps d'enlever entre deux chutes.

Il ne reste plus trace, ou à peu près, des baraquements naguère érigés çà et là, et qui abritaient le travail des mouleurs. La grande allée centrale est plus d'à moitié nivelée.

Sous la Tour Eiffel, couturée sur toutes ses arêtes de lampes électriques qui vont s'éclairer ce soir, des chaudières sont en pression et sifflent; on emmagasine des briques pour quelques travaux. Pauvre vieille carcasse de fer! elle peut se croire revenue aux beaux jours de 1889, alors qu'on l'achevait, elle aussi, pour la solennité prochaine, afin qu'elle apparût, un matin, toute fière, aux regards ahuris des foules. Ses quatre pieds, son arc immense qui, de loin, hier au soir, semblaient ruisseler d'or liquide, noirs maintenant, se sont éteints. Pourtant, oui, je lui trouve je ne sais quel air narquois, dont je souris.

On entend près de là un bruissement argentin d'eaux vives : ce sont les bassins qu'on emplit. Dans l'air qui fraîchit, sur le ciel près de pâlir, des étendards frissonnent, multicolores, au couronnement des palais, dans les échafaudages, là où les façades sont absentes...

Quand, vers une heure, les premiers invités arriveront, le cadre de la fête sera en place, — du moins en auront-ils l'illusion.

Mais, en ce monde, une illusion de moins, une illusion de plus!...

FIN DE LA PREMIÈRE PARTIE

DEUXIÈME PARTIE

La Vie à l'Exposition

## VII

L'ESTHÉTIQUE DE L'EXPOSITION

Avril.

Ce serait, évidemment, se former d'une Exposition universelle une idée étrange que d'y voir tout simplement la halle
internationale où viennent s'exhiber au consommateur les produits variés des industries et même des arts, « l'entrepôt réel des
douanes » que définissent les règlements administratifs. Il serait
insuffisant encore d'ajouter à cette notion l'image des bars exotiques, des rues du Caire, des théâtricules équivoques où des
Français, portant ou non moustaches, se vantent candidement
de courir apprendre la géographie dans un pêle-mêle de foules
cosmopolites. Laissons là cette enfantine conception de débi-
tant de denrées coloniales ou de badaud en quête de distractions neuves. Il y a au monde, par bonheur, d'autres intérêts
que ceux des membres qui grelottent ou des estomacs qui ont
faim. Il est des domaines d'idéal et de rêve dont nul railway ne
franchit les frontières, et dans la sérénité desquels, pourtant,
aiment à se réfugier les pensées lasses du voisinage de réalités
trop peu délectables. Quand vous aurez exposé côte à côte les
produits de l'alimentation et ceux de l'industrie des « fils, tissus,
vêtements »; quand vous nous aurez présenté, auprès des
« moyens de transport », les « procédés généraux de la mécanique », vous n'aurez pas tout montré encore. Auprès de vos

progrès matériels, dont vous êtes si fiers, il y a le progrès moral
à constater, s'il existe. Il y a l'état de l'Art, — au singulier, —
et je dis l'état, car ici, n'est-ce pas, il ne saurait plus être question de progrès ?

Je sais bien ! Tout cela figure en tête de la classification :
Groupes I et II, Éducation, Enseignement, Beaux-Arts ; dans
quelques autres classes encore. Oui ; mais parmi ces groupes
auxquels vous attribuez généreusement dans le catalogue les
premières pages, à qui donnerez-vous la première place ? Car
enfin, vous devez vous prononcer sur les mérites qui viennent,
parfois avec une candeur touchante, se soumettre à votre jugement. Il vous faut faire des choix, décerner des palmes. Vous
assumez, en somme, en plus de votre tâche d'enregistreurs des
perfectionnements, une mission d'éducateurs ; et tandis que
d'une part vous établissez le bilan du passé, de l'autre vous pré-
parez l'avenir.

J'ai très peur que vos suffrages n'aillent que rarement aux
plus hardis, aux novateurs.

Pour n'envisager que votre groupe II, celui des Beaux Arts,
il est certain que toutes les fois qu'un précurseur y a été admis,
d'aventure, et par faveur exceptionnelle, dans n'importe quelle
Exposition, et de quelque nom qu'il s'appelât, après qu'il eut
servi, pendant des mois, de cible aux spirituels lazzis de la foule,
vos jurys n'ont jamais manqué de ratifier un jugement si éclairé
et qui cadrait si pleinement, d'ailleurs, avec leur intérêt propre.
J'entends : c'est affaire entre eux, jurés et artistes. Vous n'êtes pas
responsables. Vous n'êtes pas juges de camp. Qu'ils s'arrangent !

Soit. Mais ce n'est pas tout encore.

Pour abriter un moment tous ces objets hétéroclites, que
vous réunissez à grands frais et qui vont de l'œuvre de maître
aux mangeailles les plus prosaïques, il vous faut préparer des
locaux spacieux et variés, des pavillons, des palais, des bâtisses
énormes et coûteuses, pour l'édification desquelles les millions
ne vous sont point ménagés. Là, du moins, vous pouvez faire
acte de personnalité, indiquer des préférences, orienter un peu
le public. Si le tableau n'est pas de vous, le soin vous incombe
de lui préparer un cadre.

Sans exiger que vous nous apportiez la révélation de l'architecture de demain, nous oserons vous demander, — oh ! timidement ! — de nous présenter des choses en harmonie avec les tendances générales de l'élite, de nous initier aux préoccupations de l'heure, de montrer aux chercheurs de demain la voie à suivre. Il y a là, je pense, un devoir que vous ne sauriez méconnaître.

Voyons donc comment vous l'avez rempli.

Certes, pour quelques-uns des palais pâtissés à la grosse en moins de deux ans, nous n'avons pas le droit de nous montrer bien sévères. Leurs auteurs peuvent invoquer des circonstances sérieusement atténuantes. Et d'abord la hâte avec laquelle il leur a fallu travailler, la nécessité où ils se sont parfois trouvés de s'arrêter à des improvisations rapides, le temps leur manquant pour mener à bien des études plus sérieuses, et puis l'entrave que leur apporta le contrôle de l'Administration, et qui fait d'elle, en plus d'un cas, la vraie, la seule responsable de l'insignifiance ou de la nullité de tels des monuments alignés sur les deux rives de la Seine. Il est des architectes, — je citerai seulement MM. Auburtin et Umbdenstock, les deux jeunes auteurs du palais des Armées de terre et de mer, au quai d'Orsay,— qui, par suite des indécisions, des tergiversations administratives, ont dû remanier deux ou trois fois leurs plans primitifs. A qui s'en prendre, alors, si des projets tout à fait séduisants au début, sont devenus, en fin de compte, incolores et sans accent ?

Et puis, il y a contre les critiques l'objection suprême : « Quoi, vous allez discuter, analyser, condamner, peut-être, des palais provisoires, tout un décor insolemment fastueux, certes, mais éphémère, et qui va s'abîmer dans les dessous à peine le rideau baissé sur le dernier acte de la féerie, aux premiers jours moroses, avant que de subir les injures de l'hiver tout proche ? Vous y perdrez votre encre et votre peine ! »

Eh bien, cet argument, — j'allais dire cette excuse, — me paraît le moins plausible.

Sans doute, il est telles de ces bâtisses de boue et de crachats que je ne me donnerai pas le ridicule d'effleurer même d'une plume indulgente. Elles ne relèvent, en effet, que de la pioche. Mais devant d'autres, on doit, au contraire, pour la tranquillité

LA FRANCE DU MOYEN AGE
AU PONT ALEXANDRE III

de sa conscience, protester ; car si, par malheur, tout ce pseudo Louis XVI, toutes ces fausses élégances devaient avoir du succès, il nous faudrait trembler. Ce serait pour l'architecture une déroute. C'est déjà trop que cette Exposition ne lui fasse faire aucun progrès, nous la montre dans une pareille somnolence, dans un tel coma.

Car enfin, ces palais, dites-vous, vont disparaître. Mais leur souvenir demeurera. Mais leur influence peut leur survivre. Ils sont des exemples, bons ou mauvais, que, suivant leur degré de discernement, les architectes de demain vont être tentés d'imiter. Demandez à M. Jacques Hermant, l'auteur de ce hardi palais du Génie civil, où l'idée lui vint de ces combinaisons nouvelles du fer dont il nous dote. A Chicago, il l'avoue, et il peut l'avouer, puisqu'il a néanmoins mis sur ce palais l'empreinte de sa personnalité, qui est forte ; puisqu'il a interprété et non copié servilement. Et croyez-vous, d'autre part, que la polychromie charmante de l'Exposition de 1889 ait été sans influence sur les recherches vers lesquelles se sont orientés certains jeunes architectes qui se sont révélés en ces dix dernières années, sur le goût du versicolore, du brillant qui nous a tous conquis, plus ou moins ?

C'est pour susciter de telles marches en avant qu'il faudrait que chaque Exposition marquât une étape conquise.

Celle-ci manque à sa mission.

Au point de vue architectural, au point de vue de la leçon à tirer pour les artistes de cet amoncellement de bois, de fer et de plâtres, l'Exposition de 1900 constitue un pas en arrière sur celle de 1889, — sinon même sur celle de 1878.

Sans remonter jusqu'à la naissance du Trocadéro, qui trahissait au moins des aspirations modernistes, il doit vous souvenir de la séduction qu'exerça sur les artistes, sur les dilettantes mêmes les plus affinés l'Exposition dernière, des espoirs qu'elle fit naître. En vain des critiques moroses froncèrent le sourcil et firent grise mine à l'enthousiasme qui montait; en vain ils répondirent par un grognement maussade au murmure charmé qui courait autour d'eux. Il semblait à beaucoup d'entre nous qu'en ce jour de mai où, parmi les verdures tendres, dans un poudroiement de soleil jeune, les deux palais de M. Formigé leur étaient apparus, bleus et rosés, une ère avait commencé pour l'art vénérable d'Ictinos, de Bramante et de Mansart.

Non que nous eussions vu dans ces palais du Champ-de-Mars l'œuvre accomplie à proposer comme modèle à nos bâtisseurs de l'avenir. Mais une technique inédite nous était révélée. Le fer, jusque-là confiné dans les emplois internes, support de hall, nervure de dôme, colonne ou poteau, se montrait tout à coup au grand jour des façades, à la place d'honneur. Comme autrefois la pierre de taille des chaînes d'angle et des pilastres, il soutenait la tuile, la bonne brique d'argile, déshabituée un peu de remplir dans les murailles un rôle important, et, elle aussi, rénovée, perfectionnée, devenue décorative, historiée, fleurie d'ornements en relief.

Et puis, l'accord était si doux, l'harmonie si peu vulgaire de ces céramiques orangées et de ce métal teinté du fameux bleu que vous savez, vite baptisé « bleu Exposition », que nous nous laissions séduire sans trop ergoter. Et nous pensions :

« Voici franchi le premier pas, le plus difficile, au dire de la sagesse des nations. Vienne maintenant un architecte de génie qui formule les règles définitives, qui trouve la combinaison

LES PYLÔNES DU PONT ALEXANDRE III

parfaite des deux éléments, et l'architecture part vers des destinées admirables ! »

Hélas !... Où en sommes-nous, dix ans plus tard ?

Partout le fer retourne à son rôle utilitaire et pour ainsi dire clandestin ; partout on le dissimule honteusement, on l'habille de trompeuses murailles de roseaux, d'étoupe et de plâtre, on le noie dans la fausse pierre ; les halls se griment en palais Renaissance, se masquent d'ordres et d'arcades, et d'entablements et d'attiques. D'un bout à l'autre c'est carnaval, et la vogue est au costume de style. Vous savez avec quelle joie la chienlit des jours gras et des mi-carêmes traîne les défroques du temps passé, les pourpoints gauchement reproduits et mal seyants, les maillots en tirebouchon, les fraises chiffonnées et fripées, et la poudre, et les talons rouges, savourant la volupté de déshonorer des atours jadis exquis et portés avec une souveraine aisance ? C'est avec la même frénésie qu'on arbore ici du Louis XIV, XV ou XVI, — du Louis sans souci du chiffre, au petit bonheur.

Et nulle part la matière constitutive réelle de ces édifices, le métal, n'est plus apparente dans les façades ; nulle part avouée ; au point que les seuls palais à peu près sincères sont peut-être ceux dont la carcasse est de bon bois, copies sans originalité, mais copies respectueuses.

Entendez bien, d'ailleurs que je ne reproche pas aux architectes de n'avoir pas édifié en marbres, en granits, en porphyres ces bâtisses qui ne doivent vivre que quelques mois, mais bien de s'être évertués à leur donner l'aspect du définitif, de l'éternel, d'avoir triché continuellement et continuellement tenté de nous leurrer.

L'architecture de l'Exposition de 1900 est une architecture d'artifice et de mensonge.

On estimera, avec moi, qu'il n'en pouvait être autrement, si l'on veut bien se rappeler qu'à la tête des services d'architecture, corrigeant, conseillant, imposant, au besoin, aux indociles sa toute puissante volonté, « mettant de l'unité », pour employer

la formule administrative, était assis M. Bouvard. Or, M. Bouvard est le même homme qui, en 1896, au mois d'octobre, lors
de la visite du tsar Nicolas II et de l'Impératrice de toutes les
Russies, avait imaginé d'enjoliver les rameaux des marronniers
et des platanes de Paris, défeuillés par l'hiver, de fleurs factices;
d'accrocher des camélias de papier parmi le gracile bouquet des
branches endormies : suprême artifice et mensonge suprême. Sur
des idées pareilles, on peut jauger une cervelle; et comme nous
aurons plus d'une fois à retrouver, de-ci, de-là, M. Bouvard, je
devais faire les présentations.

M. Bouvard (Joseph-Antoine), est l'un des héritiers
d'Alphand.

Feu Alphand occupa de son vivant, à l'Hôtel de Ville, avec
le titre d'ingénieur en chef des embellissements de Paris, au
début, puis de directeur général des travaux de la Ville, deux
fonctions qu'il eût le génie d'ériger en missions providentielles :
d'abord dessiner les parcs et les jardins municipaux, tout en sur-
veillant l'arrosage des rues en été, leur nettoyage en hiver, leur
éclairage la nuit en toute saison, et le bon fonctionnement des
égouts; puis réglementer, dans l'emploi de la pierre de taille, le
goût français. Pas une façade conçue depuis 1854 jusqu'à la fin
de 1891, pas une devanture de « boîte à loyers » qui n'ait reçu son
approbation. Et Dieu sait s'il en existe de laides et de plates !
Tous les dix ans, par surcroît, il avait pour mission de construire
une Exposition universelle. Il apporta dans l'accomplissement
de ces divers devoirs de l'entrain, de l'entregent, un certain goût
pour la somptuosité, le flair de ce qui devait plaire à la grosse
masse. Et vis-à-vis de l'ombrageux Conseil municipal, un plai-
sant autoritarisme qu'on subissait parce qu'il savait l'imposer
avec l'aplomb d'un homme rempli du sentiment de son importance. Au demeurant, grâce à ce semblant de dictature, que son
passé rendait possible, il réalisa quelques conceptions intelligentes. Le succès de l'Exposition de 1889 fut, pour la plus grande
partie, son œuvre. On lui en conserva une délirante gratitude
qui se manifesta sous les espèces d'un fétichisme bien caractérisé.
Malheureusement, tout ce qui était sorti de ses mains bénéficia
de cette idolâtrie, même ses créatures. Il y paraît encore au-

jourd'hui, chose incroyable dans ce pays d'esprits forts, chez ce peuple si enclin à l'irrespect.

Pourtant le sacerdoce qu'exerçait Alphand était si lourd, même pour deux épaules de Dauphinois robuste, qu'à sa mort on le répartit sur huit, pas moins : la monnaie d'un grand homme.

A M. Bouvard échut la partie artistique, ou du moins ainsi qualifiée : promenades, plantations, architecture. C'est lui qui régit à son tour le domaine de la pierre taillée, et trop souvent sculptée, par surcroît ; lui qui plante et déplante, sur les quais, sur les berges, dans les squares et dans les promenades ; lui, enfin, qui dose nos joies sur le chapitre illuminations, feux d'artifices et, en général, toutes réjouissances publiques. Par une pente toute naturelle,

LA FRANCE DE LOUIS XIV
AU PONT ALEXANDRE III

dès qu'on commença à parler de l'Exposition de 1900, il apparut prédestiné au même rôle qu'avait rempli, en 1889, son illustre prédécesseur : il fut nommé directeur des travaux. Et comme le point culminant de la gloire d'Alphand fut précisément à cette dernière date, M. Bouvard crut se sentir monter tout doucement vers son zénith.

C'est donc la pensée, si j'ose ainsi m'exprimer, de M. Bouvard qui fut la pensée conductrice de l'architecture à l'Exposition de 1900. Vous avez tout de suite prévu qu'avec lui nous n'allions pas atteindre, comme style, à des sommets vertigineux et que nous ne côtoierions le sublime que d'assez loin. Vous

7

avez songé au « Dôme central » de 1889, son chef-d'œuvre.

Les collaborateurs du Directeur de l'architecture aiment assez « le patron ». Sans doute, j'imagine, parce que n'ayant pas, à ce qu'il semble, d'idées à lui trop abondantes, il laisse volontiers éclore les idées d'autrui. Ainsi les fleurettes qui sourient au pied de ce baliveau à l'ombre légère sont tout heureuses d'être poussées là plutôt que dans la demi-ténèbre que projette, là-bas, sur la prairie, le chêne robuste.

Avec M. Bouvard, on peut causer. On lui reconnaît, en général, de la bienveillance, une certaine urbanité, et même, me dit-on, quelque scepticisme aimable. Ses préférences sont flottantes. Du pur romain et du Louis XVI, les deux pôles entre lesquels oscille et se débat le style des palais de l'Exposition, il ne sait trop lequel aimer le mieux. Volontiers, il se rallierait à l'opinion jadis émise par M. Mesureur : ça lui est égal.

Et ceci expliquerait, en vérité, que, tenu par devoir de « mettre de l'unité » dans l'Exposition, il ait laissé les camarades glaner au gré de leur caprice dans le passé, fouiller la Renaissance, détrousser le XVIIIᵉ siècle, et, passant les mers, grappiller dans l'art égyptien, dans l'art arabe, dans l'art khmer; faire, en somme, de cette cité qui devrait être la cité radieuse de vie et de progrès, une nécropole où somnolent tous les genres défunts.

M. Bouvard est un neutre, par tempérament et par goûts.

Mais, par exemple, quand, inspiré, il se mêlera d'éprouver une inclination quelconque et de la faire partager d'autorité à l'un de « ses » architectes, soyez sûr qu'elle le conduira vers des inventions d'une laborieuse banalité, vers des camelotes quintessenciées. Maint palais porte, hélas! la marque de ses goûts de modiste, de son amour immodéré pour le camélia de papier!

Je concède que sa tâche ne fut pas toujours bien aisée. Elle dut équivaloir, par moments, à celle de cataloguer le chaos. Songez qu'au Champ de Mars, construit la dernière fois par trois architectes et un ingénieur, — je parle des groupes officiels, — il avait à diriger, pour la construction de deux files symétriques de palais et d'un groupe de fond, sept architectes. Aux Invalides, où règnent pareillement deux lignes parallèles de palais, ils étaient six pour les bâtir. Mais la merveille est aux

Champs-Élysées, où l'on a attelé trois architectes au même palais sous le contrôle d'un quatrième, soumis lui-même à M. Bouvard. Ne vous étonnez donc pas si tout cela n'est pas d'un fondu irréprochable, et ne vous récriez pas à chaque incohérence que nous rencontrerons.

Le miracle, plutôt, c'est que M. Bouvard ait traversé cette pétaudière sans s'y rompre les reins ; qu'il soit arrivé à satisfaire au moins une dizaine de ministres, tour à tour, sans mécontenter un seul de ses collaborateurs, et que, d'une pareille aventure, il ne lui reste que deux belles ennemies : l'Originalité et la Fantaisie. Et encore ne suis-je pas certain qu'il ne les eût pas d'avance.

J'ai déjà constaté plus haut, envisageant spécialement l'emploi du fer, à quel point cette Exposition est peu moderne, peu synthétique du temps présent, et combien elle répond mal à la pensée primitive de son organisateur. Mais en dehors du métal, il est toute une série de matériaux nouveaux qu'on aurait voulu voir essayer dans une circonstance comme celle-ci.

A la suite de l'Exposition de 1889, en présence du succès qu'avaient trouvé les céramiques employées par M. Formigé dans les deux palais qu'il avait édifiés, ces jolies briques orangées de ses pilastres et de ses revêtements, les carreaux vernissés de ses dômes, l'industrie, apercevant un débouché nouveau, s'était mise avec beaucoup de bon vouloir et de conviction à travailler dans ce sens. La manufacture de Sèvres, qui prend intelligemment le vent, la finaude! était prête, elle aussi, à s'orienter dans cette direction. A l'approche de l'Exposition, elle voulait préparer les matériaux d'un pavillon entier de céramique, et les recherches qu'elle avait faites permettaient d'espérer quelque bien de cette tentative. Cependant qu'on gâchait en plâtras, en affreux ciment des sommes exorbitantes, on lui refusa les crédits nécessaires à l'édification de son petit kiosque. Elle dut se borner à l'exécution de cette longue frise de grès cérame qui orne la façade postérieure du palais des Beaux-Arts, sur l'avenue

d'Antin, et le résultat qu'elle a obtenu là augmenta, un temps,
nos vifs regrets de ne l'avoir pas vue réaliser ses beaux projets
primitifs.

Comme le fer, partout aussi la céramique bat en retraite,

LE PIED D'UN CANDÉLABRE DU PONT

alors que dans la
ville nous la voyons
de jour en jour pren-
dre au soleil une
place plus considé-
rable, alors que
toute la jeune école
d'architecture s'en-
goue des matières
vraiment très sédui-
santes et très riches
que lui préparent
les bons potiers
épris de nouveauté,
les Delaherche, les
Bigot, d'autres en-
core, penchés sur
leurs creusets de-
puis des ans, cher-
chant, inventant et
n'attendant que des
demandes pour produire des morceaux encore plus hardis.

Les verriers, eux aussi, guettaient cette occasion de nous
surprendre. L'un d'eux, l'un des plus entreprenants, M. Jules
Henrivaux, ne suggérait-il pas, naguère, à la veille du commencement des travaux, l'édification d'une maison tout entière
construite en verre et matériaux dérivés du verre ? Quand on
a relu, comme je viens de le faire, sa très savante étude parue
dans la *Revue des Deux-Mondes*, on ne peut que déplorer que
l'expérience n'ait pas été risquée d'une façon plus complète, plus
large que dans ce Palais lumineux du Champ de Mars, trop
tarabiscoté, d'ailleurs, et trop criard.

Quel rêve tentant, que celui d'un *home* confortable, aux mu-

railles résistantes comme la pierre, et même davantage, et cependant d'une matière profonde, onctueuse, dans lesquelles des
vitraux encadreraient la magie des soirs étincelants, la tendre
suavité des aubes; que ceindraient des frises scintillantes de
l'éclat même des gemmes, rivalisant de coloris avec l'aile diaprée
du papillon, avec le pétale de la fleur, avec les minéraux les
plus précieux, glacées de reflets métalliques, constellées des
lueurs virides de l'émeraude, des braisillements de l'escarboucle,
du froid grésil des saphirs, des miroitements vineux des améthystes ou des topazes !

Ce n'était qu'un rêve, hélas ! et pourtant si aisément réali-
sable, depuis que les découvertes récentes nous ont dotés des
« pierres de verre », du « céramo-cristal », de ces chatoyantes
« opalines » dont M. Jacques Galland nous montra, au Salon de
1898, de si prestigieux échantillons, ces carreaux où trans-
paraissaient, comme figés dans des émaux lucides, rosâtres,
bleuâtres, glauques, des coquilles irisées, des algues veloutées,
d'étranges et d'inattendues givrures, des cristallisations et des
arborescences capricieuses, colorées des nuances les plus riches
de la palette minérale, amusement et charme pour l'œil.

Un homme seulement s'est trouvé, dans toute la kyrielle des
architectes, qui ait songé à ces choses, se soit rappelé ce qu'il
avait vu et les ressources dont il pouvait disposer, et c'est
M. René Binet, l'architecte de la Porte monumentale.

Les autres ont préféré à tout cela le plâtre, le ciment, la
peinture, la dorure, le maquillage trompeur. Tant pis, et c'est
une faillite, bel et bien. S'il était une occasion dont on devait
profiter pour nous initier aux tendances originales, nous présenter les modes décoratifs récemment conquis, c'était celle-ci.

Mais qui l'eût fait ? M. Alfred Picard est avant tout un ingénieur, et je persiste à croire que ce n'est pas son esthétique
personnelle que nous révèle l'Exposition. Seulement, il eût
fallu près de lui, le secondant, le complétant, un artiste épris
de beauté non vue, attentif aux manifestations intéressantes
qui se sont produites autour de nous en ces dernières années
et dont cette grande foire ne reflète même pas le lointain fantôme. Personne à même de remplir ce rôle de conseiller d'art :

M. Formigé, qui nous avait ouvert naguère de si souriantes
perspectives et qui paraissait l'homme indiqué pour ce rôle,
absent, oublié ou dédaigné; des jurys; de vagues, d'imper-
sonnelles commissions, dressant entre l'horizon illuminé d'une
fraîche clarté d'éveil et les yeux du maître suprême, des forêts
de colonnes, de monstrueux frontons romains, des guirlandes
saugrenues, d'inutiles dômes, des minarets à profusion.

Car, à côté de cet amour immodéré pour les styles les plus
rances, une caractéristique encore de l'Exposition de 1900, c'est
la manie des accidents baroques, des « décrochements » illogiques et qu'on juge « amusants », puisque c'est le mot à la mode;
de tout ce que M. Henry Boucher, — un aimable homme qui
fut un an ou deux ministre du Commerce, et le seul, peut-être,
de toute la série, qui ait eu mieux qu'une teinture d'art, des
idées ou des préférences esthétiques, — appelait plaisamment
« des machines à accrocher les chapeaux ».

Il me souvient de l'avoir trouvé un jour, dans son cabinet
de la rue de Grenelle, devant de belles aquarelles d'architectes,
de ces insidieuses aquarelles qui abusèrent tant de gens. Ces
images étaient toutes hérissées de clochetons, et le ministre
était fort affairé à en supprimer quelques-uns. Par malheur, il
manqua ce jour-là de courage. Et de même que le sagittaire
Héraklès, le soir descendant aux rives de Stymphale, s'arrêta,
sanglant et las, avant d'avoir épuisé son carquois, il suspendit
à mi-chemin l'exécution des porte-manteaux. Il en a trop
laissé encore : on chercherait en vain, sur les toits de certains
palais, une place où s'asseoir sans danger. Vous m'objecterez
que ce n'est guère le lieu, et j'en conviens.

Et qu'il y en a donc de ridicules, de ces pitons ! La palme,
cependant, je crois, revient aux architectes qui, en avant de l'Esplanade, au sommet des portiques recouvrant la gare, ont hissé
quatre reproductions de fontaines Wallace, avec leurs cariatides supportant des baldaquins hémisphériques. La nouveauté
est que ces calottes sont surmontées de boules, elles-mêmes
coiffées de couronnes qu'elles portent sur l'oreille, comme
M. Claretie son nez. Sans ce nez, je veux dire sans cette couronne
cascadeuse, le vieux maître Charles Le Bourg, l'auteur des

vraies wallaces, aurait presque des raisons de revendiquer des droits d'auteur.

Il y a encore, dans un autre genre, ces godiches de petits vases, — chapardés, d'ailleurs, tant on a soif d'authenticité, tant on a souci de la pureté du style, à l'attique de l'Institut, — dont on a enjolivé la balustrade du Grand Palais, où ils font l'effet de bornes d'amarrage pour la poste aérienne du XXᵉ siècle. Mais ce volume ne suffirait pas pour dénombrer les hideurs accumulées à plaisir dans toute l'enceinte.

Tous ces palais sont trop surchargés d'ornementation. Sous ce prétexte fallacieux que ce sont des palais de fête, qu'ils ont pour premier devoir d'êtres riches, joyeux d'aspect, on les a ciselés, guillochés sur toutes leurs faces. On s'imagine avoir induit ainsi le monde entier à l'allégresse.

Je ne sais rien, pour ma part, de plus affligeant que ces sculptures hors de propos, sinon même à contre-sens. L'ostentation n'est pas la magnificence.

Que d'argent gâché absurdement, au détriment de l'allure même de ces édifices, en main-d'œuvre de tailleurs de pierres ou de pétrisseurs de glaise! Et le plus piquant de l'aventure, c'est que vous ne pouviez pas rencontrer sur son chantier un seul architecte, sans qu'il se plaignît de la modicité des crédits mis à sa disposition! Qu'eût-ce été, juste ciel, si on les avait laissés aller! Frises ici, frises là, frises partout, et des cariatides, et des atlantes, et des naïades, et des génies, des génies!... comme si l'on avait voulu faire la monnaie du génie, au singulier, — ainsi qu'on avait fait la monnaie de M. Alphand. — Et des fleurs, surtout! en festons, en guirlandes, aux chapiteaux, sur les soubassements, les pilastres, les corniches, sur les toits. Ah! n'amenez pas là, de grâce, le Calchas des Variétés!

Oui, hélas! trop de sculptures, et de sculptures trop peu décoratives, de sculptures inutilement fouillées, fatiguées, mesquines d'exécution, pauvres de conception et déclamant des sornettes avec des gestes de tragédie!

Savez-vous que le Grand Palais, seulement, des Champs-Elysées, a valu de l'ouvrage à trente-neuf sculpteurs? Supposiez-vous, même, qu'ils fussent si nombreux, dans « l'Ecole » ?

Et quel ouvrage!... Je parle de l'ensemble.

Les sculpteurs se sont montrés reconnaissants et pleins d'abnégation envers les architectes qui leur versaient cette manne.
Ils ont scrupuleusement évité de les éclipser. L'architecture et
la sculpture de l'Exposition sont assorties, et nul chef-d'œuvre
de statuaire ne fait tache sur la platitude d'aucune façade, afin
que soit vérifiée une fois de plus cette loi éternelle que l'architecture d'une époque suscite la sculpture qu'elle mérite.

Les symboles les plus indigents et les allégories les plus gal-
vaudées, les plus sordides vous les pouvez saluer au passage,
bonnes vieilles connaissances : les Agricultures pourvues de trop
de bras, les Géographies, les Industries, les Quat'z'Arts, et les
pauvres « Cinq parties du monde », un peu mieux connues
aujourd'hui qu'il y a dix ans, pas mieux traitées toutefois, et
toutes les *déiesses*, enfin, comme disait Courbet.

Et quand, d'aventure les « artistes » se sont ingéniés après des
trouvailles neuves, vous allez voir ce que leurs beaux cerveaux
ont enfanté. Il y a, au même palais des Beaux-Arts, couronnant
les pans coupés — ou plutôt il y aura, car les délais ont
manqué pour achever sur ce point l'édifice — deux groupes
gigantesques dans lesquels le sculpteur Récipon a prétendu
éterniser ces deux puissantes idées : l'*Immortalité devance le
Temps* et l'*Harmonie domine la Discorde*, deux idées bien
aisées à traduire en sculpture, comme vous voyez, et si
modernes! De ce que l'Art domine immanquablement la
*Discorde*, nous avons eu un exemple frappant lorsque les
« Maîtres » contemporains ont eu à se partager les quelques
kilomètres de cimaises qu'on leur abandonnait pour y appendre
leurs toiles; et quant à l'autre sujet, il séduira les jeunes arri-
vistes des Beaux-Arts, s'il y en a, d'aventure, et les excitera un
peu davantage, j'espère, à la férocité. Hélas! sied-il de rire de
ces choses affligeantes?

« L'esprit, gouaillait Pradier, je crois, n'est pas indispensable
aux peintres, il est inutile aux sculpteurs et nuisible aux architectes. » Pourtant, et sans faire de comparaison désobligeante
pour personne, on peut rappeler que celui qui bâtissait Saint-
Pierre de Rome, pétrifiait les Esclaves dans leurs attitudes d'in-

dicible douleur et écrivait le sonnet de la Nuit, était tout de même d'une autre intellectualité que ces maçons et que ces pâtissiers d'à présent.

Mais cette symbolique-là, si usée, si éculée qu'elle nous

L'IMMORTALITÉ DEVANCE LE TEMPS (Groupe de M. Récipon)

paraisse est précisément celle qui ravit l'Administration et les jurys. A part deux ou trois heureuses tentatives dans un voie moins battue, à la Porte monumentale, où s'érige cette *Ville de Paris* habillée chez Paquin, où se déploie la *Frise des Ouvriers*, du sculpteur Guillot ; à part la frise ingénieuse et les amusantes effigies de travailleurs du palais du Génie civil, partout vous vous heurterez aux mêmes platitudes ; et quand il s'est agi de commander le diplôme des récompenses,— au concours, naturellement, toujours, — ayant à choisir entre un devoir de bon élève et une planche admirable où M. Albert Besnard s'était efforcé, en maître décorateur et en artiste au goût affiné qu'il est, de renouveler, de rafraîchir un peu la lamentable figuration que périodiquement nous avons accoutumé de voir réapparaître, comme dans un défilé de théâtre, en toutes les occasions pareilles, le jury n'a pas hésité : il a primé l'élève de la rue Bonaparte.

Excellents jurés ! Comme devant cet amas de pastiches, de ressouvenirs, de copies de copies, ils peuvent arborer en toute justice un sourire satisfait ! Tout cela est en partie leur œuvre, et ce sont eux qui se sont montrés dans toute cette aventure les plus fidèles gardiens de la Tradition. Culte de la colonne, vénération des styles défunts les plus illogiques, les plus romains, amour de la façade, saint enthousiasme pour le « beau morceau », admirez avec quel lyrisme tout cela est défendu, exalté dans les quelques couplets de littérature que nous ont laissés les rapporteurs des différents concours. Dès qu'une partie quelconque d'un projet devient absurde, mais charmante, incongrue, mais copieusement décorée, l'aréopage exulte, une petite écume de volupté mousse sous la plume de son secrétaire, et les formules laudatives fluent et s'épanchent, douces comme le miel, enivrantes autant que l'ambroisie. Et nous verrons quels étonnants résultats tout cela a donnés aux Champs-Elysées, en particulier.

Je ne me dissimule pas, au surplus, qu'il faut quelque candeur pour s'indigner encore ou s'étonner, seulement, de tout cela ; mais puisque les jurys continuent, récidivent, je ne vois pas pourquoi nous ne les imiterions pas. Désarmer ? Hé ! ma foi que Messieurs les jurés commencent !

J'ai, chemin faisant, constaté le manque d'unité, le défaut de direction générale que trahissent tous ces palais, et touché d'un doigt léger l'une des tares originelles de l'architecture de cette Exposition, conséquence de la multiplicité des architectes, vice aggravé encore par la parfaite insuffisance, par le manque de prestige du chef placé à leur tête. En attendant que nous jugions ensemble des résultats qu'a donnés au grand palais des Beaux-

Arts, le plus désastreux de ses produits et le plus persistant, hélas! l'architecture collective, je demande la permission de revenir en quelques mots sur ce sujet. Aussi bien quitté-je à peine le chapitre du jury que je tenais. Car c'est encore ici, la faute des jurys, ou, mieux, la faute des concours.

Dans les temps d'universelle habileté, de médiocrité heureuse et vraiment démocratique que nous traversons; en des temps où les gens de quelque talent, à tout le moins de quelque savoir-faire, abondent, et où l'on cherche en vain l'homme de génie, le concours apparaît naturellement aux dispensateurs des grâces, soucieux, avant tout, d'éluder les responsabilités, d'éviter les « histoires », comme la manière à la fois la plus pratique et la plus agréable de distribuer la provende.

Nommer des juges de camp, d'abord, c'est une première occasion de faire des heureux, de satisfaire des vanités, de se créer les vagues reconnaissances sur lesquelles un homme en place ait le droit de compter. On les choisit dans des partis variés, moyen excellent de montrer du dilettantisme, un éclectisme aujourd'hui fort prisé et aussi de préparer un jugement plus chanceux, plus voisin des arrêts de l'impartial hasard, tirage au sort ou jeu de la courte-paille, et du coup en harmonie avec les aspirations des masses, toujours résignées aux caprices du destin aveugle. Profond machiavélisme!

L'issue de la joute, ainsi, n'est pas douteuse. Le génie attendu, s'il existe dans quelque coin, s'y tapit, devinant, avec cette prescience des élus, qu'il n'y a pour lui que horions à recevoir dans une telle équipée. De bons élèves arrivent, respectueusement pénétrés des conseils que leur donnèrent jadis des professeurs aujourd'hui académiciens et jurés. Que si quelque idée un peu personnelle surgit du tas, et qu'elle ait le malheur de rencontrer comme défenseur un des avancés du jury, un de ces intrai-nables Dons Quichottes qu'une psychologie rudimentaire commande d'introduire, en tout cas, au sein du sanhédrin, en guise d'épouvantail, pour mieux grouper en une majorité compacte les partisans du vrai beau, du beau correct, orthodoxe, reçu, cette idée-là est aussitôt remisée, précieusement, sous quelque noir boisseau emprunté au charbonnier le plus voisin. Après

quoi, on délibère, — on marchande, on juge. Nous venons de
voir plus haut d'après quelle esthétique.

Or, dans les divers concours institués pour la préparation
de l'Exposition, les disciples de talent, — j'entends, avec leurs
maîtres, les disciples respectueux du principe d'autorité et du
dogme, — se présentèrent nombreux. Les uns apportaient quelques idées, les autres un bon vouloir prêt aux pires besognes.
Il fallait contenter tant de fiers appétits. Le jury s'en tira en
proclamant une liste de lauréats qu'il désignait ainsi au choix
de l'Administration.

Chacun d'eux eut son os, d'autant mieux que l'espace à
meubler était plus vaste, comme on sait. L'Administration maternelle distribua le terrain par quartiers, aussi équitablement
qu'il fut possible, quoique un peu au petit bonheur. Il lui suffisait que tous les palmés fussent pourvus. A tel qui avait montré,
au concours, un séduisant palais, on donna à construire une
porte d'entrée. Le tout à l'avenant. Celui-ci avait triomphé
grâce à son plan du Champ de Mars, on l'installa aux Invalides.
Il ne s'agissait que de répartir des compensations. Seulement,
ce n'était guère le moyen d'arriver à l'unité, sans laquelle il n'est
pas d'œuvre d'art irréprochable. Aussi bien, je ne prétends pas
demander à cette foire qu'est surtout une Exposition universelle de nous donner un complet spectacle d'art. Son essence
même s'y oppose. Les palais, les pavillons y sont entassés,
pressés les uns contre les autres, voisinant au hasard, sans souci
des proportions ni des harmonies. C'est l'habit d'Arlequin dans
toute son horreur. Le moindre bout de terrain non bâti est
aussitôt l'objet des plus ardentes convoitises. Il faudrait, pour
concevoir d'abord un plan intangible, pour en assurer l'exécution ensuite, quelqu'un de si artiste et de caractère si énergique
que mieux vaut ne pas prendre la peine de le chercher.

Après tout, cette variété même pourrait être agréable et nous
dédommager en pittoresque. L'essentiel, cependant, serait que
les grandes lignes de l'ensemble, les cadres principaux eussent
de la tenue. C'est ce qu'avaient admirablement senti les organisateurs de 1889. Ici, rien de semblable. Le fouillis, l'incohérence. Chaque architecte a joué pour son compte. Pour peu qu'il

demeurât dans les limites de superficie qu'on lui avait définies, on le laissait aller. Et quant aux sculpteurs, ils ont abusé de ce laissez-aller jusqu'à des limites invraisemblables. Les statues, les groupes, les quadriges s'accolent ou se superposent sans aucun souci de l'échelle ni des proportions. Il y en a, dans un même ouvrage, de toutes les tailles, de toutes les masses et en toutes les matières.

Au Grand Palais des Champs-Élysées, cela devient d'une bouffonnerie irrésistible. On voit là de plantureuses luronnes qui semblent les nourrices, les mères Gigognes des frêles créatures assises à l'étage au-dessous, et la colonnade, par exemple, évoque la plaisante idée d'une *nursery*. Au pont Alexandre III, c'est le même régime, avec un doigt de comique en moins, toutefois.

LA FRANCE CONTEMPORAINE
AU PONT ALEXANDRE III

On dirait, en vérité, que les sculpteurs ont apporté leurs « boulots », les ont juchés sur leurs socles comme des bibelots sur l'étagère d'un homme dénué de goût, et sont repartis sans plus s'inquiéter de rien, sans souci de voir une Tanagra voisiner avec un Hercule, — je parle des dimensions, non du mérite artistique !

Mais quelle autorité eût imposé son goût souverain ? M. Bouvard ? Vous souriez déjà !

Si bien que nous ne retrouvons point, cette année, cette mesure, cette grâce sobre, cette fleur de parisianisme qui nous séduisait dans la fête semblable d'il y a dix ans.

Point d'imprévu, non plus ; point de nouveauté, ou si peu ;

point de personnalité, pour tout dire. Des plagiats, des imitations, des contrefaçons, des reconstitutions, par exemple, à profusion. Les architectes n'ont aucune foi artistique. Celui-ci, ayant à confectionner un palais pour les Congrès et l'Économie sociale, se souvient à propos, par miracle, d'un précepte d'école que trop de ses confrères ont oublié ; il conçoit un édifice en tout conforme à sa destination, clair, aéré,... ennuyeux. Mais du même coup, il adopte le style Louis XVI, sans raison ; sans doute parce qu'il aura lu, dans quelque rapport officiel, que c'est le style essentiellement français et le plus décoratif ; il eût aussi bien choisi le Louis XIV s'il avait appris que le Louis XIV était très en vogue en haut lieu.

Un autre exemple, et plus typique, du manque de convictions de nos bâtisseurs, est la mésaventure qui advint à M. Gravigny, l'architecte du pavillon de la Ville de Paris, au Cours la Reine, encore. Il avait élaboré un projet, de maigre imagination, évoquant vaguement par des pignons, par des rinceaux Renaissance, l'Hôtel-de-Ville lui-même, où est situé son bureau et qu'ainsi il connaît particulièrement. Le projet avait reçu toutes les investitures, y compris le visa de M. Bouvard. Les charpentiers d'abord, puis les staffeurs, puis les couvreurs s'attelèrent à la besogne. Mais quand ce fut fini, le pavillon apparut si indigent de lignes, si peu meublant, si nul, que le directeur des Services d'architecture lui-même s'en aperçut. Alors, bravement, M. Gravigny rappela ses charpentiers et ses couvreurs, campa aux quatre coins de son pavillon quatre poivrières, puis se recoucha, satisfait, sur l'autre oreille.

Et partout c'est ainsi ! Je défie qu'on trouve, dans toute l'Exposition, une indication pour l'avenir, un embryon de *Credo*, un guide. Louis seizième ici, elle est, là, japonaise, plus loin encore, tout bêtement belge, hélas !

Entre cette tiédeur, cette indécision et la passion, le fanatisme d'un Benvenuto Cellini, évidemment il y a quelque marge. Le malheur est que les chefs-d'œuvre s'enfantent dans la douleur et dans la fièvre. Mais, en vérité, de quoi s'éprendre dans la tourmente où nous vivons ? Ah ! symboliser le siècle ! Mais quelle partie du siècle ? quelle idée dominante échafauder en pierres ? Des doutes, des négations, de stériles querelles de mots, de vagues espoirs irréalisés, fragile support pour dresser au-dessus de la cité la flèche fervente ou l'arc audacieux. Et par force notre architecture n'est que rabâchages.

Les manoirs, les chapelles, les châteaux impériaux ou royaux de la rue des Nations, et ce Vieux Paris, pour lequel l'engoue-ment a commencé du jour où il surgit de l'onde, qu'a photo-graphié et portraituré tout ce qui sait tenir un kodak, tout ce qui porte palette au poing, depuis la jeune personne cultivant la peinture comme un art d'agrément jusqu'au peintre en bâti-ments de loisir le dimanche et « artiste » un jour par semaine, voilà où se rue la foule, vers des résurrections, des exhuma-tions, vers de conventionnelles illustrations de feuilletons popu-laires, vers du décor de drame romantique. Tous les vieux béguins pour les antiquailles qui sommeillaient au cœur de la clientèle du père Dumas se lèvent et fermentent impérieusement devant cette archéologie de tréteaux, devenue tout à coup si » Tour de Nesles », si « Jeunesse du Roy Henry », par les soirs de lune, quand ses vitraux s'illuminent des reflets des saturnales, vibrent des éclats des beuveries. Est-elle donc si déçue et si lasse du présent, la pauvre foule, qu'il lui faille, pour se détendre, ce bain de passé, d'illusion de théâtre ? Et le Messie dont elle pourrait s'éprendre devrait-il donc être de la tribu de Robida ?

Sous un seul rapport, en somme, l'architecture de l'Exposi-tion semble faire aux tendances modernes une légère conces-sion ; par un seul côté elle tente de rajeunir les vieux modèles qu'elle copie quasi servilement : elle est colorée ou s'efforce de l'être. Cette timide tendance s'accuse dès la Porte monumentale, versicolore jusqu'à la limite dangereuse ; au palais des Beaux-Arts, deux frises polychromes chantent dans la pénombre tombée des architraves, et même l'une d'elles force un tantinet la voix ; aux divers palais des Invalides éclatent des « points de couleur » armoiries des capitales, écussons, dorures ; les dômes du Champ de Mars jouent, dans la mesure de leurs moyens, la

céramique, et M. Jacques Hermant a répandu un badigeon discret sur sa frise qui, presque dès le lever du jour, éclairée en
arrière, eût été distincte à peine sans cet artifice. Pourtant, tout
cela n'est que fausseté encore et que leurre dont il nous faut nous
contenter, que peinture et que ripolin.

Eh bien ! croiriez-vous que nous avons pu craindre, à un
moment donné, que nos yeux ne fussent privés de ces demi-
joies ? Des publicistes entichés d'exotisme et de transatlantisme,
extasiés devant la blancheur crue des palais inachevés, rêvaient de
nous doter d'une Exposition toute blanche, « comme à Chicago ».

Et ce « comme à Chicago », courant de feuille en feuille, fut
quelques mois le grand mot d'ordre. L'Exposition étant déjà
suffisamment romaine, « comme à Chicago », encore, nous
aurions joui, si tant de soupirs ingénus avaient été écoutés,
d'une fête vraiment bien nationale.

Nous eûmes, dans notre malheur, cette chance que justement,
pendant ces mois-là, M. Bouvard fût un peu dur d'oreille. Les
clameurs du dehors ne l'influencèrent pas ; il demeura fidèle à la
couleur étendue sur les esquisses primitives. Que cette polychromie soit parfois un peu rude et inharmonique ; qu'elle constitue
souvent, appliquée à tels édifices de styles défunts, un anachronisme choquant, je n'en disconviendrai pas. Du moins est-elle
en situation, foraine et aguicheuse à souhait. Du moins est-elle
à nous, et a-t-elle, à mes yeux, cette immense vertu de n'être
pas à la mode de Chicago, fût-elle même du goût de Chicago.

J'arrête ici ces considérations générales ; j'aurai, d'ailleurs,
occasion d'y revenir. Et les exemples ne me manqueront pas
pour les justifier.

En somme, si cette Exposition doit consacrer quelque chose,
à moins que toute équité, que toute raison ne soit défunte dans
ce pays, ce sera la définitive déchéance, la mort totale, sans
merci, de l'architecture telle que la conçoivent les professeurs
de notre admirable École, les tenanciers diplômés de la tradition
et du style.

※

# VIII

Mai.

On sait quel accueil fut fait à la Porte monumentale quand, à huit jours de l'ouverture solennelle, elle apparut, débarrassée de ses échafaudages, à l'angle de la place de la Concorde.

S'il ne lui demeurait qu'un défenseur, je serais celui-là : j'ai confessé, je pense, assez haut mon désir de nouveau, ma haine des bas plagiats partout accumulés dans cette Exposition, pour qu'on ne s'étonne pas de cette déclaration.

Quand je connus l'architecte René Binet, il étudiait précisément cette Porte, sa construction et sa décoration. Il avait jeté déjà sur le papier les grandes lignes de son projet. Les hasards du métier nous rapprochèrent : nous causâmes.

Il n'est guère possible, je crois, de coudoyer ce rude et franc Bourguignon aux cheveux crespelés, au front volontaire, au regard droit, sans l'estimer d'abord, sans l'aimer bientôt après. Dès les premières conversations, nous nous découvrions des tas d'idées communes.

Il me dit, avec son aversion pour l'odieux déjà vu, sa sympathie véhémente pour la vie d'à-présent, dans toutes ses manifestations diverses ; il m'initia à ses recherches opiniâtres, dont les preuves, autour de lui, dans ces baraquements du Cours-la-Reine où il avait établi son agence, sur son chantier même, et où l'on

8

travaillait en ce temps-là de si bon cœur, s'amoncelaient en croquis innombrables, en esquisses, en maquettes de glaise ou de plâtre, en aquarelles vibrantes.

Il me confia comment il concevait son œuvre. On lui assignait, en somme, la mission de dresser, au milieu de la ville, à la pointe avancée de cette Exposition, le vestibule de la grande foire, la gueule énorme où allaient s'engouffrer les foules par millions de visiteurs. Dans son plan primitif, il avait imaginé un très ingénieux système de guichets, qui permettait de recevoir, en une heure, jusqu'à 90.000 personnes. Telle quelle, la Porte peut encore livrer passage à plus de 30.000 visiteurs à l'heure. Et les deux exèdres qui se tendent, en avant, comme deux bras, pour accueillir les cohues les plus folles, précisent et complètent à merveille l'idée de l'architecte. Jamais un édifice ne proclama plus clairement sa destination.

Quant à la parure extérieure de cet arc géant, elle devait, d'après lui, être festoyante à l'excès. C'est à la foire, je le répète, que nous conduit cette Porte. Son auteur entendait qu'elle fût comme la réclame permanente, comme l'enseigne gigantesque et franche que tous verraient malgré eux, qui solliciterait, de loin, les indécis, convaincrait les tièdes. Il lui semblait que son premier devoir était d'être aguichante et pimpante de tonalité comme une affiche de Chéret, et pourtant si délicate de détails, si précieuse, que les yeux des artistes fussent amusés par la prodigieuse fantaisie, par la profusion même et la variété de son ornementation touffue.

A défaut du raisonnement, son tempérament portait M. Binet à créer une chose colorée.

— La couleur, me disait-il en matière de profession de foi, dès notre première entrevue, la couleur c'est la vie! et je préfère Delacroix à Ingres.

Ce *credo* d'art en vaut bien un autre.

La lumière et la couleur, voilà ce qui attire et séduit M. René Binet; mais la vraie lumière, mais la vraie couleur; « pas la nuance, rien que la couleur » dirais-je en retournant la maxime décadente de Verlaine.

Ce sanguin, ce mâle, respirerait mal à l'aise dans l'atmos-

phère alanguie, dans la pénombre savamment dosée des boudoirs où achèvent de se décolorer des soies fanées, et il n'a point,
pour apprécier les pâleurs des étoffes à la mode, les demi-tons
chlorotiques des *liberties*, les yeux pâmés d'une petite maî-
tresse ou d'un neurasthénique. Le rouge ardent, le vert violent,
le bleu intense ne l'épouvantent pas, pourvu qu'ils s'harmo-
nisent.

Et quand, à l'École des Beaux-Arts, il lui advint cette fortune de conquérir un prix qui lui donnait le moyen de voyager,
deux années durant, à sa fantaisie, ce ne fut point la vieille et
classique Italie qui le captiva. Après qu'il eut respiré le charme
de belle ensevelie que dégage Pompéï momifiée sous la cendre,
il fuit bien vite le décor latin, les aqueducs ruinés, les colonnades écroulées jalonnant la campagne traditionnelle, et se re-
jeta vers l'Espagne âpre, fougueuse, ensoleillée. C'est elle qui le
retint et l'enchanta; c'est là qu'il s'arrêta le plus longtemps, palette au poing, à l'ombre des portiques mauresques, au seuil des
*patios* ruisselants d'azulejos qui scintillent. Ceux qui suivent le
mouvement d'art se rappellent encore la collection d'aquarelles
qu'il rapporta de cette promenade.

C'est l'éblouissement éprouvé en présence de l'art hispano-
arabe qui le guidait, nuée lumineuse, quand il édifia sa Porte
monumentale, où il projetait de nous le faire goûter à notre
tour, mais rajeuni, mais rafraîchi et rénové. Les émaux, les
verres, les majoliques, voilà les matériaux qu'il désirait employer, au moment où tous ses voisins et confrères se ruaient
vers les plâtrières pour y rafler les stocks disponibles. Sa Porte
eût été plus chatoyante encore s'il avait eu l'argent nécessaire à
la réalisation de son rêve.

Il dut se contenter de plâtre peint, comme les camarades, en
fin de compte: c'était la consigne! mais toutes les fois qu'il lui a été
possible, avec les ressources réduites dont il disposait, de cacher
ses staffs sous d'honnête matière, commes ces verres mordorés,
comme ces grès qui habillent en partie sa Porte, il n'a pas hésité;
et de même que deux négations, en grammaire, valent une affir-
mation, ce double mensonge trahit un ardent appétit de sincérité.

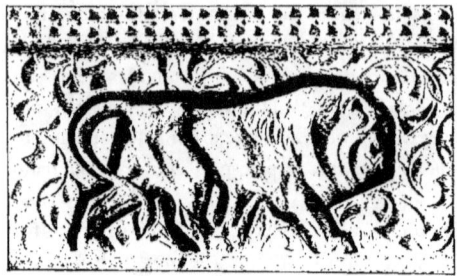

Quand il a
triché, ç'a été à
son corps dé-
fendant : les
matériaux
nouveaux, les
nouvelles for-
mules n'ont
pas de plus
chaud partisan
que lui. Il a, en de jolies pages écrites au cours de son voyage
en Espagne et qu'il devient intéressant de relire, consigné ses
enthousiasmes, ébauché ses aspirations :

« A réfléchir, y dit-il, sur tout ce que je viens de voir, l'art
« mauresque devient, pour moi, de plus en plus clair. J'y note
« une certaine quantité de principes. Ainsi, par exemple, ce fut
« une belle trouvaille de la part des Arabes que l'expression en
« marbre de toute une floraison. Ce fut aussi très fort de parse-
« mer les salles et les portiques de tout petits bassins qui pa-
« raissent quelquefois dans l'ombre comme une pierre précieuse,
« émeraude, améthyste.... Et c'est dans cette variété de formes
« troublantes, égayées par l'esprit léger de l'art pompéïen, que
« je crois entrevoir une note décorative qui aurait un caractère
« de nouveauté ; — peut-être, — surtout si l'on rehaussait cette
« note par des applications d'études de la nature : fleurs, ani-
« maux, avec leurs colorations.

« C'est dans ces principes que je désire trouver une note dé-
« corative ; étudier au Muséum les animaux les plus décoratifs :
« paons, oiseaux de proie, singes, perroquets, colibris, papillons;
« saisir en eux la caractéristique ; prendre au singe la souplesse,
« aux paons et aux perroquets leur brillant plumage, au gypaète
« la fixité de l'œil d'or contrastant avec la plume poussiéreuse,
« aux papillons la variété dans les oppositions de tons; continuer
« dans la paléontologie ce que j'ai examiné depuis plusieurs an-
« nées : de l'échinide et de sa pointe faire sortir un beau clou,
« une colonne fuselée. D'une empreinte de fougère disparue,
« d'une écorce de sigillaire que d'arrangements peuvent sortir!

« Il faudrait composer ensuite ces animaux et ces fleurs en
« panneaux : un paon sur un enroulement ; un singe malicieuse-
« ment accroché sous une coupole de verdure, étrange, taquinant
« son compagnon et taquiné à son tour par le calme d'un beau
« poisson rouge. »

Ces préoccupations du jeune architecte, vous en retrouverez
la trace, si vous voulez bien vous donner la peine d'observer,
dans la décoration précieuse de cette porte, où se mêlent,
mais confus, mais transformés et adaptés par un subtil chercheur
des réminiscences d'art arabe, d'art khmer, des souvenirs exotiques, côte à côte avec des détails directement inspirés de la
nature.

Ces deux statues colossales, dans des niches, à droite et à
gauche de l'entrée, n'évoquent-elles pas, avec leur bariolage véhément, le souvenir de quelques monstrueuses idoles hindoues,
roides, hiératiques, tendant le symbolique lotus à l'adoration
des fidèles ? Cette coupole ajourée, dorée, resplendissante, d'où
pendent des lampes à arc, ne vous rappelle-t-elle pas quelque
dôme de mosquée, avec la flore exubérante de ses sculptures,
avec ses stalactites, ses gouttelettes de marbre ? Ces rosaces ro-
tiformes de l'archivolte, enlevant leurs rayons d'or sur un mame-
lon vert tendre, n'y retrouvez-vous pas comme le dérivé lointain
de certains boutons arabes, en filigrane d'argent, légers et décou-
pés symétriquement ? Et quant à la nature, la divine nourricière
des vrais artistes, c'est elle seule qui inspira ces crossettes, ces
griffes, que je loue de n'être point gothiques, et d'être cependant
puisées aux mêmes sources que la flore gothique, d'avoir été

cueillies sur le
bon sol de
France ; c'est
d'elle que vien-
nent ces mar-
guerites au
cœur d'or des
pylônes, et ces
étoiles de la
grille de fer

forgé, ces arborescences çà et là se ramifiant sur le nu des revêtements en émaux éclatants, et que suggérèrent, je crois, les fleurs
microscopiques du flocon de neige et du givre; c'est elle aussi
qui a fourni ces animaux, ces grands fauves qui passent d'une
marche souple et rampante, en une frise de grès cérame, à la base
de l'ouvrage; c'est elle encore que M. René Binet a interprétée
dans cette bizarre moulure, si imprévue, qui court au sommet
de tout le soubassement, cette série de godrons inédits de forme,
rappelant la grappe régulière des hirondelles sur les fils télégra-
phiques, la veille de la migration; c'est d'elle, enfin, de la maternelle nature, que dérivent les palmettes qui s'accrochent à la base
des mâts, en avant de la porte, et qui rappellent les crosses que
forment, au printemps, certaines branches de frêne éclatées sous
la poussée de la sève. Car M. Binet est un brave et fervent cam-
pagnard, un rural convaincu, qui aime sa glèbe natale, ses prairies émaillées de boutons d'or, ses bois, les plus vigoureux des
chênes pour leur force, les plus frêles gramens pour leur gracile
élégance.

Dans toute cette luxuriance de détails par quoi sa Porte se
rapproche de l'art oriental davantage encore que par l'interprétation de certains éléments décoratifs, nulle redite, d'ailleurs,
remarquez-le; nulle copie servile. Ses souvenirs ont été seulement pour M. René Binet des thèmes sur lesquels il a brodé de
savoureuses fantaisies. Ne cherchez point à saluer au passage de
vieilles connaissances. Tout cela est du vrai neuf, fondu exprès
à notre intention. Tout cela, jusqu'à la pointe des mâts porte-
oriflammes, a été étudié avec une conscience, un souci de la
perfection qui se font rares. Tout cela a été assemblé, condensé
avec une extrême logique, avec un art suprême, j'ose le dire. Et
de-ci, de-là, que de trouvailles! Pour la première fois, le support
d'un mât d'étendard n'est ni la panse rebondie d'une amphore
grecque, ni le parallélipipède rigide, sous ses moulures, d'un
piédouche italien. Et je trouve cela seul merveilleux, déjà, au
voisinage de tant de plates copies, de tant de ravaudages misérables.

Prenez un à un les détails ornementaux de ces arcs, — à
commencer par cette proue de vaisseau du tympan, que nul

décorateur de race ne saurait ne pas admirer, n'oserait discuter,
même, — de ces pieds droits, de ces deux fiers minarets, vous
serez frappé de leur infinie variété, souvent de leur originalité
et de la féconde ingéniosité de l'artiste qui les a dessinés. Il y
a là des inventions de quoi faire vivre dix ans des ornemanistes à court d'idées.

Et quant à la couleur de cette Porte, elle a l'éclat même des
arabesques qui serpentent sur la trame des beaux tapis orien-
taux, tissés et teints en plein soleil, vibrants, mais non criards.

Je sais, parbleu, que toute cette débauche de tons francs n'est
guère de mode; qu'en ce moment nous sommes tout aux nuances
mourantes, aux teintes évanescentes; que nos yeux de névro-
pathes s'accommodent mal des brutalités et des violences, même
harmonisées. Je sais aussi que cette Porte avoisine des palais
blancs, et si modestes ! Ce n'est pourtant pas à elle que je puis
avoir le courage de m'en prendre, puisque c'est elle qui est dans
la raison et dans la vérité, elle qui est de son temps, elle qui est
de circonstance.

Et sincèrement, je m'étonne de l'accueil qu'on lui a fait.
Fût-elle une erreur architecturale, elle demeurerait l'erreur
d'un artiste indiscutable et probe.

Mais, je ne crois pas qu'elle soit une erreur, et j'ai dit pourquoi : façade d'une fête, enseigne d'une foire, elle remplit admirablement son rôle. Est-ce l'impudente franchise de cette an-
nonciatrice de plaisirs qui vous choque? et préféreriez-vous
l'hypocrisie niaise d'une colonnade? Alors, il fallait la demander
aux architectes des Champs-Elysées et avoir le courage de vos
opinions, tout comme M. René Binet vous en a donné le si
bel exemple.

Car lui est allé jusqu'au bout de ses théories, avec une
admirable crânerie; et, ayant à commander pour sa Porte de
la sculpture décorative, au lieu de rechercher des compromis,
de s'efforcer d'atténuer, par quelques concessions au beau officiel, le scandale certain qu'il allait causer, il a marché droit au
but et s'est adressé à deux sculpteurs qui partageaient pleinement
ses idées d'art, à MM. Guillot et Paul Moreau-Vauthier.

Comme nous devisions de ses beaux projets, à la fin d'une

journée de labeur, Binet ouvrit un livre qui traînait sur une
table à dessin, dans l'atelier. C'était, je crois, un ouvrage sur
Albrecht Dürer et la peinture allemande ; le volume, en tout
cas, demeura ouvert à une page où passait, droite, à demi-
tournée vers nous, dans un mouvement d'une noblesse insigne,
une femme en atours, reproduction d'une figure de grand
style du vieux maître de Nuremberg.

— Tenez ! s'exclama-t-il, cette femme, Dürer l'a connue,
peut-être aimée... Il la croisait dans la rue, chaque jour, en
allant au travail, elle ou d'autres en des robes semblables,
pareillement relevées, en plis admirables, par une cordelière.
Et elle revit sur cette gravure comme il l'a vue vivre. Mais
pourquoi diable nous entêter à la refaire d'après lui ? à la
copier sur quelque modèle déguisé et sans mouvement, nous
qui ne l'avons jamais rencontrée ? Et ne vaut-il pas mieux, à
l'exemple du Maître, nous inspirer de la réalité qui passe à
portée de nos regards, de nos mains, de nos crayons ? »

Il défendait ainsi l'idée de cette *Ville de Paris*, de M. Moreau-Vauthier, qui souleva tant d'orages au Parlement et dans
la Presse, dans les verres d'eau et dans les encriers. Et quelle
chaleur il y mettait ! Le bon temps ! et quelle vaillance, et
quelle foi, en vérité, dans cette « agence » de vrais jeunes,
vivants, frémissants d'enthousiasme, Gentil, Joindet, Jouve,
Irribe, Moreau-Vauthier, à peine plus jeunes que le « patron, »
et quelle atmosphère de cordiale camaraderie on respirait !

L'idée de cette Parisienne en boléro glacé d'or, en provo-
cante capote, en sortie de bal, n'était pas venue dès l'abord au
sculpteur. Une commande de l'Etat, cela rabat toujours un
peu les plus ardentes flammes. Un vague respect étreint l'artiste
à qui tombe une fortune si haute, et sa première intention est
de se rendre digne d'une pareille marque de confiance, de se
hausser, si l'on peut dire, au pur style des Académies et de
travailler un peu dans le grandiose. Ainsi fit M. Moreau-

Vauthier, encore qu'il ne s'émeuve pas facilement et qu'il n'ait pas, jusqu'ici, la bosse du respect très développée.

Il y était allé pourtant de sa figure drapée, en tunique et en péplos. On l'eût prié un peu qu'il l'aurait peinte en tricolore, afin de satisfaire d'un coup les appétits esthétiques de M. Georges Berry, de M. Mesureur et de M. Millevoye. Mais le feu sacré lui manquait pour cette tâche.

Et un beau matin, il confia à son ami Binet un grand projet; ou peut-être le conçurent-ils ensemble et surgit-il, complet, d'une conversation d'après dîner : personnifier la Ville-Lumière sous les traits d'une de ses filles d'à présent, d'une mondaine sémillante et désirable, habillée chez le couturier à la mode, et lui faisant honneur. On ne dut pas discuter bien longtemps, tant on était du même avis. Pas même, peut-être, le nom du « bon faiseur » à qui l'on allait demander ses conseils, sa collaboration. Eh ! pouvait-on prévoir qu'un jour la politique se mêlerait de l'affaire ?

Ce bon faiseur, ce fut M. Paquin. Il mit au service de l'artiste, avec un désintéressement que je dois à l'équité de révéler ici, et son temps, et son goût réputé, et ses avis, et sa maison entière, et les plus séduisantes d'entre ses « mannequins. » Oui, le bon temps, quand j'y repense ! et comme tous y allaient bon jeu, bon argent ! Des toilettes spéciales furent créées à l'usage de cette *Ville de Paris*, jupes de drap, jupes de velours, corsages de dentelles, manteaux d'opulentes peluches et de fourrures. Le charmant défilé que ce fut, dans un petit boudoir Louis XVI, où, par moments, entrait le bourdonnement des ateliers et des salons d'essayage voisins, caquetages et frissons de soie mêlés, la présentation de ces admirables modèles, aux tailles souples, à la démarche onduleuse comme un rampement !..

Le réveil fut décevant : rumeurs sur l'agora et grincements de plumes, parlotes dans le Salon de la Paix, consultations d'augures graves, journalistes et députés. Un vent sinistre fit vaciller, aux mains des ministres tremblants, les maroquins. Les gens mêmes qui avaient conseillé, approuvé la *Ville de Paris* à la mode de 1899, les complices, si j'ose dire, de l'ar-

LA PORTE MONUMENTALE

chitecte et du sculpteur, ceux qui les avaient tant choyés, tant cajolés, naguère, et qui allaient les proclamant quasi-géniaux, se blottirent, bravement, sous la rafale. Devant l'universelle lâcheté, M. Moreau-Vauthier resta droit, inébranlable, énergique, même violent : les roseaux administratifs et ministériels, devant lui, se recourbèrent en sens inverse. Personne n'osa plus insister.

La Ville de Paris se dresse, au couronnement de l'arc de façade de la porte de la Concorde, coiffée d'une carène d'or, très svelte, quoi qu'on en ait dit, en sa robe lamée de paillettes qui s'irisent, le matin, de tendres reflets d'aurore, rutilent à midi de fulgurantes étincelles, et réfléchissent, le soir, les lueurs cendrées de l'Orient, accueillante, la main tendue vers les visiteurs et les hôtes, de ce même geste d'exquise urbanité qui est celui de la Pallas de bronze de Turin, modelée, en son temps, d'après quelque belle fille d'Hellas, comme elle-même le fut d'après une Batignollaise ou une Montmartroise.

Qu'elle choque des yeux routiniers, habitués à ne s'imaginer l'image d'une ville qu'en péplum et en stole, la tête ceinte d'une couronne murale, et renfrognée, et solennelle, le nez d'équerre, je me l'explique assez, mais je déclare, pour moi, la préférer hautement, délibérément, à tant de maritornes impudiques apostées au parvis des palais de cette Exposition, rôdant sous les portiques, racolant derrière les colonnes.

Les deux frises de grès de M. Guillot, qui décorent l'exèdre, en avant de la Porte, n'ont point connu ces vicissitudes qu'essuya la « Parisienne. » Non, croyez-le, qu'elles heurtent moins certaines convictions esthétiques, si j'ose ainsi parler. Mais elles bénéficient du sentimentalisme en vogue et, sans doute, un peu, qui sait? du saint respect de la masse électorale dont nous avons rencontré déjà, chemin faisant, sur telles pancartes des chantiers, les preuves évidentes. J'en parle en homme qu'aucune capitulation ne saurait plus surprendre.

Elles représentent, en effet, deux théories d'ouvriers se hâtant

vers l'arc immense, apportant à l'Exposition, avec leur bon
vouloir et leur courage, les œuvres de leurs mains. Travailleurs
de la glèbe et de l'usine, de la mine et de l'océan, tous ceux qui
produisent dans la fatigue et dans l'angoisse, ils sont tous là, les
vieux très las, déjà penchés vers le sépulcre, et les apprentis aux
clairs yeux béants d'espoirs, et les cyclopes aux puissants biceps
dorés par le souffle ardent des fournaises. Ils sont venus des
champs radieux et des noires cités où l'on étouffe, de tous les
vieux terroirs du pays de France, et même d'empires lointains
dont la possession fut payée du sang des nôtres, Arabes drapés
de laine, nègres demi-nus, Annamites tout frêles ; et le pêcheur
courbé sous ses filets humides tend son panier de poissons, et
le laboureur les fruits de son jardin et les lourdes gerbes de
ses guérets, et les potiers offrent leurs briques et leurs vases d'argile, et les rudes manœuvres du haut-fourneau ou de la forge leurs
poutres de fer. Une noble émulation les pousse, une fierté de la
tâche accomplie redresse leurs fronts volontaires. Telles de ces
effigies ont, sous le bourgeron ou le maillot rayé, avec moins
d'emphase, des gestes épiques de paladins ; et de généreuses pensées fourmillent obscurément dans leurs regards profonds.

Comme tous ceux qui ont collaboré à cette Porte, l'homme
qui, d'une main vaillante, a pétri cette glaise, y mit toute son
âme. Probe ouvrier lui-même, avant tout, il n'a emprunté
à ses modèles que ce qu'ils offraient d'expressif et de grand, que
ce qui pouvait les rehausser devant nous. Il les a vus tels qu'on
les rêve,—tels qu'on les voit quand on les comprend, quand on les
aime comme lui. Son œuvre est mâle et saine, et d'un réconfor-
tant exemple ; et devant elle, je n'ai regretté ni les chlamydes,
ni les toges, ni les lutteurs mamelus sans lesquels d'autres n'auraient jamais osé la concevoir. Laissons dormir un peu, dans
leurs draperies les plus tuyautées, les Romains et les Grecs.
Après être restés tant d'années sur la planche à modèles, en des
poses parfois pénibles, ils ont bien droit à quelque repos.

Evidemment, M. René Binet et ses collaborateurs se seraient
évité nombre d'ennuis en réédifiant, à la place de la Concorde,
en guise de vestibule de l'Exposition, l'arc de triomphe du
Carrousel multiplié par dix ou par douze et grandi ainsi jus-

qu'à conquérir l'estime des plus déterminés partisans du colossal, puis en y campant, sur un quadrige, quelque poissarde rebondie, coiffée de « fortifs, » comme le disait si pittoresquement M. Moreau-Vauthier à un interviewer. Tout le monde eut reconnu là, à sa circonférence, à cet attribut mural surtout, la Ville, si bonne nourricière pour d'aucuns. Ils pouvaient, en outre, invoquer dans ce cas, eux aussi, le besoin de « raccorder » le décor nouveau à l'ancien, la place de l'Etoile au Louvre de Napoléon. Ils ont préféré, les imprudents, s'aventurer dans l'inconnu.

Je les aime pour leur témérité.

Je les aime, parce qu'ils ont cherché, alors que tant d'autres se contentaient de copier, et que j'estime, en dépit des théories courantes, qu'il n'y a pas que les résultats qui comptent ; qu'il faut applaudir aussi aux efforts courageux et désintéressés, eussent-ils abouti à un échec, — et ce n'est pas le cas, à mon humble avis.

Car j'aime leur Porte aussi, comme je les aime, parce qu'entre tant de hideurs et d'insignifiances, elle jette au moins une note personnelle; parce qu'elle exprime bien ce qu'elle doit exprimer ; parce qu'avec sa façade haute en couleur, et claironnante, son arc, au couchant empli d'or et de flammes, sa forêt de mâts jaillis comme des lances ou comme des épis, elle a bien l'air de fête qui convient en la circonstance; parce qu'elle révèle un décorateur certain, oiseau rare ! et que si elle constitue, j'y reviens, une erreur, Rubens, cet amoureux passionné de coloris et d'exubérances, dut avoir sur la conscience quelques erreurs semblables, au temps où il décorait les villes pour des entrées de souverains ou pour des sacres ; parce que des gens la trouvent laide qui admirent éperdument les palais des Champs-Elysées, et dont l'enthousiasme demeure sans voix devant les baraquements injurieux des Invalides.

Je l'aimerais uniquement pour ne pas être de l'avis de nos députés, et parce que je ne reconnais pas à cinq ou six cents bonshommes, parmi lesquels il y a bien, au maximum, dix hommes de goût, — à en juger par l'atticisme exquis de leurs discussions, — le droit de régenter l'esthétique publique. Je

l'aime, enfin, parce qu'elle leur rappellera, à eux qui la verront
pendant quelques semaines tous les jours, en allant vaquer à
leurs « travaux », que nous sommes en France à l'extrême fin
du xix<sup>e</sup> siècle, et non à Rome à l'époque où l'on donnait au
Sénat cette occupation proportionnée à ses mérites, de discuter
la sauce des turbots : il est des heures où eux-mêmes nous le
font sentir plus cruellement encore.

Le soir, cette Porte s'illumine, n'est plus que clartés. Tous
ses fleurons scintillent ; chacun de ses cabochons de cristal
s'éclaire d'une vivifiante étincelle ; ses ors luisent doucement.
Elle apparaît sous l'aspect inattendu d'une prestigieuse architecture de rayons.

Je ne sais, à l'heure où j'écris, si vous la verrez jamais sous
son aspect définitif. Tant est grande la couardise administrative, qu'on n'ose pas permettre à son architecte de réaliser inté-
gralement son projet en installant, sur la terrasse des Tuileries,
les projecteurs électriques commandés, construits, qui feraient
rendre à son œuvre tout ce que, d'après ses prévisions, elle doit
donner. On peut juger du moins de l'effet qu'il a désiré, et
partiellement atteint.

La première fois que m'apparut en sa splendeur la Porte illu-
minée, je n'avais point été favorisé par le temps. Il faisait une
nuit noire. Pas de lune pour faire miroiter, là-haut, de traînants
reflets les pointes des deux minarets, le corsage d'orfroi de la
« Parisienne », sa jupe pailletée, l'aigrette blonde de sa petite
capote ; pas encore les projecteurs que vous savez, et qui la
remplaceraient les soirs où elle se cache, lui viendraient en
aide les autres soirs. Pourtant le charme était déjà irrésistible.

Du bas de la rue Royale, l'arc géant, les deux pylônes jaillissent en lumière sur le sombre écran du ciel tiqueté d'astres
pâlissants ; mais non point de cette lumière électrique aveuglante et cruelle qui vous vrille la rétine et qui fait clignoter vos
yeux. C'est une lueur veloutée d'un bleu opulent, profond ;
vibrante, en dessous, de frissons violâtres, et pointillée, çà et là,

sur le tympan de l'arc, d'éclats d'émeraude. Et même cette comparaison traduit mal l'impression visuelle qu'on éprouve, car
ce chatoiement voilé est plutôt pareil à celui des émaux cares-
sés de soleil qu'au brasillement vif des pierreries.

La pointe, qui devrait s'iriser sous l'irradiation des projecteurs, s'enfonce, blanchâtre, morte dans le ciel. Mais attendons !

On s'approche. Le soubassement, lui aussi, de l'édifice, demeure terne. Tous ces grès flambés, le jour luisants, tous ces
cabochons fauves au cœur de clinquant, qui étoilent la base
des minarets et qui réfléchiraient en éclairs d'or pur la nappe de
lumière dont on les inonderait, n'ont pas une vibration. Il
faut attendre que les projections jouent leur rôle, si elles doivent
le jouer quelque jour. En tout cas, il demeurera toujours sous cet
arc éclairé un trou sombre, un tache hostile, car si l'Administration, — toujours elle ! — a bien décidé de planter là cette
Porte, en vertu d'un principe contestable, elle n'a jamais eu
l'audace de la dégager complètement, et un massif de huit ou
dix marronniers en obstrue la baie. Je ne demande pas, évidemment qu'on enlève ces arbres encombrants, je redoute trop la
colère des sylvains de l'asphalte. Il me souvient à propos que,
pour un crime moins grand, Orphée fut déchiré par les Ménades ; et je n'ai point le prestige d'Orphée ; et les sylvains, dès
qu'on porte la main sur un vieux tronc, ont des colères autrement terribles que celles des Ménades. Je constate seulement
que c'est toujours, et en tout, la même logique, le même
courage.

Mais au-dessus de cet exèdre triste, la couronne de flammes
dont s'enveloppe le pied des minarets rayonne, orangée, onctueuse. Il n'y a, au milieu de chacune de ces rosaces, qu'une
unique lampe et c'est toute une énorme marguerite incandes-
cente qui s'épanouit sur la blancheur du fond, l'émail répercu-
tant à l'infini les feux allumés.

Et des nuances infiniment variées se révèlent dans cet arc,
de loin bleu et vert, dans ces aiguilles de vigoureux outremer.
Les ampoules des lampes, bien que tirées de la même coulée de
verre, ont des transparences inégales, et les rayons s'y jouent
en étincelles capricieuses, en corruscations imprévues, s'y re-

vêtent de l'azur fugace des éclairs, des lilas clairs des flammes
de punch, des pourpres sourdes des violettes. Et voici retrouvée
la magie des vieux vitraux traversés de soleil, dans une abside
obscure.

Enfin, on découvre la coupole intérieure, glacée d'or, dentelée, inondée des fulgurances de douze lampes à arc, cerclée à
sa naissance d'un anneau de cabochons, sertis en des triangles
d'or, qui est la chose la plus somptueuse, la plus inouïe qui
soit. Depuis le soir où nous apparut en ses voiles mouvants, drapée d'aurore, vêtue d'argent lunaire, léchée de flammes ardentes, sur la scène des Folies-Bergères, Miss Loïe Fuller, nous
n'avions pas goûté ravissement pareil. Une sensation nouvelle
nous est révélée, quelque chose apparaît à nos yeux qu'ils
n'avaient pas vu encore : de la lutte des deux lumières, celle
des arcs véhémente, celle des lampes à incandescence des cabochons assourdie, tamisée, des effets miraculeux sont nés ; le
grésillement des opales, les fulgurations changeantes, roses et
vertes, des labradorites, les miroitements métalliques des plumes
du paon, les blêmes phosphorescences des hydrophanes revivent ici, splendidement, sur des gemmes d'une fabuleuse
grosseur ; tous les reflets des trésors de conte, tous les miroitements des mystérieuses cavernes gorgées d'inestimables joyaux,
frémissent là-haut sur ce diadème miraillé, constellé, que n'avait
point conçu l'imagination des poètes. On commence à soupçonner la féerie que pourra jouer un jour la lumière seule ; on
prévoit le temps où les feux d'artifice de nos beaux soirs appa-
raîtront grossiers, enfantins et bons à divertir des Papous. Des
horizons s'ouvrent, des rêves prennent leur essor. Un enchan-
teur nous a frôlés de sa baguette.

Le grand effort, en somme, au point de vue de l'utilisation
de la lampe électrique comme élément décoratif, l'effort d'art
couronné d'un plein succès est ici, non ailleurs, il sied qu'on le
sache. Et c'est précisément cela qu'il fallait réaliser au fond du
Champ de Mars, ce qu'a trouvé M. René Binet — au prix de
quelles recherches !

# IX

## CE QUE LAISSERA L'EXPOSITION

Mai

Ce fut, je crois, avouée ou non, une ambition commune à tous les bâtisseurs d'Expositions que de laisser à leurs arrière-neveux un souvenir de leurs exploits. Ils vont, sur ce chemin, plus loin que ne l'admettent les trois jeunes hommes du fabuliste : ils bâtissent, et ils bâtissent trop, et, de plus, ils déplantent. A part, donc, l'Exposition de 1867, dont nul vestige, que je sache, ne subsista, chacune des manifestations de ce genre nous valut un « embellissement » au moins : de 1855, nous avions conservé le Palais de l'Industrie, si quelconque, évidemment, mais si commode; de 1878, le Trocadéro et un assez vilain édicule de briques émaillées, pareil à un poêle allemand, déjà oublié, et qui se dressa longtemps au Cours-la-Reine : c'était le seul souvenir que nous eussions de l'époque où M. Bouvard, — quel démon le poussait? — était révolutionnaire! 1889, après bien des promesses de tout démolir, sauf la Tour Eiffel qui avait un bail, nous légua, avec ladite Tour, qu'on nous représente, cette fois, repeinte en jaune d'œuf, l'imposante Galerie des Machines, qui demeura admirable jusqu'au jour où l'on trouva moyen de la mutiler et de loger sous son hall énorme un cirque de vingt-cinq mille places et deux ou trois villages du Châtelet.

9

Et nous sommes depuis longtemps prévenus que nous subi-
rons jusqu'à perpétuité les deux palais construits aux Champs-
Élysées[1], et qu'on nous conservera le pont Alexandre III et,

LE PORCHE DU PETIT PALAIS

sans doute, les serres de l'Horticulture, au Cours-la-Reine... A
tant de constructions fugaces surgies, en trois ans, sur les rives
de la Seine, entre la Concorde et Passy, ces quatre monuments
survivront afin de témoigner, devant les siècles futurs, de notre
goût, de nos préférences, de l'état de l'art du bâtisseur dans le
dernier lustre du XIXe siècle.

Les deux serres du Cours-la-Reine sont vastes, et ainsi répondent à merveille aux tendances que j'ai signalées, sont re-
présentatives de notre passion pour l'énorme. Je les trouve, de

---

1. Depuis que sont écrites ces lignes, des nouvelles plus consolantes nous
sont parvenues : le grand Palais s'effrite et se désagrège. Les dieux soient
loués ! la justice immanente des choses, comme disait l'autre, n'est pas un
vain mot !

plus, fort gracieuses. Et si je n'ai point parlé d'elles, plus haut,
lorsque je cherchais à énumérer les prouesses du métal dans
l'ensemble de cette Exposition, c'est parce qu'il m'a semblé
que leurs qualités étaient surtout des qualités d'art et d'arrangement, que leur mérite résidait principalement dans leur décoration.

Certes, par leur structure, fer et verre, par leur mode de
construction, elles sont bien d'à présent. Leur arc est d'une belle
ligne. Elles ont la franchise que je recherche. Cependant, en
masquant la rudesse de leur armature de métal de légers treillages de bois peint, M. Ch.-A. Gautier, leur architecte, les a
en quelque sorte anoblies, les a dotées d'ancêtres, les rattachant à
une vieille tradition française, évoquant le souvenir d'un art charmant qui eut, dans le passé de l'architecture paysagiste, son époque de vogue, de gloire, même, et qu'il rénove et rajeunit. Mais
quelle parure somptueuse ne leur eût-il pas donnée, s'il n'avait,
lui aussi, eu les ailes rognées par les ciseaux désargentés du
Directeur des Finances ! Je me rappelle son projet, ces vitraux
rouges qui flambaient aux deux façades, ces briques de verre
à facettes, comme des gemmes, où se seraient joué les rayons...
Quel rêve, encore, insatisfait !

Par bonheur, M. Ch.-A. Gautier a pu, en bornant ses désirs,
en limitant sa soif de richesses, conserver en ses grandes lignes
le principe décoratif qu'il avait primitivement adopté, ce joli
treillage évocateur des élégances abolies, parure, jadis, des
bosquets fleurant la maréchale et la frangipane, où virevoltaient
et pirouettaient exquisément les paniers et les falbalas; et il a
réalisé ainsi, à souhait, en ces deux vaisseaux destinés à abriter
des plantes frileuses, dépaysées, le palais qui convient à ces patriciennes du règne végétal, la demeure aérée, lumineuse, où vivent
d'une vie artificielle, dans une tiédeur factice, de splénétiques
exilées.

Le décor est délicat et souriant, et je ne crois pas qu'il fût
possible d'employer le treillage classique avec plus de variété et
plus de tact. L'ossature tout entière des deux nefs, leurs supports
sur le quai en sont comme habillés.

Au dehors, il rayonne en dentelures ténues, il s'érige en

pylônes supportant des urnes du même treillage; intérieurement, aux piliers, aux arceaux d'acier badigeonnés d'un gris
très doux, il s'accroche en lattes grêles, s'épanouit en volutes
nuancées d'un vert joyeux de bourgeons, étoilées, çà et là, de
rosaces glacées d'un mauve éteint, pareilles à de mourantes
corolles, au cœur desquelles, parfois, luit un discret rehaut d'or.
Et l'harmonie de ces nuances amorties comme de ces courbes
molles est délicate extrêmement, et seul l'éclat violent des
pavillons flottant au faîte des serres y plaque des taches
hostiles en leur brutalité.

Les lignes externes de ces deux vaisseaux, symétriquement
disposés au bord du quai, de chaque côté d'un parterre d'où l'on
accède au fleuve par un escalier de proportions royales, — car
j'abandonne la serre du fond, accessoire, hors-d'œuvre et toute
provisoire, elle, — ces lignes pouvaient être sèches, rigides.
M. Ch.-A. Gautier y a paré en accolant aux façades longitudinales, sur le Cours et sur la Seine, des *bows windows* saillants, en forme de niches qui, tapissés de lianes ou laissant
transparaître les palmes épanouies des grands feuillages tropi-
caux, rompent la monotonie des surfaces. Ce sont, aux époques
des expositions florales, autant de petites chapelles consacrées
chacune à un culte différent, où s'offrent tour à tour à l'adoration des fidèles, dans une atmosphère saturée de parfums entê-
tants, les caladiums tigrés et les cattleyas languides, les iris aux
chairs nacrées, et les anthuriums aux cœurs saignants, les urnes
immaculées des arums, et le viscère des dionées, voraces
idoles qui exigent du sang, tout comme Moloch ou Vitzlipuzli;
et les orchidées innombrables, aux formes extravagantes, folles,
aux pétales duveteux et transparents comme de beaux épi-
dermes.

Un jour atténué, comme troublé par tant d'effluves, ainsi
qu'une eau par les essences, tombe des voûtes à l'intérieur; car
le vitrage de revêtement est d'une matière nouvelle, le « verre
cathédrale » qui n'a point la brutale transparence et l'aveuglant
éclat du verre commun, mais qui, irisé, opalin un peu, à la
façon de ces verres antiques décomposés et oxydés par le temps,
blute la lumière et la colore, la renvoie apaisée, moins crue.

Tout ce décor, allègre et coquet, est bien celui qu'on pouvait souhaiter autour des fragiles beautés logées ici. Il ne les comprime point sous le poids de massives ferrailles; il les abrite sans les étouffer. Sa dentelle verte et rosée n'est, derrière la splendeur de ces plantes précieuses, qu'un fond discret, délicat, tel que seul un artiste pouvait le concevoir et le créer.

J'ai dit, plus haut, quel admirable ouvrage d'ingénieur constitue le pont Alexandre III. Je vais ici l'envisager au seul point de vue architectural.

Car, pour son malheur et le nôtre, des architectes sont venus. Sur cet arc, beau parce qu'il répondait au rythme impeccable des nombres, on leur a laissé porter la main. Et ils l'ont pollué comme ils ont fait de toutes les œuvres de fer de cette Exposition auxquelles on leur a permis de toucher, et qui, jusqu'au moment de leur intervention, avaient pu, quelquefois, être hardies et élégantes.

Un moment, et jugeant d'après des maquettes, j'avais espéré qu'on aurait le bon sens de masquer à peine la virile nudité du métal, et d'en respecter les lignes. Hélas!... j'ai des remords, d'avoir été, alors, bien indulgent.

Etant donné que la bonté de l'Administration s'étend à tous les arts du dessin, les architectes, au nombre de deux, sont arrivés suivis de toute une nuée de sculpteurs pendus après leurs grègues, chacun portant les produits de sa coupable industrie, des groupes, des statues, des attributs. Et, comme si chacun avait travaillé pour son compte, il se trouvait que ces attributs, que ces statues, que ces groupes étaient de toutes les dimensions, de tous les gabarits, ainsi que disent les commerçants.

Celui-ci avait fabriqué de ses mains alertes un vase, et cet autre un lion; tel offrait un cheval, et tel encore des matrones mafflues, et des enfants au berceau sans doute issues d'icelles. Ainsi que font, le soir, les petits Italiens vendeurs de méchants moulages, ils déposèrent le tout sur les parapets, et laissèrent les

camarades architectes se dépêtrer à leur guise. Du moins dirait-
on qu'il en a été ainsi, et l'on serait tout disposé à plaindre les
pauvres architectes, victimes de leur bon cœur et de la tendresse
universelle de l'Administration pour les artistes. Dans la réalité,
les choses se sont passées tout autrement, et ce sont les architectes mêmes qui ont appelé les statuaires; et dès lors, plus
aucune pitié n'est possible.

Au surplus, je veux, avant que de poursuivre, rendre hommage à l'absolue bonne foi, à la parfaite honnêteté des deux
architectes, MM. Cassien-Bernard et Cousin. Ils sont tous
deux, dans leur profession, parmi leurs pairs, réputés avoir du
talent. On les estime très haut. Moi-même je fus, un soir, le
confident de leurs inquiétudes. Je puis attester avec quelle conscience ils ont envisagé leur tâche, car j'ai vu, dans leur atelier,
l'effrayant monceau d'études, d'aquarelles, de croquis, d'essais
de tous genres qu'ils ont accumulé avant de prendre un parti,
avant d'arrêter la masse d'une figure, la place d'un ornement, le
détail d'un feston. Seulement, ils sont, comme neuf sur dix de
leurs confrères, victimes de l'École et de ses préjugés. Tant
qu'on ne voudra pas laisser aux seuls ingénieurs le soin d'achever, de parfaire à leur gré les travaux conçus par eux, tant qu'on
s'entêtera à confier à des architectes spécialement élevés à la
brochette pour construire des temples à Vesta, à Apollon ou
aux neuf Muses, ou des églises gothiques, ou des maisons de
meulière, le soin d'orner, de travestir des charpentes de fer, on
aboutira à un pareil désastre. Une seule passerelle dans l'Exposition, — à l'heure, du moins, où j'écris, car avec ces terribles
gens, il ne faut répondre de rien, — conserve sa grâce native,
sa candide hardiesse : c'est celle du palais des Armées, de laquelle les architectes ne se sont point approchés. Hélas! le
pont Alexandre III fut un moment aussi séduisant qu'elle, et
voyez ce qu'on en a fait !

On y a accumulé, croyant faire riche, et n'arrivant qu'à
la prétention et à la surcharge, une profusion d'accessoires
oiseux.

Ce sont d'abord, à la naissance des parapets de l'ouvrage,
des obélisques de granit poli, un à chaque bout, portant quatre

LE PONT ALEXANDRE III

lanternes à gaz — je crois même qu'ultérieurement, il y aura, de chaque côté, deux de ces obélisques ; ils figuraient, en tout cas, sur le projet.

Puis, au bout du même parapet, à l'entrée du pont, au départ des escaliers qui donnent accès aux berges, des Lions tenus en laisse par de petits Génies. Puis, au haut de l'autre rampe d'escalier, des vases fleuris. Puis enfin deux pylônes énormes, surmontés de groupes de bronze doré. Voilà pour une seule tête du pont.

Or, le quart de tout cela eût suffi, et même eût été superflu.

D'autant qu'aucune de ces œuvres n'est vraiment digne d'attention. Ce n'est pas, cependant, qu'on n'ait fait appel à des artistes de talent, à quelques-uns même qualifiés maîtres : M. Frémiet a modelé les deux groupes de Pégases et de Renommées qui couronnent les pylônes du Cours-la-Reine et qui symbolisent la *Voix de la Paix*, *Vox Pacis*, en langage architectural et administratif ; on doit à M. Coutan la *France de la Renaissance* assise au pied d'un des pylônes du quai d'Orsay, à M. Marqueste la *France de Louis XIV* qui lui fait pendant, et de la main même de M. Dalou, sont les deux Lions du quai d'Orsay. Est-ce la hâte avec laquelle il leur a fallu travailler, surchargés qu'ils étaient depuis deux ou trois ans de commandes ? est-ce l'absence de conviction, la certitude qu'ils avaient d'être attelés à une besogne inutile ? Enfin ces bons artistes n'ont produit que des œuvres honorables et sans caractère. Les *Pégases* de M. Frémiet sont lourds et sans élan ; les quatre statues de la France n'ont pas d'accent. Aucun morceau, dans ces sculptures, n'arrachera de cris d'émotion à personne. On passerait silencieux, si l'on n'avait pas à discuter les quatre pylônes eux-mêmes, élevés deux à deux, aux entrées du pont.

Ces pylônes ont fait couler des flots d'encre et des flots d'éloquence : la tribune du Parlement a vibré d'imprécations dont ils étaient l'objet. Ils étaient achevés, presque, qu'on faillit les démolir, tant ils paraissaient massifs, et encombrants, et gauches dans leurs gaines d'échafaudages.

— Je vous ferai raser vos pylônes, Monsieur le Commissaire général, aurait dit un jour en souriant, goguenard, M. Paul Delombre, ministre à ce moment.

Ils ne méritaient point ces colères, ni cet outrage suprême.
Je suis pour ma part de ceux qui les admettent.

Qu'ils fussent indispensables, ou même nécessaires je n'en ju-
rerais pas. Qu'ils s'élèvent bien dans l'ouvrage à leur place logique, c'est encore moins sûr. La vérité c'est qu'ils ont découlé,
presque naturellement, des quatre pylônes de bois et de toile
qu'avait érigés là M. Bouvard, lors de la pose, dans les circonstances solennelles que l'on sait, par le tsar Nicolas II, l'impératrice Alexandra et M. Félix Faure de la première pierre du pont,
le 6 octobre 1896. Alors, l'ouvrage n'existait qu'à peine en projet. Il fallut en indiquer au moins le tracé : quatre pyramides
de charpente, habillées de toile peinte, furent élevées, entre lesquelles on tendit, d'une rive à l'autre de la Seine, des câbles où
flottaient des séries de pavillons. C'est cette idée décorative du
Directeur des Travaux que transmettront à nos arrière-neveux
les quatre massifs de tuf et leurs statues.

Mais MM. Cassien-Bernard et Cousin ont, pour les justifier,
de plus valables arguments.

Ils jalonnent la perspective immense ouverte des Champs-
Élysées sur les Invalides; ils guident, vers le dôme doré de
Mansart, le regard qui risquerait de s'égarer dans l'insolite étendue de cette place de près de cent mètres de largeur, car « l'avenue
Nicolas II » est tout autre chose qu'une avenue, et les pylônes ont
l'avantage de le souligner excellemment. Et de la valeur de ce
dernier argument on ne pourra réellement juger que lorsque
l'Esplanade, débarrassée des palais qui l'encombrent et qui en
font une rue étroite, mal proportionnée, aura repris sa physionomie d'autrefois.

Ils jaillissent, enfin, de culées qui sont cyclopéennes, la forme
même du pont, qui détermine une « poussée au vide » formidable, exigeant de résistants points d'appui; ils révèlent, en
quelque sorte, aux passants du quai, l'énorme masse de maçonnerie enfouie là, comme le gracile rameau sourdant du sol trahit
la vieille souche ensevelie, et, en somme, ce rôle se peut défendre.

Enfin, à tout prendre, en dépit de la mesquinerie ou de la complication de silhouette des figures qui les couronnent, de la misère de quelques-uns des symboles qui en timbrent le nu, du peu

d'ampleur des guillochures dont on les a enjolivés, leur allure
générale ne me déplait pas. Formés chacun de quatre colonnes
lisses engagées aux angles d'un pilier de pierre, ils sont sobres,
soigneusement étudiés, je le répète, et leur principe une fois admis, ont la meilleure tenue possible.

J'aurai le regret de n'en pouvoir dire autant de la décoration
du pont lui-même, de toutes les fanfreluches modelées, ciselées,
repoussées qu'on a infligées à cet arc allègre avant de com-
mettre cette dernière hérésie de le peindre couleur de granit.

On l'a surchargé de décoration davantage encore, s'il est possible que ses culées. Et si inintelligemment ! avec un insens si
complet de l'appropriation, de la subordination du métier à la
matière employée !

O ! ces balustres rebondis qui singent les balustres de pierre !
O ! ces guirlandes retombant de l'un à l'autre des montants qui
supportent le tablier et le relient à l'arc ! ces guirlandes où s'accrochent, Dieu sait comme ! dans des algues des conques
énormes ! ces guirlandes par l'artifice desquelles on s'est efforcé
de donner au pont quelque style Louis XIV et de le « raccorder »,
lui aussi, aux Invalides ! O ! ces écussons de bronze, coiffés de
casques non moins louis-quatorzièmes, et qui ne sont même pas,
au dire des professionnels, un beau travail de repoussé ! O ! cette
nichée d'enfants, joueurs, boudeurs, assis ou gambadant sur
les parapets et turlupinant des requins ! ces candélabres du parapet, ces candélabres de bronze, trop cossus, trop chers, trop
trapus, avec leurs lanternes en casques de scaphandre ! O !
surtout, ce groupe de la clé de voûte, ces deux femmes aux ro-
tondités inconvenantes, au sourire goulu de bacchantes, acco-
tant l'écusson des Tsars et celui de la Ville de Paris ! De quel
cerveau sortit l'idée de charger le point léger, l'étroit sommet de
l'arc ? de l'écraser, de l'alourdir ainsi ? Certes, il fallait indiquer
la clé, organe important de l'ouvrage. Mais l'astérie d'or qui
amortit, au milieu, la rotule d'acier sur laquelle s'articulent les
deux moitiés des arcs y suffisait.

On ne l'a pas compris; on a accroché au tablier, en son milieu, ces ferrailles encombrantes, illogiques, menteuses, on s'est
efforcé, — vengeance des architectes contre les ingénieurs, au-

teurs de ce chef-d'œuvre, — de dissimuler le miracle de cette courbe audacieuse.

D'ailleurs à quoi bon y insister? On a pu toucher du doigt la monstrueuse erreur commise : à l'ouverture de l'Exposition, un seul des deux cartouches était en place, l'autre ayant été détruit dans l'incendie de l'usine où on les modelait; les coupables ont eu tout loisir de comparer l'effet du pont à l'amont, où sa courbe se développe d'un jet en sa fière simplicité, et à l'aval, où la sculpture en arrête l'élan et la gâte irrémédiablement. Qu'ils se frappent donc la poitrine, humblement repentants.

Pour nous tous qui avons suivi, du premier jour jusqu'au dernier, l'édification de cet ouvrage, qui l'avons admiré à chacune des étapes de sa construction, jusqu'à l'arrivée des architectes et de leurs sculpteurs, nous sommes depuis longtemps fixés : à mesure qu'on le chargeait de fleurs, de statues, de cartouches, il perdait un peu plus de son caractère et de sa beauté.

Les deux derniers témoins, enfin qui viendront attester aux âge futurs l'état de notre art à l'aube du xxᵉ siècle sont les deux Palais des Champs-Elysées.

Or, ils s'efforcent d'être de style Louis XVI.

Ainsi, lorsque seront révolus les temps; lorsque Paris aura rejoint dans la poussière du passé Babylone et Ninive; aux jours où, la vision du poète enfin devenue réalité, il restera seulement, au-dessus de la plaine où se répandit la vaine agitation de la cité,

> Un arc, une colonne, et, là-bas, au milieu
> De ce fleuve argenté dont on entend l'écume
> Une église échouée à demi dans la brume;

pour peu que le rêveur qu'Hugo nous montre, assis sur la colline, soit, d'aventure, de ceux « dont le passé presse l'âme inquiète », vaguement archéologue et vaguement philosophe, et avide de savoir combien nous fûmes grands, à quel point nos yeux étaient sensibles aux magies de la beauté, je lui prédis quelque embarras.

Il a fouillé le sol et sondé le fleuve ; repêché ici de lourdes pièces de métal qui lui sont apparues, peut-être, enfantines et de travail grossier; exhumé là, à l'emplacement de la fameuse première pierre du pont, émiettée, pourrie, les roubles de Nicolas II avec les louis de M. Félix Faure, et, tout près, a trouvé, parmi les chapiteaux aux volutes frustes, des débris de fûts cannelés et les lettres éparses de l'inscription votive du Grand Palais, « élevé par la République à la gloire de l'Art français », et quelques monnaies encore, je pense. Plus loin, vers l'Orient, auprès de débris d'acanthes ébréchées, d'autres tambours de colonnes, à peine moins ciselés, et des pièces, des médailles plus vieilles d'un bon siècle et demi : les débris des Garde-Meubles.

Quoi donc? Cent cinquante ans durant ce pays a dormi? Cent cinquante ans durant les hommes qui l'habitaient ont construit des demeures toutes pareilles, et des demeures dont ils avaient emprunté le modèle a de lointains devanciers? Quoi! en même temps qu'ils jetaient sur leurs rivières des ponts pareils à celui dont voici les débris, ils juchaient encore des architraves au haut de colonnes? Est-ce donc vrai?

Eh bien, non! Le rêveur, l'archéologue se trompera. Ou plutôt, on l'aura trompé. Car si certains maçons, — et non tous les maçons du xixe siècle, — si des maçons, pour des édifices d'apparat, bâtissent, en l'an de grâce 1900, comme on bâtissait sous Louis XV, comme on bâtissait dans la Rome des Césars, c'est par une incompréhensible aberration; et ces maçons-là sont en désaccord formel avec leur époque. Elle ne les comprend pas, et eux la méconnaissent.

Ils ont menti à l'avenir.

Comme on sentait fort bien l'erreur qu'on commettait, l'hérésie qu'on allait aider à se propager, le jugement du concours institué pour la construction de ces deux palais n'était pas si tôt rendu qu'on éprouvait le besoin de lui chercher une excuse : « Nous avons voulu, dit-on, raccorder le décor que nous allons créer à celui de la place de la Concorde.

Pourquoi ?

Comment, vous ouvrez une perspective sur le dôme des Invalides, puisque tel était votre but, et vous la raccordez avec la Concorde ? Pourquoi pas avec le noble chef-d'œuvre de Mansart ? Pourquoi pas, surtout, avec votre pont, si moderne ? Pourquoi, même, ce besoin de raccord ? Vous n'y avez songé, de reste, que lorsque vous avez dû plaider les circonstances atténuantes, puisque dans le programme imposé aux concurrents, vous laissiez à leur entière initiative « les contours, les formes, la distribution et les dimensions des constructions ». Il y a plus : vous condescendiez à admettre que les deux édifices nouveaux pouvaient fort bien n'être pas du même style, et qu'il n'était nullement indispensable de les « raccorder » entre eux. Et vous prétextez des besoins d'unité entre deux groupes monumentaux aussi distants que les deux beaux hôtels de Gabriel et vos palais, qui les singent de plus loin encore qu'ils ne les avoisinent ?

Au fond, soyons francs, c'est l'Ecole, dans le mauvais sens du mot, cette école dont on nous vante les mérites en de longs dithyrambes, qui nous a valu ces palais tardigrades, ces palais du xviiie siècle éclos de 1896 à 1900. Le coupable, c'est le CONCOURS, pour tout dire.

Certes, je ne doute pas que, parmi les quarante architectes qui ont pris part au concours et dont je revois la liste, il n'y en eût de très audacieux de tendances, et très capables de donner des œuvres originales. Mais il y avait les « patrons » à satisfaire, l'Institut, l'Ecole, notre Ecole si « pleine de ressources », comme dit le rapport de M. J.-L. Pascal sur les opérations du jury. Et, pour avoir suivi leurs cours, pour avoir travaillé dans leurs ateliers, sucé la peu substantifique moëlle de leur enseignement, on connaissait si bien leurs préférences, leur amour immodéré de la colonne et du module ! On campa donc des ordres tant et plus. J'imagine que, dans les projets exécutés, il y a bien deux cents fûts, autant de bases et de chapiteaux. C'était fatal. Un de mes amis, un peintre, me racontait avoir assisté, dans les temps que se préparait le concours pour l'érection des deux palais, à un dîner de camarades. Il y avait là un

jeune architecte qui déclara au dessert, comme on parlait des
grands projets administratifs :

— Tenez, je vais vous les dessiner, leurs palais !

Et il fit, comme il avait dit, la charge complète des façades
que nous devions voir surgir du sol quelques mois plus tard,
des façades actuelles, avec leurs alignements « d'allumettes ».
Ses commensaux de ce jour-là les ont reconnues, parmi les verdures des Champs-Elysées, toutes conformes au signalement
graphique qu'il en avait donné.

Hélas ! les concurrents les avaient flairées aussi, comme lui !

Il faut lire et méditer ce rapport de M. J.-L. Pascal, dont je
parlais tout à l'heure, de M. J.-L. Pascal qui est parmi les plus
arrivés de sa profession, pour se rendre compte de l'état d'âme des
architectes d'à-présent. Ce document constituerait, en somme,
si on prenait le loisir de le disséquer, le réquisitoire le plus im-
placable qu'on puisse échafauder contre les deux Palais des
Arts. Il renferme des considérants pour tous les jugements, si
sévères soient-ils ; des articles visant tous les crimes commis.
La condamnation de tout le système peut se déduire de là. On
y voit éclater partout cette préférence de « l'homme de l'art »
pour le « beau motif », pour tout ce qui est prétexte à effet,
même illogique ; et, si, dans les prémisses, sommeillent, çà et
là, quelques idées architectoniques saines, tenez pour certain
qu'elles seront démenties par les conclusions. Et c'est là, précisément, la marque d'une fermeté de convictions, d'un courage
bien académiques. Par exemple, examinant la question de la
salle de concerts qu'on imposait aux constructeurs du Grand
Palais, M. Pascal déclare d'abord, au nom du jury, qu'elle
« doit être faite en vue de sa destination, et que, traitée comme
une salle à plusieurs fins, elle risquerait de ne satisfaire bien à
aucune ». Et plus loin, jugeant un projet adopté, primé et exécuté,
il prononce que cette salle de concerts, telle que le concurrent
l'a conçue, « manquera peut-être de cette simplicité de structure qui sauve l'acoustique », mais que « tout cela est si joli
d'arrangement, qu'on en a éprouvé le charme sans tant de
justifications ». En d'autres termes : voici une salle d'auditions
musicales où l'on n'entendra rien, mais elle est si décorative!

Toute l'esthétique actuelle de « notre Ecole » est résumée là en traits lapidaires. C'est de ces sains principes qu'on s'inspire pour bâtir des palais à l'usage d'expositions de peinture où l'on ne peut loger la moitié de ce qui devrait y tenir ; des palais dont, comme l'un de ceux-ci, il faut boucher à l'aide de cloisons les fenêtres pour y accrocher des toiles. Mais les façades en sont classiques, du moins leurs auteurs se l'imaginent : quand, en avant d'une nef de fer destinée à abriter des instruments aratoires après de la peinture, à servir de cadre à des carrousels sitôt terminé le Concours général des animaux gras, ils ont planté une enfilade de colonnes, leur idéal est atteint. Ils ont été à la fois bien modernes et bien fidèles à la tradition. C'est leur manière, à eux, de faire sur des pensers nouveaux des vers antiques.

Je serai, pour ces deux palais, sans indulgence et sans faiblesse.

D'abord, parce que rien n'obligeait à les construire, et puis parce que nous sommes condamnés à perpétuité à les subir, qu'ils nous plaisent ou non.

Nous pourrions, je le répète, être cléments, — n'était le mauvais exemple qu'ils risquent de donner, la dangereuse contagion du laid qu'ils propagent, — à ces pauvres hangars d'exhibition que décembre verra éventrer et découronner. Mais ici on n'avait pas le droit, en vérité, de nous ravir un site délectable sans nous en dédommager : on nous devait de la beauté, en échange.

Je condamne le choix qu'on a fait du style « à ordres » pour ces deux palais, car on a failli, en l'adoptant, à la parole donnée par M. Alfred Picard ; car on nous a trahis : on n'a nullement synthétisé les tendances et les aspirations architecturales du temps présent. Mais, je sais gré, du moins, à l'architecte du Petit Palais d'y avoir mis quelques formes.

C'est à la suite du Concours de 1896 que M. Ch. Girault fut chargé d'édifier, en bordure sur l'avenue nouvelle, à l'Ouest, un

palais qui, destiné d'abord, cette année, à recevoir l'Exposition
rétrospective de l'Art décoratif français depuis ses origines,
deviendrait, plus tard, la propriété de la Ville de Paris, pour
prix de la contribution de 20 millions dans les dépenses de
l'Exposition qu'elle consentait; en remplacement, aussi, du
petit pavillon de briques, sauvé en 1878, et dont j'ai parlé plus
haut.

Il apparaît clairement, à la lecture du rapport de M. J.-L.
Pascal sur les opérations du jury, que ce concours qui portait
à la fois sur les deux palais, ne donna pas de fameux résultats.
Rien de saillant n'en sortit. Les louanges mêmes prodiguées à
certaines parties, à des « morceaux brillants » ne vont pas sans
restrictions. Le premier mouvement du jury, après avoir rendu
le traditionnel et ironique hommage aux « grandes ressources
de l'Ecole française », fut de déclarer « qu'aucun des projets ne
pouvait être réalisé tel quel ». Je n'approuve pas, connaissant
bien les principes de ce jury comme de tous les autres. J'enre-
gistre. Et puis, quelle épreuve semblable donna jamais des
fruits meilleurs ? Peut-être, en d'autres circonstances, eût-on
purement et simplement déclaré le concours nul et confié à
quelque artiste ayant fait ses preuves le soin d'étudier un
ensemble. Mais il fallait en finir à tout prix, puisqu'on
avait décrété qu'on démolirait le Palais de l'Industrie et qu'on
bâtirait sur ses ruines deux autres monuments. C'était irrévo-
cable comme un arrêt de la Providence.

Ce fut alors qu'on décida d'emprunter à chacun les meilleurs morceaux de son projet, en demandant aux architectes
ainsi choisis de fondre en un tout harmonieux ces parties disparates; ce fut alors qu'on inaugura le système de l'architecture
collective qui a abouti à de si remarquables résultats.

A M. Ch. Girault échut, je l'ai dit, le petit Palais. MM. Deglane, Louvet et Thomas se partagèrent le grand; le premier
eut charge de la partie antérieure, en façade sur l'avenue nouvelle ; le troisième se vit attribuer la partie postérieure, en bordure sur l'avenue d'Antin ; la tâche de M. Louvet, enfin, fut
de « raccorder » ces deux tronçons. Et le même M. Ch. Girault
eut mission de surveiller, de diriger ses trois confrères, de

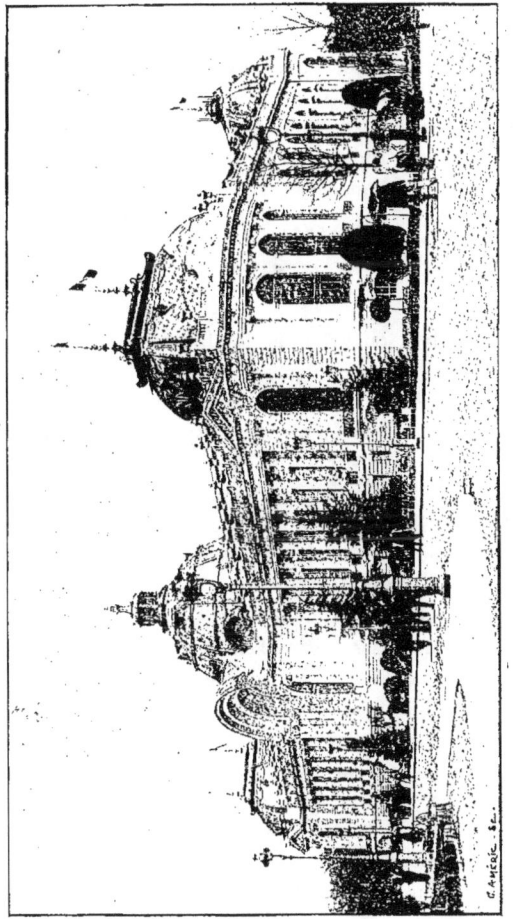

LE PETIT PALAIS

mettre de l'unité dans leur œuvre. Vous verrez plus loin quel
succès il a obtenu, et comme la tâche dut être agréable et
aisée !

Consolons-nous, cependant : les architectes qui ont bâti
l'Esplanade étaient du concours, tous. C'est même à la suite de
cette tentative que, lauréats non placés, ils se sont vu distribuer les commandes. Quelques boules de plus ou de moins
dans l'urne, et on leur confiait tout aussi bien les Champs-
Élysées à meubler. Nous l'avons en dormant, Madame, échappé
belle !

Le petit Palais, ou Palais de la Ville de Paris, est gentil,
sobre, avenant. La tache qu'il met dans les bosquets élyséens est
discrète. Il eut même fortune que le pont. Jusqu'au jour où l'on
y déposa tant de sculpture, nous pûmes espérer que nous allions
avoir un pastiche irréprochable des architectures passées. Mais
les sculpteurs, hélas ! n'y ont pas laissé une place vide. Ils se sont
appliqués sur toutes les façades, sur tous les frontons, à des bas-
reliefs, à des groupes, à des figures nues ou drapées, à d'inutiles
ornements un peu partout. Moins, toutefois, qu'au grand Palais,
et M. Ch. Girault a su presque conserver la mesure. Hélas ! que
n'a-t-il su l'inspirer à ses voisins d'en face, aux énergumènes de
la pierre sculptée qu'il avait mission de diriger et de modérer !

Son plan est ingénieux.

Une cour demi-circulaire, autour de laquelle les salles se dé-
veloppent en trapèze. En avant, deux amples galeries abondamment éclairées. Sur les trois autres côtés, une double rangée
de salles, celle de l'extérieur prenant jour par des fenêtres sur
les Champs-Élysées et sur le Cours-la-Reine, celles de l'intérieur recevant d'en haut un bel éclairage à 45 degrés. On n'aurait su rêver un parti plus simple ni mieux réussi.

M. Girault a fait encore, au point de vue de l'adaptation de
l'édifice à sa destination, un très intéressant effort. Il a, me dit-on,
afin de doter son palais d'un éclairage parfait, parcouru, avant
de se mettre à l'œuvre, les musées d'Europe les mieux disposés

ous ce rapport; il les a étudiés l'un après l'autre; il a profité en
omme sagace des expériences faites avant lui. L'exemple n'est
éjà pas vulgaire. Aussi celui qui le donna n'aura-t-il point à
ougir de son enfant. Il ne lui a manqué qu'un rien d'audace, le
ourage de se débarrasser de souvenirs impérieux et néfastes, de
'empreinte, enfin, du séminaire de la rue Bonaparte.

Ses façades sont donc classiques, comme vous savez, et c'est
rand dommage. Vous retrouverez, au pourtour, plus d'une
éminiscence de Palladio et de Neufforge : les fenêtres flanquées
e colonnes, les niches, heureusement vides, pour l'heure, et
uelques ornements assez banals, des grecques et des mufles, et
ussi de lamentables hérésies qu'eût désapprouvées Vitruve,
omme ces mutules stupides sous les rampants des frontons et
naint contresens pareil.

Et cependant, malgré ses défauts que je n'ignore pas, malgré
a déloyauté de son style, je ne puis me défendre de quelque
aiblesse pour ce Palais. Je m'en veux, parfois, de ma déprava-
ion ; mais si l'on a jeté d'abord un coup d'œil à l'autre Palais,
u grand, on comprendra que je garde quelque gratitude à
'homme qui, dans le ravaudage de ces lieux communs, a montré
lu goût, du tact, du talent.

M. Girault est incontestablement un artiste. J'ignore tout de
a religion d'art, mais je voudrais croire, espérer que, peut-être,
lus libre, investi sans conditions, hors concours, de cette com-
nande, il nous eût dotés d'une œuvre vraiment belle.

Sa façade principale est calme et souriante.

Elle développe, au-dessus d'un soubassement en bossages
ontinus, de chaque côté d'un porche à deux paliers dont le
ronton circulaire, coiffé d'une coupole basse, affiche une parenté
ointaine avec celui des Invalides, un péristyle de colonnes
oniques lisses, au chapiteau peu fleuri, et sveltes, et d'un heu-
eux galbe. Deux pavillons en avant-corps, surmontés de fron-
ons et de dômes à pans, l'arrêtent à ses deux extrémités.

Cette partie antérieure du Palais, qui ne forme, en
omme, qu'une double salle des Pas-Perdus, revêtue intérieure-
nent de marbres rouges et jaunes, est légère, toute en vides,
rouée, aux entre-colonnements, de larges et hautes baies, aux-

quelles correspondent, en arrière, des baies semblables, si bien
que la colonnade s'enlève sur un fond d'ombre, au delà duquel
on aperçoit les verdures du jardin et ses dorures. Et au-dessus
des fenêtres de la façade règnent des bas-reliefs d'enfants et de
femmes taillés d'un ciseau souple, et qui, pour ne faire revivre
ni des nymphes Louis XVI, ni des amours de Clodion, n'en
symbolisent pas moins adroitement tous les Arts, majeurs et mineurs, et aussi la Science, je crois, égarée en cette compagnie bien
frivole pour elle.

Les trois autres façades sont moins réussies; elles n'ont
pourtant rien de vraiment déplaisant, sauf quelques détails.

La façade postérieure, qui arbore au milieu un avant-corps
couronné d'un inutile fronton, avec une horloge naturellement
très sculptée et d'odieuses colonnes engagées, la façade postérieure est encadrée, comme la façade sur l'avenue, de deux pavillons, ici circulaires, coiffés aussi de dômes, où se logent les
escaliers.

Et au demeurant, tout cela, colonnades, murs blancs, dômes
d'ardoises bleues aigrettés d'épis et de paratonnerres d'or, a bel
air. En plus d'un point, M. Charles Girault a montré quelque
ingéniosité dans la solution de problèmes délicats. Les toits
mêmes qui surmontent la façade antérieure, ces combles man-
sardés qu'on appelait, dans les agences voisines, les « chambres
de bonnes », ces combles qui, avec leurs gargouilles indispensables, démontrent plus victorieusement que toutes les phrases
l'illogisme, l'absurdité, sous nos climats, de cette architecture à
plates-bandes, ne sont pas choquants, tant l'architecte les a
habilement masqués par une balustrade supportant des urnes
d'assez bonnes façons.

Vous le voyez, je me résigne sagement à tout ce classicisme,
ayant toujours derrière moi, effrayant, hostile, le spectre du grand
Palais.

Même, je vais confesser une faiblesse : j'aime, oui, vraiment,
j'aime la cour en hémicycle qui occupe le centre du Palais, tant
les détails en sont, à mon gré, séduisants; tant il y a de réserve
dans l'ensemble de sa décoration, de mesure dans sa polychromie.
Je veux oublier ici que la colonnade en est tout niaisement tos-

cane, que son entablement ne se raccorde pas le moins du monde,
en somme, aux deux angles, avec celui de la muraille antérieure,
et que je l'ai déjà vue, irréprochable, quelque part; je veux
oublier tout cela, parce que sa joliesse est plus forte que mes
principes et que mes raisonnements; parce que ses fioritures,
même un peu maniérées, sont vraiment jolies.

Au milieu, le jardin; de simples plates-bandes encadrant trois
vasques de faïence où l'eau prend des viridescences troubles de
chrysoprase, des reflets de miroir voilé, dans des margelles de
mosaïques bleu turquoise, sillonnées de fines traînées d'or. Puis,
autour, le péristyle mi-circulaire, assez bas, aux colonnes gémel-
lées, tournées en un granit moucheté joli comme un marbre,
entre lesquelles pendent, se balançant au gré du vent, de souples
guirlandes de métal doré.

La frise porte, au droit des entre-colonnements, des plaques
de marbre rose masquant, — c'est une erreur architectonique,
je le sais, — des arcs de décharge en briques, que M. Girault a
employés pour alléger ses architraves, et, au-dessus des chapiteaux couplés, des vases modelés en bas-reliefs, d'où émergent des
fleurs stylisées à peine, à part leur enroulement en rinceaux, des
roses, des pavots, des iris, des chardons, toutes fleurs de France.

C'est d'ailleurs un motif de décoration que l'architecte a employé à maintes reprises, que ces fleurs au naturel. Il a tenté
ainsi de donner une apparence de vie au style académique qu'il
adoptait. Il a cherché : je l'absous.

Au-dessus de la frise court un attique dentelé où alternent,
comme amortissements, avec de petits vases et de petits pinacles,
des socles sur lesquels, je l'espère, on ne hissera nulle nouvelle
statue; et des rehauts d'or soulignent les moulures de ces socles
et de ces pinacles, et les vases, cerclés et godronnés d'or, portent
des anémones de bronze doré, penchant vers la cour les gros
boutons d'or de leurs cœurs.

Quatre portes s'ouvrent sous cette colonnade, donnant accès
à l'intérieur du Palais, divisant l'hémicycle par tiers. Des frontons accusent les deux du milieu, surmontés de groupes de
bronze doré, de groupes d'enfants graciles et souples, agitant
des cymbales ou soufflant dans de longues flûtes antiques, qui

s'enlèvent sur l'azur pâle du ciel avec une verve espiègle irrésistible. Et je veux, parce qu'ils m'ont plu, dire ici le nom des sculpteurs qui les ont pétris dans la glaise d'un pouce léger : ils s'appellent MM. Ferrary et Convers.

Au delà de ce péristyle, en arrière, la muraille intérieure des galeries, contre laquelle il s'adosse, se surélève, circulaire aussi, et le dominant, couronnée d'une balustrade que surmontent des urnes aux anses d'or. Et là encore, M. Ch. Girault a essayé d'innover, en interrompant, de deux en deux, les balustres à mi-hauteur, de façon à ne plus laisser sur la plinthe qu'une sorte de culot ou d'épi. C'est plus original que réussi, mais cela accuse, encore une fois, les bonnes intentions de l'architecte.

Des gargouilles, les gargouilles vengeresses, tendent leurs lèvres au-dessous de cet attique. M. Girault les a dorées intérieurement, les faisant concourir à la décoration, les avouant avec une certaine vaillance.

Des palmiers, des rhododendrons, dans des caisses de marbre, s'alignent de chaque côté du porche convexe qui donne accès dans ce jardin, et qui semble déterminer, de lui-même, en s'avançant, la forme en exèdre de l'ensemble. Et les quelques statues égarées là, une copie de l'*Enlèvement de Proserpine*, de Girardon; une *Amazone* de bronze, de Valadier; une *Artémis*, d'après l'antique, ne sont pas dépaysées, je trouve, au milieu de ces élégances.

M. Ch. Girault a fait là une œuvre un rien précieuse, parfois, mais, au demeurant, séduisante par plus d'un détail. Les plus délicats lui garderont leur estime.

Quel dommage, seulement, que l'architecte du petit Palais n'ait pas eu plus d'énergie pour défendre son œuvre contre les sollicitations, les quémanderies des sculpteurs et de leurs protécteurs! Car je ne puis expliquer que par un manque de résistance aux obsessions, aux violences subies, son consentement à voir tant de donzelles court vêtues s'asseoir, sans façon, au porche de son Palais, escalader les frontons, prendre d'assaut

les tympans. Forts de sa faiblesse, les tailleurs de pierre ont tout
envahi. Ils se sont rués, marteaux et ciseaux en main, à l'assaut; celui-ci a juché trop haut, en acrotères, des femmes qui
n'ont même pas, dans la poitrine, la place du cœur, et
dont les hanches s'articulent aux aisselles; cet autre, devant
opérer sur le couronnement latéral d'un des pavillons d'angle,
a cru qu'il suffisait pour enfanter une belle œuvre d'aller longtemps regarder la *Flore* des Tuileries, et de détrousser cyni-
quement Carpeaux, talent en moins. Quelles infamies encore
n'ont-ils pas commises ?

Pauvre Athéné de tuf qu'ils ont accrochée, prête à choir,
à la clef de voûte du grand porche ! De quel œil attristé ne dois-
tu pas contempler toutes ces effigies indigentes ! et comme je
comprends ta figure morose, et le geste impatient de ton pied
divin secouant sur ces hideurs la poussière de ta sandale !

Aux temps passés où l'homme vénérait des dieux immortels
et superbes, il dressait d'eux, dans ses sanctuaires, des images
surhumaines. Ceux-ci t'ont ciselée minuscule, ô Vierge, car ils
te méconnaissent, et la taille qu'ils t'ont donnée, à toi, la Force
intelligente, à toi, la Splendeur toujours calme, est proportion-
nelle à leur appétit de Beauté !

M. Ch. Girault avait, je l'ai dit, sur les architectes du grand
Palais, quelque pouvoir. Il paraît que ce pouvoir était vague,
et tout de surface, un vrai pouvoir de France, enfin, puisque
« l'architecte en chef » n'est pas seulement arrivé à obtenir de
ses trois subordonnés qu'ils raccordassent entre elles les parties que chacun d'eux avait construites. Il est, en effet, tout à
fait digne de remarque que les divers morceaux de ce malencontreux palais ne se soudent que par à peu près, si bien qu'on est
en présence non pas d'un palais unique, mais de trois fragments de palais accolés.

L'attique, par exemple, constitué, en avant, par une maigre
balustrade, est plein, au contraire, à l'arrière ; et pour donner
aux deux parties un semblant de liaison, au moins pour dissi-

muler l'absence de liaison entre elles, on a, à l'angle où elles
se rejoignent, accolé à la muraille, avec cette gaucherie que
toutes les roublardises du monde ne sauraient enlever aux éléments inutiles et rapportés d'une construction, une petite tourelle de l'effet le plus irrésistiblement bouffon.

Mais j'aurais dû, de prime abord, vous exposer, en gros, la
disposition du Palais.

Il s'étend entre l'avenue nouvellement créée, et baptisée, je
ne sais par quelle autorité, avenue Nicolas-II, en avant, et
l'avenue d'Antin, en arrière. Sur chacune de ces avenues, il se
développe en quadrilatère, l'antérieur très grand, celui d'arrière
de moindres dimensions. Une partie intermédiaire, étranglée,
— Dieu sait pourquoi! — réunit ces deux tronçons, dont les
axes ne sont d'ailleurs pas parallèles, mais s'inclinent l'un
sur l'autre à angle aigu, dans la direction des Champs-Élysées.
C'est ce qu'on a appelé le plan en T.

Je reconnais, de bonne foi, la difficulté certaine qu'il y avait
à tirer heureusement parti d'un terrain aussi capricieux. C'est
la seule circonstance atténuante que j'accorde à l'énorme, à la
lamentable erreur que constitue le palais des Beaux-Arts. Un
seul architecte de grand talent aurait eu quelque peine à réussir
dans cette tâche. A trois, le résultat ne pouvait être douteux.

On vient de voir, plus haut, comment ont été répartis les
travaux, entre MM. Deglane, Louvet et Thomas. Ne cherchez
pas le pourquoi de cette répartition dans le rapport de M. J.-L.
Pascal, auquel il me faut revenir sans cesse, que je devrais
citer, peut-être, sans plus, pour montrer l'absurdité des concours
en général et de celui-ci plus spécialement, et qui est, j'ose ici le
dire, malgré le respect que, chétif, je devrais à un membre de
l'Institut, un monument d'illogisme en soi déjà, et plus encore
quand on l'oppose aux décisions ultérieures de l'Administration, — à moins que ce ne soient ces décisions elles-mêmes
qu'on veuille trouver d'une parfaite absurdité.

Le jury ayant donné, au concours, la première prime à
M. Louvet, il semblait qu'on dût lui confier la construction
de la partie la plus en vue du Palais. Justement, on lui donna
la moins importante.

M. J.-L. Pascal louait fort son plan. Il appréciait comme
une idée « simple, grande et pratique », la création d'une branche
perpendiculaire à la grande piste, de même composition qu'elle.
Surtout l'enthousiasmait ce « parti pris simpliste » qui sacrifiait
la communication entre les deux ailes et allait même « jusqu'à
faire disparaître l'Administration et ses services importants ».
J'atteste que je copie textuellement. Et pour apprécier toute
la beauté de ce raisonnement, il faut se rappeler que le programme du concours imposait formellement aux architectes
l'obligation de ménager, dans leur palais, des bureaux pour
l'Administration. Il semblerait donc que le fait, pour un des
concurrents, d'avoir à ce point « oublié l'escalier » eût dû constituer un cas d'exclusion. Voilà qu'au contraire, cela lui devenait un mérite. Seulement, M. Louvet avait commis une faute
lourde; il avait passé à côté d'une cavatine. Il avait raté ses
portes d'entrée, « un des plus *beaux motifs* à traiter dans une
telle œuvre ». Alors, on proportionna sa tâche à ses aptitudes;
on lui choisit un morceau où il n'y avait pas de portes d'entrée.
Et ainsi fut-il puni par là même où il avait péché.

Par bonheur, M. Deglane arrivait, associé à M. René
Binet,— avec une jolie façade, des portes d'entrée; plus, derrière
cette façade et ces portes, des escaliers si habilement dissimu-
lés que l'honorable rapporteur se demandait, avec ce rien d'admiration que les plus graves nourrissons de la rue Bonaparte
conservent quand même, jusqu'à l'Institut, pour les bien bonnes
charges, comment le public pourrait vraiment les trouver; plus,
encore, un autre escalier et une passerelle faisant communiquer
les deux ailes. On donna cet escalier et cette passerelle à construire à M. Louvet, bien qu'il n'y eût pas songé. A M. Deglane
revint le soin d'édifier des façades, d'ailleurs tout autres que
celles qu'il avait imaginées, afin qu'il n'y apportât pas trop de
conviction, et d'aménager la piste qui occupe toute la partie
avant du Palais.

M. Thomas, lui seul, je crois, eut à exécuter son projet à
peu près tel quel. Et voici pourquoi :

« Il est, écrivait M. J.-L. Pascal, de ceux qui ont fait de la
» salle de concerts (elle avait été prévue au programme), la

» séparation ou le lien entre la grande piste et les expositions
» disposées sur l'avenue d'Antin.

» Pour lui, c'est un lien, car cette salle ovale, éclairée sans
» doute du haut, accusant sa forme extérieurement, pourra être
» utilisée autrement que pour les auditions musicales, encore
» qu'elle doive recevoir les orchestres traditionnels autour des-
» quels on vient se reposer de la fatigante vision des exposi-
» tions en jouissant du panorama mouvant des promeneurs.
» *Les dessous des galeries latérales y seront bien exposés à*
» *quelque obscurité*; on aurait à craindre des échos, au milieu
» de ces formes ingénieusement tourmentées, de ces voûtes, de
» ces points d'appui d'aspect décoratif; *la salle, au point de*
» *vue des auditions, manquerait peut-être de cette simplicité de*
» *structure qui sauve l'acoustique; mais tout cela est si libre,*
» *si joli d'arrangement qu'on en éprouve tout le charme sans*
» *tant de justifications.* »

J'avais déjà, plus haut, fait allusion à cette étrange conception des lois de convenance d'un édifice. J'ai cru nécessaire
cette citation textuelle, afin qu'on ne me soupçonnât pas d'inventer. A cette déclaration où se révèle si ingénument l'âme des
modernes bâtisseurs, je n'ajouterai aucun commentaire.

On a donc construit la tant jolie salle elliptique; on l'a revêtue d'onyx et de bronze. On l'a ainsi enjolivée encore. Et, détail follement drôle! elle ne masque pas le moins du monde, bien
qu'elle constitue l'artifice classique employé dans ces cas déses-
pérés, le biais des deux axes qu'elle était censée dissimuler si
parfaitement; elle ne semble même pas en avoir la moindre
envie.

On a construit aussi les salles obscures, si obscures que,
quelle qu'ait été, à l'égard des grands morts, la superbe indifférence des organisateurs de l'Exposition centennale de l'art français, ils n'ont jamais osé y enfouir le plus petit Delacroix,
l'Ingres le moins coté, et qu'elles sont tout bonnement étique-
tées sur le plan, « salons de repos ». Lisons hardiment : « dor-
toirs », et qu'il n'en soit plus parlé.

Mais la fortune la plus enviable qui soit advenue à M. Thomas, ç'a été, certes, d'avoir à se construire à lui-même, par de-

voir, un appartement dans le Palais ; — car, ancien architecte-conservateur du Palais de l'Industrie, confirmé dans les mêmes fonctions au Palais neuf, il y sera logé à vie. — Cet appartement se trouve être, de l'édifice entier, la partie la mieux venue, la mieux appropriée à sa destination. Ah ! cette entrée, parmi les parterres fleuris, que n'eût point conçue M. Louvet ! Ah ! ces salons spacieux du quai, dont les hautes baies, si propres à éclairer un cabinet d'architecture, encadrent un merveilleux panneau de paysage, les nobles arbres du Cours-la-Reine, le fleuve indolent et les pavillons capricieux de la rue des Nations ! Quel crève-cœur ce dut être, pour l'auteur de cette œuvre confortable, que de voir les services des Beaux-Arts s'y installer avant lui, — oh ! momentanément, — et comme je comprends les cris d'orfraie qu'il poussa, me dit-on, le jour où la décision lui fut notifiée !

Pour moi, qui savais le profond dédain, le mépris invétéré des architectes officiels pour les parties honteuses d'un édifice, — c'est-à-dire celles où l'on peut habiter, — la découverte, dans l'aile en vue d'un monument imposant et décoratif, de ce *home* somptueusement logeable me fut une aimable surprise et comme une révélation. L'architecture contemporaine peut donc quelquefois être pratique !

Les façades m'enchantent infiniment moins ; toutes les façades et toute la structure extérieurement visible du Palais.

Le grand Palais n'est guère qu'un parapluie, — encore qu'au début de l'Exposition il ait, un certain jour, livré un peu facilement passage à l'ondée.

Regardez-le du Pont de la Concorde : vous n'apercevrez qu'un hall, une toiture en berceau ventrue, démesurée, écrasant tout de sa masse. Le support, maçonneries fignolées, colonnes guillochées, disparaît au ras du sol.

Ici se révèle cette insuffisance d'études que présageait M. Pascal. Sans doute, au prix de consciencieuses recherches, avec l'aide des ingénieurs abhorrés, eût-on trouvé la courbe harmo-

nieuse, logique, qui donnerait à cette construction le faîtage
proportionné à son importance. Mais il fallait construire à la vapeur, construire vite à tout prix, au prix de toute élégance, de
toute beauté sacrifiées. On a donné naissance à un monstre. Et
cela, après que M. J. Pascal eut consciencieusement reproché à
la plupart des architectes primés au concours d'avoir donné trop
de hauteur à leur grande nef : l'observation revient quatre ou
cinq fois dans son rapport.

Cependant vous vous approchez et vous venez vous heurter
à l'imposture effrontée, au mensonge retentissant de cette façade
Louis XVI, annonçant à l'esprit des appartements confortables,
élégamment décorés, de proportions savamment mesurées, et
qui sert de masque à une gare de chemin de fer, à une piste
d'hippodrome, à un immense vaisseau de fer et de verre accapa-
rant tout l'intérieur, vide et morne ; et vous découvrez tout aussitôt que le manche de ce parapluie est vraiment trop sculpté.

N'eût-on pas vu, reproduites dans les journaux spéciaux, les
maquettes de ce Palais, qu'on devinerait, connaissant les bâtisseurs actuels et leur esthétique, comment il dut être étudié.

Il fut des âges privilégiés où l'aspect extérieur d'un monument découlait naturellement de ses dispositions internes. Mais
cette mode, qui engendra des chefs-d'œuvre, a passé, hélas! avec
celle des hennins et des chaperons, des pourpoints de velours et
des fraises empesées. Car nous voulons avant tout que nos constructions soient aussi décoratives que nous le sommes peu.

Il saute aux yeux, à première vue, que M. Deglane, l'architecte de la partie principale du grand Palais, de celle qui aspecte
l'avenue Nicolas II, s'est préoccupé surtout de sa façade. Il a
dessiné, puis moulé en plâtre, de chaque côté d'un porche central à trois baies flanquées de colonnes couplées, surmontées
elles-mêmes d'une architrave, d'une frise et d'une corniche, deux
autres colonnades longues, longues, avec d'autres entablements
tout pareils. Puis il a construit tout cela en belle et solide pierre.
A peine songea-t-il à accuser au dehors la forme de son hippodrome, en cintrant ses deux murailles latérales.

Mais une heure advint où il fallut mettre à cela une toiture.
Ce fut ce hall disproportionné dont j'ai parlé.

LE GRAND PALAIS

Or, étant donné le fameux plan en T adopté avec tant d'allégresse, le pied du T, se rencontrant avec les branches, motiva
tout naturellement l'adoption d'une coupole au point d'intersec-
tion, puis un prolongement en avant, en deçà de la nef longitu-
dinale, de l'autre nef, transversale. Et nous vîmes, un matin, se
dresser au-dessus de la belle corniche horizontale une gueule
de four bayante, fort gênée d'être là. Plus gênante encore! Mais
c'était réellement ce « quelqu'un d'inespéré qu'on devait bien
attendre » dont parle le poète. Et l'on n'y avait pas pensé! On
avait aligné d'une part sa façade; on avait calculé, d'autre part,
ses berceaux. On rencontrait en les rejoignant ce désagrément.
Que devenir? C'est proprement ici qu'il eût fallu plaquer le fronton en arc des Invalides. L'architecte d'en face l'avait accaparé.
Impossible, sans avoir l'air de copier le voisin, de l'utiliser une
seconde fois. La gueule de four demeura, gauche, stupide, aveu-
glée par un placage de verre. Il ne restait plus qu'une ressource :
la sculpter. On la sculpta, en effet, comme le pont, comme ce
Palais entier lui-même. On y colla des gaufrures, des pâtisseries de plâtre provisoires et qui seront quelque jour remplacées
par des pâtisseries et des gaufrures plus solides, en métal.

Car, dans l'Exposition entière, les ciseleurs de pierre n'ont
pas rencontré, pour leurs exploits, un champ d'expérience comparable à ce malheureux Palais.

Ils sont quarante-deux qui ont trouvé ici à utiliser leurs
beaux talents. J'ignore ce que cela a pu coûter au budget de
l'Exposition. On m'assure que ces besognes-là sont, en général,
peu payées. Aussi bien n'en a-t-on que pour son argent.

Et, comme au pont, je cherche en vain au pourtour de ce
Palais le morceau saillant, le groupe qu'on cite, devant lequel
on s'arrête, qu'on vient voir, qui excuse les autres. Partout la
médiocrité, l'insignifiance, ici résignée, modeste, là prétentieuse,
exaspérante. Ces statues ne sont pas mauvaises, elles sont pires :
elles sont obscènes. A d'aucunes il ne manque que le bas de soie
noire des estampes de Félicien Rops. Que dis-je? ne l'ont-elles
pas? malgré soi on les en chausse. Telles arborent déjà sur la
chair des gorges nues le collier de velours qui, dans l'esprit, —
qu'on me passe l'expression, — de ceux qui les ont taillées, les

rend si profondément louis-seizièmes, si congruentes au style du Palais ! Il y a là toute une indication et comme l'acheminement vers un idéal facile à concevoir. Jamais on n'a sculpté du nu aussi indécent, et jamais on n'a sculpté autant de nu.

C'est de l'art de brasserie, de cabaret de nuit, pour le moins.

Admirez, sous le péristyle, la conception de la Japonaise que se forme un quelconque gâcheur : quand il a retroussé vers les tempes les sourcils d'une Montmartroise, quand il lui a piqué dans les cheveux deux couteaux de la foire au pain d'épices, il s'imagine, de bonne foi, qu'il a symbolisé l'Empire du Soleil Levant et tout son art mystérieux et charmeur. Oui, c'est ainsi, vraie Japonaise d'Exposition, déguisée de la veille, exhibant aux foules sa poitrine blette, que ce savetier se représente la frêle et pudique Chrysanthème ou la mignarde Fleur de Pêcher. Pour tout dire, sa personnification de la beauté grecque ou romaine eût été la même, aux yeux près ; au point qu'on se demande si leurs figures drapées, à ces sculptiers, ne sont pas plus répugnantes encore que leurs nus, et qu'on ne sait trop ce qu'il faut haïr ou mépriser le plus, de la trivialité des types, de la banalité des gestes ou de l'inélégance des formes.

Et c'est proprement gratté, au demeurant ; trop proprement, même, puisque c'est tout l'opposé de la sculpture monumentale, ces recherches de fossettes polissonnes et de plis naturalistes. Toutefois s'ils ignorent, éperdument, la petite salle, au rez-de-chaussée du Louvre, où resplendissent, en leur nudité sublime, les héros mutilés des métopes du Parthénon ; si leur mentalité s'égale à celle des ténors, tous ces tailleurs de pierre, à défaut de cervelle, ont des doigts. A tous, à tour de rôle, suivant les jours, la critique reconnaît du talent ; mais elle entend par ce mot la néfaste habileté manuelle et la vigueur de biceps qui leur a permis de modeler en quelques semaines, parfois, des groupes formidables ; rien de plus.

D'ailleurs, cela même importait peu et n'a guère dû entrer en ligne de compte lorsqu'il s'est agi de répartir les commandes. Car les compétiteurs étaient innombrables. Pas un prix de Rome, pas un médaillé, pas un pauvre mentionné des

Salons qui ne se crût en droit de réclamer sa part de gâteau.
« Puisque le gouvernement t'a donné un brevet, dit à peu près
le père Rousset, dans la *Blanchette* de M. Brieux, il te doit une
place. » Tous se faisaient pareil raisonnement. Et les demandes
affluaient dans les bureaux.

On rendra à l'Administration en général cette justice que,
toutes les fois qu'il s'est agi, pour elle, d'esquiver quelque res-
ponsabilité, elle n'y a jamais failli. En certain cas, elle a
déployé, pour arriver à se dérober, des trésors d'ingéniosité.
Ainsi en fut-il, en l'occurrence. Embarrassée, devant l'ava-
lanche des demandes copieusement apostillées, elle autographia
tout simplement à autant d'exemplaires qu'elle occupait d'architectes « chefs d'agence » un important Bottin des candidats
aux travaux d'art, faisant suivre le nom de chaque sculpteur ou
peintre de la liste de ses médailles et récompenses, et de celle
de ses « références », des noms des protecteurs influents qu'il
pouvait mettre en avant. Et l'on pense si quelques architectes se
sont empressés d'être agréables à tel sculpteur, appuyé à la fois
par un sénateur de la Droite, un député du Centre et un
conseiller municipal de l'Extrême-Gauche ; à tel autre, « ayant
travaillé sous les ordres de M. Bouvard » ; à celui-ci, enfin,
« neveu de M. X.... »

Je veux croire que MM. Deglane, Louvet et Thomas ne se
sont jamais laissé émouvoir par ces considérations mesquines,
et qu'ils ont été simplement malchanceux dans leurs choix. Par
exemple, ils l'ont été terriblement.

Ne les plaignons pas outre mesure : c'est, il faut bien le
répéter, une loi éternelle de l'art que les architectes ont les
sculpteurs qu'ils méritent. Là où l'architecture, grande géné-
ratrice d'effigies sculptées, fait faillite à sa mission esthétique,
la sculpture la suit. L'anémie du premier des arts du dessin
entraîne irrévocablement la mort de tous les autres. Or, quelles
inspirations vouliez-vous que suscitât ce Palais bâtard ?

L'ornementation elle-même, conçue, étudiée par les architectes, est tantôt misérable à pleurer, tantôt luxuriante jusqu'à
l'importunité. Ici, des chapiteaux fouillés comme à l'aiguille,
des colonnes aux cannelures bourrées de lauriers en guirlandes,

puis des bases imbéciles, agrafées aux angles par des cordon-
nets, comme si elles étaient formées de planches prêtes à se
disjoindre, et, de plus, ceintes de frises d'enfants qui constituent
bien ce qu'on a imaginé de plus extravagant dans le ridicule ;
des orgies de guillochures, des symptômes indéniables d'aberration, de démence ; là tous les ponts-neufs de la décoration
la plus périmée, mufles léonins, guirlandes de feuillages, et
consoles, et boucles de pierre, et des gouttes, et de fausses
fenêtres, d'innombrables inepties, des hérésies irrémissibles ;
plus haut, encore, des urnes godronnées simplement dérobées,
comme j'ai dit, à l'attique de l'Institut, — un chapardage
ingénu ou cynique ; le mauvais goût, enfin, alternant avec
l'impuissance. Mais quel courage montré-je, de m'amuser à
relever tout cela, et quelle naïveté !

Les sculpteurs devaient suivre un si éloquent exemple, par
modestie, par gratitude.

Et d'abord, de même qu'au pont Alexandre III, on a cette
impression qu'ils ont travaillé chacun pour sa part, sans se
soucier du voisin. A tout instant l'œil est choqué par de monstrueuses fautes de proportion. Il y a des statues de toutes les
échelles : de colossales, au sommet du porche central, et de
ridiculement naines, comme ces huit petites bonnes femmes si
gauchement assises sous la colonnade qu'elles morcellent, dont
elles rompent l'unité, à laquelle elles enlèvent toute ampleur ;
il y en a de si laides, enfin, que, dans une République un peu
artiste, elles ne fussent pas restées en place vingt-quatre heures.
Elles demeurent, pour notre honte.

Voilà donc un Palais où la sculpture et l'architecture se
donnent fraternellement la réplique ; où, aux silhouettes triviales, dégingandées, blessantes de celle-ci, répondent les gestes
bêtes, les vilaines attitudes de celle-là ; un Palais qui ment ; un
Palais inutile, puisqu'il n'offre pas, en somme, une surface de
piste sensiblement supérieure à celle que présentait le défunt
Palais de l'Industrie, et impropre aux offices qu'on exige de
lui, au moins pour les expositions de peinture, puisqu'il a fallu,
pour pouvoir accrocher toutes les toiles qu'il devait loger, le
morceler par des cloisons, en boucher avec des planches les

fenêtres; un Palais, enfin, qui va survivre à la foire du monde, dont la vue va nous être une perpétuelle offense, et contre lequel nous n'avons qu'un recours, le mépris, car sa laideur défie l'invective.

Toutes les abominations du Paris monumental sont du coup éclipsées, dépassées par ce hall agressif. La Madeleine, la Bourse, qui avaient du moins cette excuse d'avoir été à la mode, en leur temps, apparaissent comme des merveilles de sveltesse, de mesure, de pureté de style, et Brongniart est génial, et Vignon est sublime.

Ah! le rythme! ah! la noble harmonie, la grâce altière des colonnades de Gabriel, aux Garde-Meubles! Le secret de leur grâce est-il donc perdu, qu'on n'ait pas réussi même à les bien copier?

# X

Mai.

J'éviterai soigneusement le ridicule de discuter les palais qui
meublent l'Esplanade des Invalides : « Là où il n'y a rien, dit le
proverbe, le diable perd ses droits. » Ici, la Critique, bonne dia-
blesse, au demeurant, chercherait en vain quoi que ce soit à se
mettre sous la dent. Le néant, l'infamie pure et simple. Pas
même un joli détail, comme au petit Palais des Champs-Élysées ;
pas même, comme au grand, un logement spacieux et lumineux
pour le conservateur. Car, grâces à Apollon! ces deux files de
bâtisses vont s'effondrer dès novembre. Viennent donc les démo-
lisseurs, avec leurs pelles et leurs tombereaux! On les attend.

Je souhaite, étant d'humeur douce, que, ces palais disparus,
il ne demeure en la conscience de ceux qui les édifièrent nul
remords. Le vœu, d'ailleurs, est superflu. Que dis-je? Comment
les hommes qui ont conçu, exécuté sans nausée cet étroit corridor, ce ravin de plâtre du fond duquel on ne saurait apercevoir aucune façade, acquerraient-ils subitement la notion de
leur opprobre? par quel miracle, par quel frôlement d'ailes de la
grâce? C'est l'invraisemblable et c'est l'impossible.

Il doit vous souvenir encore du pittoresque tableau qu'offrait, en 1889, cette même Esplanade?

A droite, vers la rue Fabert, c'étaient des expositions graves, sans doute, mais réparties agréablement en toute une série de pavillons aux architectures variées : Guerre, Hygiène, — accolées, cette fois comme aujourd'hui, avec la même ironie, — Économie sociale. Mais en face, quelle joie pour les yeux et quel repos pour l'esprit! tous ces palais coloniaux, ces pagodes, ces paillotes éparpillés au milieu des pelouses, la tour historiée d'Angkor, le petit lac où somnolaient des pirogues grossières, les villages nègres, et puis, tout au fond, en bordure sur la rue de Constantine, le kampong javanais où, aux accents du *game lang*, évoluaient et dansaient, hiératiques, les quatre petites prêtresses, les magiciennes dont tout Paris s'enamoura, Vakiem, Seriem, Sakiem et Djamina.

On avait fait abstraction de l'hôtel des Invalides et du dôme d'or, estimant que leur beauté se suffit à elle-même. On avait utilisé de son mieux, sans souci de le " raccorder " à quoi que ce fût, le terrain dont on disposait. Sous les quinconces, sans régularité apparente, on avait disséminé les constructions. Et sans doute avait-on, même, déplacé quelques arbres. Je ne me souviens pas que personne ait poussé des cris. Comme c'était charmant, pleinement, personne ne songea à se plaindre et à récriminer. Les bonnes heures qui ont été vécues là !

On a eu, cette fois, des visées plus ambitieuses.

Étant donné qu'on plantait aux Champs-Élysées tout un décor ostentateur encadrant, précisément, le dôme de Mansard, force était bien de le continuer, par-dessus le pont, jusqu'à ce dôme.

Au delà donc de cette avenue Nicolas II, de quatre vingt-dix mètres de largeur, au delà du pont Alexandre III, qui en a quarante, on a aligné parallèlement, à vingt-cinq mètres l'une de l'autre, deux façades si hautes, si longues, que du pied même de l'une on ne peut regarder l'autre que par fragments. En avant tout à fait de l'Esplanade, elles s'écartent un peu de chaque côté d'un jardin établi au-dessus de la gare des Invalides, réduites là, dans la pensée, du moins, de M. Bouvard et de ses collaborateurs, à un rôle purement décoratif, sans épaisseur et continuant deux autres façades pareilles à de simples portiques, en bordure sur le quai d'Orsay.

Tel est le plan général de l'Esplanade des Invalides; et nulle
part l'insuffisance de direction artistique, le manque de goût
et de jugement qu'accuse l'Exposition entière ne se révèlent
comme ici, à l'état aigu. L'homme qui, assumant la tâche de
diriger les architectes, a pu accepter un tel projet est pour la vie
disqualifié, déshonoré aux yeux des gens de goût.

Comme conception, c'est, dans l'ensemble, inepte.

Cette enfilade de voies qui vont en se rétrécissant des Champs-
Élysées à la rue de Grenelle et s'emboîtant, dirait-on, l'une dans
l'autre, représente assez bien, au demeurant, la disposition d'une
lorgnette. Par le gros bout, des Champs-Élysées, on aperçoit
comme à travers la fente d'une équerre d'arpenteur, en arrière
des façades blanches, sans lignes, zigzaguantes, au fond d'un
étroit boyau, le glorieux dôme, le porche de l'hôtel, noirs d'années et proclamant de toute leur noblesse hautaine l'ignominie
de ce voisinage. Par le petit bout, c'est seulement absurde. Par
delà le point où s'arrête le couloir, aucune architecture ne le
prolonge, que les quatre pylônes du pont, ces jalons. C'est la
perspective sur rien, sur le ciel, une perspective pour " marchand de nuages " baudelairien. Et vraiment nous n'y perdons
pas, car vous savez ce que nous verrions si nous voyions quelque chose.

Comme exécution, c'est pitoyable.

J'ai dit combien sont laides, inintelligentes les ferrailles de
ces palais, — réserve faite pour les deux palais du fond, œuvre de
M. Tropey-Bailly; — si bien que dans toutes les sections où l'on
a quelque goût, on les a soigneusement cachées, ou encore,
comme a fait l'Autriche, enjolivées avec des ferronneries rap-
portées. On a, par surcroît, trouvé le moyen de construire en
fer et en verre des halls noirs. Il y a telle de ces galeries ¡où,
avant même que fussent commencées les installations, posés les
vélums, on n'y voyait goutte. Les recoins sombres abondent. Il
faut à tout instant monter, descendre; pour trouver une sortie,
des ruses d'Apache, un flair d'Indien de la prairie sont indispensables, comme ont été indispensables aux architectes des
classes, pour utiliser ces palais aussi mal appropriés que possible
à leur destination, des trésors d'adresse et d'ingéniosité.

Quant aux façades, mieux vaudrait sans doute n'en pas
parler ; et si c'est par machiavélisme que M. Bouvard a commandé qu'on fît en sorte que leur hideur ne pût être aperçue en
son entière étendue d'aucune part, je le complimente. Cela
devient du génie, tout bonnement.

En désignant pour bâtir l'Esplanade sept architectes, on a
visé, sans doute, à la variété d'exécution. Mais, par une incompréhensible facétie du sort, on y a moins réussi, infiniment,
que dans le grand Palais, où la variété était peut-être moins
désirable. Toutes les façades ici se ressemblent, et cela "se tient",
comme on dit en langage d'atelier, admirablement, dans la nullité, dans le rabâchage.

C'est un enchevêtrement, un hérissement de dômes, d'aiguilles, de pyramides, de frontons se bousculant, se chevau-
chant, sans souci de plan, sans souci d'un alignement quelconque ; sans parler de ces fameuses wallaces que j'ai mentionnées
plus haut et qui sont l'une des curiosités comiques de la Foire.
C'est une succession de pavillons en avant-corps, de terrasses
en retrait, de décrochements qui voudraient bien être spirituels.
C'est de la peinture, de la sculpture, surtout, ah ! de la sculpture
à tour de bras, et de la sculpture puisée aux meilleures sources.
Dans le déballage du grand Palais, MM. Deglane, Louvet et
Thomas, quel que fût leur zèle, n'avaient pu exhiber tout le
stock des poncifs. Ils ont repassé la consigne aux amis de
l'Esplanade ; si bien que, pour avoir une vue d'ensemble sur l'esprit inventif des architectes depuis la naissance du monde, il faut
passer le pont et venir ici. On a découvert, au cours des fouilles
à travers les gros bouquins poudreux, les volumineux atlas, quelques motifs qu'il eût été dommage de laisser dans l'ombre, et je
me représente aisément le dépit, le désespoir de M. Deglane, par
exemple, en retrouvant, à la façade du palais de M. Esquié (côté
Constantine) les draperies, les fameuses draperies à franges qui
sèchent aux balcons, et qu'il avait oublié, lui, d'utiliser.

Soyons juste : MM. Larche et Nachon, qui ont construit la
partie médiane, du côté de la rue Fabert, ont cherché à tirer de
la flore une décoration nouvelle. Il faut leur en savoir gré. Par
malheur, ils n'ont apporté dans cette tentative ni assez de dis-

crétion, ni assez d'adresse. Et puis, une ornementation neuve
sur de vieilles formes, ce n'est toujours que du placage, et le
placage, en architecture, est irrémissiblement condamnable et
néfaste.

Eh bien, le dirai-je? ce qui dans ces palais me surprendrait
plus, même, que les fautes de goût, si quelque chose encore pouvait me surprendre de la part des architectes d'aujourd'hui, ce
serait les graves erreurs de proportions qui se révèlent à chaque
instant, ces portes, donnant accès sur les terrasses, au pied de
toiles où sont peints, dans un style d'enseignes, des personnages
gigantesques, ces portes si basses, si exiguës, qu'on se demande
si des hommes jamais y pourront passer et qu'on s'attend, au
coup de midi, à y voir apparaître le bon petit coucou des hor-
loges suisses qui chante, qui salue et rentre.

Mais je n'ai déjà que trop longuement parlé de ces pauvretés.
Je signale pourtant à votre attention le grand portique de grès
de Sèvres que les deux architectes de la partie antérieure des
Invalides ont eu à encadrer dans l'une de leurs façades, à l'entrée précisément de l'Exposition de la Manufacture nationale de
porcelaines. Ce portique, je le rappelle, devait être fragment
d'un pavillon que Sèvres voulait édifier en entier avec ses produits. Faute d'argent, la tentative avorta, et l'on offrit à
MM. Toudoire et Pradelle, pour embellir leur palais, cet
échantillon dépareillé, terne de couleur, banal de composition.
Je me demande si le cadeau dut les réjouir beaucoup.

## XI

LA RUE DES NATIONS

Juin.

Est-ce en raison de sa situation privilégiée au bord de la Seine, parmi les beaux ombrages du quai d'Orsay ? Est-ce parce que, avec son enfilade de palais de cartonnages, adroites interprétations ou serviles copies de monuments du passé, elle satisfait ce goût de l'archéologie théâtrale, du moyenâgeux romantique que j'ai noté déjà, et qui trouve une satisfaction si vive, un exutoire à souhait dans la contemplation, — du dehors, — des pignons et des tourelles du Vieux Paris ? La rue des Nations est, de toute l'Exposition, le lieu de promenade préféré des foules, celui où leur admiration se donne libre cours, où les exclamations de contentement crépitent avec le plus d'intensité.

Elles sentent d'instinct, les bonnes cohues, que c'est là, avant tout, un lieu de divertissement et de repos, un côté bien frivole de l'Exposition, avec des choses très belles, parbleu ! à voir sur le quai, des merveilles d'art parfois, mais aussi des bazars, des étals à souvenirs, des petits recoins cachés où l'on accède un peu furtivement, et sur les berges, au sous-sol de tous ces pavillons, des choses très bonnes à déguster en musique, avec accompagnement, parfois, de danses suggestives. Et ainsi, elles pénètrent admirablement la pensée même des organisateurs, de tous les Commissaires généraux étrangers. Car, bien que tels de ces petits palais soient très soignés, bourrés de curiosités, il n'est pour ainsi dire pas un des représentants des puissances qui, le jour de la solennelle inauguration de son pavillon, n'ait déclaré dans quelque coin, à un journaliste ami : « Vous savez, notre exposition n'est pas là! »

Et ils ont grandement raison. Si nous voulons juger l'Angleterre, la Hongrie d'à présent, c'est au Champ-de-Mars, c'est aux Invalides qu'il faut aller les chercher. L'Allemagne même, qui a tant caressé son pavillon, apparaît autrement intéressante à observer dans les diverses classes, inquiétante, même, pour d'autres plus encore que pour nous ; et je gagerais qu'elle attache infiniment moins d'importance aux collections d'art réunies dans ce pavillon, comme dans un écrin des joyaux précieux, qu'à cet autre bâtiment, très curieux d'architecture, qu'elle a édifié un peu plus bas, au quai d'Orsay, et au fronton duquel elle a inscrit cette phrase, grosse d'arrière-pensées, que prononça naguère l'Empereur Guillaume II : « *Unsere Zukunft liegt auf dem Wasser;* Notre avenir est sur l'eau. » Ici, c'est le décor, c'est la mise en scène, la féerie ; et c'est pour cela, au fond, que cette rue des Nations exerce sur les foules tant de séductions.

Cependant, elle est par plus d'un côté symbolique. Nulle part comme ici, au bord de ce fleuve où se confondent, pour six mois, les reflets de tant de drapeaux divers, on n'a, par exemple, la nette perception du grand mouvement de concorde qui a poussé vers les rives de la Seine des peuples hier encore ou rivaux ou hostiles. Que les gardiens américains, aux uniformes sombres, aux casques blancs, fraternisent, dans les réceptions, avec les gardiens espagnols, aux dolmans parementés de rouge et de jaune ; que l'étendard blanc, rouge et noir de l'Empire allemand flotte sur le ciel apaisé de Paris, ce sont pourtant des signes, cela. Demain sera ce qu'il pourra; aujourd'hui déborde d'espoirs réconfortants et de rêves de quiétude. C'est l'année où il fait bon vivre.

Toutes les nations ont répondu à notre appel, les plus lointaines, les plus indifférentes ; toutes, sauf quelques malheureuses trop pauvres ou trop troublées, vagues républiques américaines anxieuses entre la banqueroute et la révolution.

Et c'est un microcosme, une réduction du monde civilisé qui

LES CHARPENTES DE LA RUE DES NATIONS.

est enserrée ici, en ces quelques milliers de mètres de terrain, les
despotismes les plus jaloux fraternisant, d'un peu haut, avec les
démocraties les plus affranchies, les peuples las, courbés sous
d'écrasants et glorieux passés, auprès des peuples jeunes courant, le front levé, vers de lumineux avenirs.

Chacun apporta au foyer de Paris ses dieux lares, et leur
construisit des demeures toutes pareilles à celles qu'ils habitent
sous leur ciel natal, auxquelles ils sont accoutumés, qu'ils affec-
tionnent. Ici, des statuettes de marbre dans un petit temple de
céramiques ambrées au feu des fours; là, des effigies ciselées et
niellées sur l'acier d'une armure, à l'abri de quelque noir don-
jon toujours sur la défensive; tout proche, de petits dieux de
bronze ou de porcelaine, adroitement travaillés, sous la baie
dentelée de fenêtres ogivales; plus loin, des figures vénérables
et décolorées, nimbées de filigranes précieux, tissées dans la
trame d'une tapisserie et logées dans un hautain palais tout fleu-
ronné; d'autre part, enfin, des pièces d'or frappées d'un aigle
héraldique, empilées sur des comptoirs de changeurs en une
manière d'hôtellerie ou de banque insolente et disgracieuse:
tous les styles se coudoyant dans un papillotant pêle-mêle,
trahissant les génies divers qui les enfantèrent.

Aucun des chantiers de la grande Foire du monde ne fut
plus intéressant à suivre en son développement que celui-ci.

C'était une Babel pittoresque où les architectures, comme les
hommes, parlaient les idiomes les plus variés, — car, je l'ai dit,
plusieurs des Commissaires généraux avaient fait venir de chez
eux les ouvriers qui leur étaient nécessaires pour construire à
leur guise, et d'un enclos à l'enclos voisin, souvent, on ne
pouvait se faire entendre.

Les charpentes, les murailles qui s'édifièrent de jour en jour
n'étaient pas moins étrangères l'une à l'autre.

Il y en avait d'extraordinairement légères, comme au pavillon
de l'Italie, si fragile, avec ses pans de grêles écoperches réunies
bout à bout, pour atteindre le faîte, à l'aide de liens de fer-blanc,
avec ses revêtements de nattes de jonc clouées et ficelées sur ce
chancelant support, puis recouvertes d'une mince pellicule de
plâtre, que la Commission de sécurité s'alarma de le voir monter

si haut et voulut mettre le holà, redoutant quelque catastrophe.
Il y en avait de massives, de robustes, comme celle du pavillon
allemand, armature de poutres trapues, savamment travaillées,
assemblées selon les traditions les plus parfaites que nous aient
laissées les maîtres compagnons du temps jadis, à traits de Jupiter, indestructibles, sauf par le feu, honnêtes ferronneries, murs
épais comme si l'édifice était élevé pour l'éternité. Et ici l'on
reconnaissait un peuple de charpentiers devenu un peuple de
forgerons le jour où il eut dévasté, épuisé les noires forêts de la
Germanie ; et là des populations nées sous un ciel clément, caressé de brises molles, sur un sol peu boisé.

Quand on leur objectait : « Jamais ça ne tiendra! » les Italiens répondaient : « Cela tient pourtant, chez nous ».

Si l'on avait dit aux Allemands : « C'est beaucoup trop solide », « Il faut que ce soit ainsi là-bas », eussent-ils répliqué.

Les pays trop abondamment pourvus de bois gaspillaient
pour ainsi dire la matière, en fabriquaient leurs palais entiers,
parois, toitures ; et, habitués à jouer avec des matériaux souples,
à réaliser des prouesses, faisaient, comme les Norvégiens, pyramider des combles audacieux, enchevêtrés, chevillés de façon
à défier la rafale, ou bien, comme les Suédois, surgir à nos yeux
étonnés une construction étrange, une construction de cauchemar ou de drame ibsénien, cuirassée de petites écailles de bois,
déraisonnable et charmante, tenant du phare, du sémaphore et
de la mâture militaire des grands cuirassés de fer, surmontée
d'une tour extravagante qui file en l'air sur quatre piliers, étend
dans toutes les directions de téméraires passerelles, des tangons
pavoisés, échafaude à n'en plus finir des plate-formes et des
balcons enguirlandés de lierre, une construction, enfin, toute
pareille à celles que pourrait imaginer le constructeur Solness,
génial et tout épris de chimères.

Des pages entières d'histoire ou de poésie revivent dans la
mémoire, en face de telles de ces bâtisses éphémères. Dans le palais de l'Espagne, tout blanc, roide de lignes, froid de couleur
et guilloché de rinceaux, et bosselé de masques, avec son patio
rectangulaire, ses appartements sans autres meubles que les
royales tapisseries pendues aux murs, c'est toute la cour de

l'Escurial ou d'Aranjuez sous les derniers princes de la maison
d'Autriche qu'on évoque, solennelle, ennuyée, ployée sous une
étiquette sévère, telle que la décrivaient Madame de Villars ou
Saint-Simon, grandes dames en *guardinfantes* et en vertugadins, grands seigneurs cérémonieux et mornes, traversant le
demi-jour des galeries à pas glissants, le col emprisonné dans
leurs golilles empesées, portant, comme un ostensoir, leur chef
fardé sous le feutre large empanaché. Et devant le noir pavillon hongrois, un peu chapelle, un peu bastille, à l'angle duquel
veille une haute tour de guet prête à donner l'alarme, on songe
inéluctablement aux combats héroïques, aux luttes sans trêve
contre le Croissant, aux épiques chevauchées du xvᵉ siècle,
du temps où, en faveur de la Hongrie chevaleresque, rem-
part de la chrétienté, le pape Calixte III instituait l'Angélus
rédempteur.

Dans l'immense majorité de ces architectures, la part d'invention des bâtisseurs est nulle. Ce sont, presque toujours, ou
des restitutions de monuments catalogués, ou d'adroits pots-
pourris de morceaux fameux des édifices dont se glorifie chaque
pays. Ainsi l'architecte italien a accolé, dans un arlequin compliqué, des éléments empruntés à Saint-Marc, au palais des
Doges de Venise ou au dôme de Milan, niches dentelées, peu-
plées de statues aux gestes excessifs, aux draperies molles, dont
la profusion révèle nettement à quel point le petit Italien qui
déambule par nos rues, la *Diane* de Falguière ou le *Chanteur
florentin* de Dubois sous le bras, est représentatif et national ;
ainsi l'architecte espagnol a soudé des fragments des façades de
l'Université d'Alcala, bâtie par Rodrigo Gil de Ontañon, vers
1550, du palais des comtes de Monterey, à Salamanque, de
l'Université de cette même ville — ô Gil Blas ! — et de l'Alcazar
de Tolède, vieille forteresse que Charles-Quint entreprit de
transformer en un palais royal, ainsi que, dans le même temps,
faisait François Iᵉʳ du Louvre de Charles V.

Mais le chef-d'œuvre, je crois, dans ce genre, est ce même pavillon de la Hongrie dont je parlais, où l'on a rassemblé, avec
une adresse qui tient du prodige, les fragments les plus disparates, les plus éloignés chronologiquement, si bien qu'en en fai-

sant le tour complet, depuis la façade romane de la rue jusqu'à
la façade orientale, on a lu toute l'histoire de l'architecture en
Hongrie, de même qu'en parcourant les salles d'exposition qu'il
abrite et où sont entassés des trésors d'art, on revit tout le passé
de la Hongrie elle-même. Cette façade romane du quai d'Orsay,
avec son porche bas, au fronton duquel prient le Christ et dix
apôtres, est empruntée à l'église de l'abbaye de Jaak; la façade
sur la Seine, au contraire, de gothique pur, reproduit la façade
du château de Vadja-Hunyad, avec ses fenêtres en arc brisé, ses
contreforts supportant des sortes de loggias, et tout contre s'ac-
cote le chevet de la chapelle de Szepes-Csütortokhely; la façade
amont, de style Renaissance, est composée sur les arcades de
l'hôtel de ville de Locse comme thème, surmontée des bizarres
crénelures de la maison Rakoczy, à Eperjes, et percée des fenêtres
de l'hôtel de ville de Bartfa; la tour de veille est celle de l'église
du château fort de Kormoczbanya; la quatrième façade, enfin,
du style dit *baroque*, est formée de la réunion de deux motifs :
maison Klobusiezky, à Eperjes, tourelle de l'église serbe de Bu-
dapest. Je passe sur des motifs plus secondaires. Le miracle est
que cela s'arrange sans heurts, par des artifices qu'il faut admirer,
sinon encourager; et ce méli-mélo se poursuit à l'intérieur avec
le même bonheur, des murs aux frises, des frises aux plafonds.
C'est un amusant devoir d'école, digne de la note suprême, du
prix d'honneur.

Dans le pavillon de la Roumanie, l'architecte a mis davantage du sien. Il est vrai que l'architecte, ici, est M. Formigé, le
triomphateur de 1889, à qui la superbe indifférence à son égard
de l'Administration, assoiffée, hélas! du désir de faire autre
chose et de faire autrement que ses prédécesseurs, avait laissé des
loisirs. Et pour si borné que je suppose le sens esthétique de
ladite personne morale, je voudrais espérer, pourtant, que,
repentante et touchée de la grâce, comparant à ses colonnades,
à ses palais de plâtras ce pavillon, et peut-être plus encore le
petit restaurant roumain, où la brique joyeuse, les grès cha-
toyants jouent avec la pierre de taille, elle a dû regretter parfois
d'avoir laissé au Commissaire d'un petit pays très artiste, à
M. Démètre Ollanesco, l'insigne fortune d'utiliser ce talent dis-

tingué. Mais c'est l'irréparable ! Et c'est ici, devant ce pavillon, interprétation de motifs recueillis, au cours d'un voyage en Roumanie, sur des monuments d'Argesch, d'Horezu, de Stravopol, de Jassy, fondus avec un goût accompli, que ceux qui élaborèrent les bariolages caraïbes des Invalides peuvent venir apprendre ce que c'est que la mesure, en contemplant ces ors à l'éclat adouci, comme veloutés, ces écussons habilement patinés, ces briques vernissées, d'un vert si délicat, qui alternent avec les assises de tuf ; admirer, enfin, les effets qu'un artiste, un vrai, sait tirer de la polychromie ; et, plus loin, devant le restaurant roumain, comprendre comment le même artiste peut bien, tout en s'inspirant d'un style du passé, l'approprier aux besoins et aux tendances d'à présent, en continuer en quelque sorte l'évolution logique ; ils peuvent encore y découvrir les matériaux neufs qu'ont créés à leur intention depuis dix ans, — eh ! depuis 1889 et M. Formigé lui-même, parbleu ! — nos bons céramistes, et qu'eux persistent à ignorer ou à traiter en ennemis personnels. Puisse cette promenade leur profiter pour l'avenir !

D'autres architectes ont, ou reproduit des types consacrés d'habitations, ou résumé en des synthèses savantes, sans se conformer strictement à un modèle existant, l'architecture du pays qu'ils avaient à représenter à son époque d'efflorescence la plus caractéristique : ainsi le Danemark, l'Allemagne, l'Angleterre.

C'est une très vieille maison du pays d'Hamlet que le comité danois a copiée ; et à l'abri des vieux ormes sous lesquels elle semble blottie, elle a une bonne physionomie familiale et vénérable à la fois.

Elle a des murailles crépies de chaux, où zigzaguent des colombages fortement teintés, de solides poutres de chêne brun sculptées qui ont l'air de soutenir réellement depuis trois cents ans l'assaut des éléments déchaînés. Elle a des fenêtres basses, encadrées de chambranles de bois teints en vert olive, étroites, mais si rapprochées qu'elles forment sur la longueur des façades

comme des baies continues ; elle a encore, au premier étage, une
terrasse couverte qui est un lieu de repos fort agréable pour
contempler, en bas, la dérive lente des promeneurs ; elle a,
enfin, de hauts combles d'un profil très cavalier, recouverts
de tuiles rose vif, et, à l'un de ses angles, un pignon en forme
de bulbe imbriqué
de squames de bois.
Et l'on sent si bien
que cela ferait une
exquise résidence de
campagne, qu'à
peine était-elle ache-
vée, un homme ri-
chissime l'acquit,
dit-on, pour la trans-
porter, l'Exposition
finie, sur quelqu'une
de ses terres.

L'ENTRÉE DU PAVILLON DANOIS

L'intérieur est
non moins avenant
que le dehors, et j'ai
gardé de la visite
que j'y fis, le jour de
l'inauguration, une
impression de con-
fortable et tiède intimité, de souriante bonhomie qui ne s'est
point effacée depuis que les foules y défilent, encombrantes et
tapageuses.

C'était très fermé, entre une poignée d'invités.

On allait et venait, sans gêne aucune, librement, de la cave
au grenier pour ainsi dire. Des groupes sympathiques se for-
maient et se dispersaient dans le petit salon d'entrée, dans la
grande salle commune que surplombe, au premier étage, tout
autour, une galerie à balustrades vertes et brunes, sous un plafond à poutrelles enfumées, dans le petit boudoir, enfin, qui
occupe, à droite, l'angle de la rue des Nations et qui est une
pièce exquise, malgré son ameublement de style Empire accom-

12

modé à la modernité, anachronisme piquant, d'ailleurs. On
causait, on s'extasiait sur chaque détail, sur les porcelaines de
Copenhague au sobre décor bleu qui plaquent aux murs leurs
taches miroitantes, sur le mobilier d'acajou incrusté de bois
teints et d'essences rares, sur la sobriété, sur l'accord parfait
de tout cela. Tour à tour on escaladait un moment, auprès des
fenêtres garnies de tout petits vitraux maillés de plomb, très
élevées d'appui afin de protéger contre la curiosité des passants le mystère du *home*, des estrades dressées à hauteur de
plinthe pour permettre, au contraire, la vue sur la rue. Et les
femmes, juchées là-dessus comme sur un autel, aimaient à
occuper un moment les petits tabourets de chêne ou d'acajou,
sous les rideaux de mousseline à fleurs ; à feindre de travailler
ou de lire, leurs profils cernés, par le grand jour du dehors,
d'une auréole de lumière ; et au delà d'elles on revoyait d'autres
silhouettes moins affinées, sans doute, que celles de ces Pari-
siennes, mais plus expressives, en bonnets blancs, en coiffes aux
larges ailes, penchées sur un tricot ou sur un livre d'heures, tandis qu'au fond, au bord du quai où sabotent des géants en su-
roîts, en vareuses de toile cirée, tout pareils à ceux qui traversent
les aquarelles, d'après des types de là-bas, accrochées çà et là,
les fines aiguilles des mâtures trouent le ciel brouillardeux. Et
tout cela éveillait des images de vie aisée et somnolente, de
joies sans éclats autour d'un foyer paisible, de crépuscules
recueillis, de veillées laborieuses sous la lampe.

Au pavillon allemand quelques Allemands reprochent d'être
une maison qui n'a jamais existé. Ils eussent préféré voir reproduire chez nous quelqu'une de ces vieilles demeures des bords
du Rhin qu'on entrevoit à l'Opéra, encapuchonnées d'ardoises,
à la bonne femme, dans les fonds de décors de *Faust* ou des
*Maîtres chanteurs*, de ces maisons devant lesquelles des « chœurs
des Soldats » montent aux lèvres et de très vieilles légendes à la
mémoire. Et ce castel dont la flèche aiguë, nervée d'or, défie la

nue, domine de la pointe la file entière des bâtiments de la rue des Nations, ne les enthousiasme pas.

Il se peut bien qu'on ait, comme ils le disent, péché un peu par ostentation. Mais que notre amour-propre veuille bien se persuader que c'était pour nous faire honneur. En tout cas, on ne saurait contester à ce pavillon un charme réel.

Son architecte s'est inspiré du style de la Renaissance allemande et nous donne, grandie presque aux dimensions d'un palais ou d'une résidence seigneuriale et flanquée d'un beffroi altier, la maison d'un bourgeois cossu, trop cossu, si vous le voulez, pignons à redans, toits de tuiles, tourelles casquées de cuivre oxydé, girouettes rehaussées d'or, larges baies accolées, balcons massifs et murs blancs enluminés de tout un bariolage assez véhément parfois, mais demeurant toujours, cependant, dans les limites au delà desquelles les yeux sensibles en eussent été blessés. Ces peintures sont, ou bien des compositions adroitement soudées les unes aux autres qu'animent les images des héros de la mythologie ou des légendes germaniques, — gnomes en tablier de cuir emplissant du bruit infernal des marteaux des cavernes rougeoyantes de l'éclat des forges ; le nain Mime, d'industrieux petits génies pétrissant dans les entrailles de la terre le métal malléable, entassant dans le ventre résistant des coffres les bijoux précieux, les scintillants joyaux ; puis de pâles et blondes sirènes du vieux Rhin, dont les chevelures soyeuses sont des algues humides, et le triomphal Siegfried en son esquif ; — ou bien encore des frises décoratives, d'une invention très souple, d'une facture très large et très moderne, dont les motifs sont empruntés à la nature : essors d'aigles dans les chênes ; vols lourds de faisans versicolores parmi de larges feuillages de citrouilles étoilés de fleurs d'ocre ; airelles aux baies de rubis. Tout cela, d'une naïveté très calculée, d'une violence de ton expertement dosée, d'une placidité assez roublarde, au demeurant. Et c'est excellemment la « Maison allemande », — *das deutsche Haus*, ainsi que s'exprime le catalogue officiel.

Aucun autre pavillon ne donne à l'égal de celui-ci l'impression d'une construction sérieuse, bâtie d'honnêtes et durables matériaux.

Vous entrez : le vestibule, d'une royale ampleur, est dallé de
marbres rouges et blancs, éclairé par de resplendissantes verrières, à la gloire du « Michel allemand » cher à l'Empereur, ou
de Lohengrin, mystique, le regard dans les étoiles, impassible
et confiant, cuirassé d'argent pur, appuyé sur le glaive infran-
gible ; le double escalier qui, de chaque côté de ce vestibule,
monte droit au premier étage, est de loyale pierre, avec une
rampe trapue où se relèvent en bosse des panneaux de cuivre
repoussé. Ce ne sont plus, en vérité, les châteaux de cartes
voisins, prédestinés à s'écrouler sous les attaques du prochain
hiver.

Mais aussi, comment eût-on ménagé un écrin misérable aux
immortels chefs-d'œuvre qui vont vivre à l'abri de ces murs six
mois de leur vie glorieuse ?

Car on connaît la destination principale de ce pavillon, qui
tant surexcitait, à peine était-il à l'état d'ébauche, la curiosité
des Parisiens ! Tandis qu'il abrite secondairement, du moins en
a-t-on l'impression, une triple exposition de l'imprimerie, de
l'éducation, de l'économie sociale, comme une condensation
des efforts de la nation allemande vers le beau et vers le bien, il
donne asile à la « Collection Frédéric-le-Grand » ; il est un
temple élevé à l'art français sous l'invocation de l'ami de Voltaire, de Maupertuis, de d'Alembert et de d'Argens.

Le médaillon du grand roi de Prusse rayonne, auréolé d'or,
à la frise supérieure du vestibule d'honneur, au-dessus, précisément de la porte principale qui donne accès à la collection, et
dès le seuil, en levant les yeux, c'est son profil qu'on aperçoit.
Au milieu des chefs-d'œuvre qu'il affectionna, toiles de Lancret, de Watteau, de Pater, de Chardin, meubles d'Adam et de
Houdon, bronzes de Girardon, il revit encore en un portrait
d'apparat où Pesne l'a représenté, dans la force de l'âge, en
armure et royal manteau d'hermine. Il trône, enfin, en face du
buste souriant de Voltaire, du buste frêle de Richelieu, sur la
cheminée du salon d'Argent, en une statuette de bronze vert, de
Gottfried Schadow, qui le représente debout, entre ses lévriers
favoris, botté, appuyé sur sa canne, le poing gauche à la
hanche, et tel qu'il devait aller, causant familièrement avec

« ses » philosophes, par les allées de Postdam. Et il est chez lui, parmi nous, parmi tous ces chefs-d'œuvre de nos artistes, rassemblés par ses soins, comme aucun autre Hohenzollern ne pouvait l'être. L'idée fut d'un tact parfait et d'une suprême galanterie, qui consista à le choisir comme génie de ce lieu.

On a eu pour nous d'autres attentions :

« Par ordre d'un souverain descendant de Frédéric II, quel-
» ques-unes de ces œuvres d'art dont le grand roi aimait à s'en-
» tourer dans ses appartements, au milieu desquelles il se plai-
» sait à passer de longues heures de solitude, et grâce auxquelles
» sa pensée pouvait s'envoler dans les régions supérieures de la
» poésie et des rêves, sont revenues passer quelques mois dans
» leur pays d'origine. Il faut voir là un hommage à la mémoire
» de ce prince véritablement supérieur, qui, non seulement
» fut un grand capitaine et un habile politique, un profond phi-
» losophe et un musicien de talent, mais eut encore le mérite de
» sentir dans quel pays la littérature et l'art de son temps avaient
» atteint leur expression la plus parfaite et leur développement
» le plus complet. Il faut voir également un hommage rendu à
» la gloire impérissable que la nation française acquit, au dix-
» huitième siècle, dans le domaine des arts; car, sur ce point,
» l'Allemagne, aujourd'hui comme au temps de Frédéric le
» Grand, sait reconnaître sans envie la supériorité de la
» France. »

Ainsi s'exprime la préface du catalogue spécial de cette collection, écrite, a-t-on chuchoté, sur les indications de l'Empereur, — qui sait? revue et corrigée par lui?

Et ces chefs-d'œuvre du génie français, on a poussé le scrupule jusqu'à nous les représenter dans le milieu même qui est le leur.

Quatre salons ont été aménagés, des tentures aux tapis, inspirés des appartements des châteaux royaux de Prusse, Postdam, le Nouveau-Palais, Sans-Souci, parfois copiés textuellement sur eux, meublés des meubles mêmes apportés de là-bas, fauteuils aux galbes un peu trop chantournés, peut-être, cabinets d'écaille et d'argent qui plaisaient surtout à Frédéric II, pupitre à musique devant lequel le musicien passionné qu'il était dut s'asseoir

bien des fois, aux heures de trève que lui laissait le souci de
régner.

Donc, une fois franchi le solennel vestibule, une fois gravi
l'escalier, au premier étage le décor subitement change : plus de
vitraux blutant des rais multicolores ; plus de murailles enlumi-
nées comme des missels. Nous avons quitté la sombre Allemagne
pensive. Voici la France sémillante, spirituelle, la France en
perruques, en falbalas et en paillettes du dernier siècle, frivole,
mais si artiste ! la France des *Embarquements pour Cythère,*
de *Candide;* celle, un peu, de Versailles et des Trianons.

Non pas elle exclusivement, pleinement. Si les toiles ap-
pendues là sont bien des nôtres, les meubles, pour la plupart,
sont sortis des mains d'artisans allemands, élèves, sans doute,
de maîtres français, mais qui se sont approprié leur style, l'ont
adapté au goût du souverain et de la cour pour lesquels ils
travaillaient. Mais ceux-là mêmes tiennent encore à nous par
un fil. Ce salon d'honneur, aux tentures jonquille, où partout
de l'argent accroche son miroitement pâle, au bois des fauteuils
et des chaises, aux cadres légers des glaces, au plafond que
dentelle, argentée, supportant un lustre de Saxe, la guipure fragile d'une toile d'araignée, ce salon garde encore, à peine adul-
térée, l'élégance de notre style Louis XV.

Et quel charme, et quelle joie de revoir dans ce milieu, chez
nous, les nues lentes de notre ciel moirant parfois d'un voile la
vitre qui les recouvre, tant d'œuvres charmantes, les piquantes
fantaisies de Pater sur le *Roman comique,* et les danseuses
mignardes de Lancret, et les fluettes amoureuses de Watteau,
errant en d'insidieux paysages ! On parle, devant elles, avec
recueillement ; on s'émerveille, comme en présence d'une maî-
tresse retrouvée, de les revoir si belles, si fraîches encore et si
désirables. La bannière allemande, là-haut, au faîte du campa-
nile, abrite tout cela, mêlant son tricolore au nôtre. Comme
le temps passe !...

Le pavillon britannique, comme l'hospitalité qu'on y reçoit,
revêt un caractère de haute distinction, et trahit cette haine de
l'ostentation, du faste agressif et redondant qui est, je crois bien,
l'une des marques distinctives du caractère anglais. Il a comme
un doigt, comme un nuage de raffinement de plus que le pavillon allemand. Il reproduit fidèlement, dans ses grandes lignes,
une demeure seigneuriale du temps de Henri VIII, Kingston-
House, à Bradford-sur-Avon, dans le comté de Wilshire, un bel
échantillon de l'architecture de la Renaissance anglaise, du
style « shakespearien ». Il a, sous une apparente simplicité, une
très hautaine allure, et de la race, si j'ose dire.

Aucune sculpture : des murs gris, — qui furent un temps
jaune d'ocre, et qui, plus gais ainsi, nous auraient mieux plu,
peut-être, à nous, mais que l'architecte ou le commissariat trou-
vèrent trop voyants ; des silhouettes assez mouvementées, pourtant, grâce aux trois *bow-windows* qui se détachent en saillie
sur toute la hauteur des façades principales, sur le quai et sur la
rue ; des toits bas, de petits pignons réguliers et que surmontent
de minces cheminées torses, en briques. On voit ce château
juché, comme sur un socle, à mi-flanc d'une colline verdoyante
empanachée de futaies touffues, toile de fond à souhait pour le
*Songe d'une Nuit d'été*. La couronne de verdures ombreuses lui
manque, hélas ! en cet exil aux bords de la Seine, mais l'eau
lente, du moins, reflète doucement sa paisible physionomie. Et
il est accueillant de toutes ses claires baies découpées en petits
vitraux sertis de plomb, de ses portes carrées, légèrement en retrait, point inviteuses, quoique toutes prêtes à rouler sur leurs
gonds au premier appel, de son large escalier qu'on entrevoit
du seuil. Il promet, dès l'abord, l'hospitalité sans arrière-pensée,
le confort sobre d'un *home* aristocratique.

L'architecte qui l'a construit, M. Edwin Lutyens, a simplifié
encore son modèle, dans cette interprétation de Kingston-
House, en a élagué sans pitié les détails qu'il jugeait superflus ou
seulement inutiles, afin d'arriver à la plus grande discrétion, en
se gardant avec soin, toutefois, de la sécheresse. Son œuvre, intérieurement comme extérieurement, est parfaitement réussie, et
en tout conforme à sa volonté formelle.

Je donne, en passant, ce détail que, afin d'éviter tout risque
aux chefs-d'œuvre qu'on allait, un moment, amener là, on a
construit le pavillon entier en métal : sur la voie ferrée des Moulineaux, recouverte, cependant, du plafond de ciment armé que
vous connaissez, on a disposé un double plancher de fer. Les
murailles sont de tôle ondulée, avec des revêtements de ciment;
la charpente entière, toute l'armature de l'édifice est métallique.

Le jour où l'on entr'ouvrit, pour la Presse seule, les portes
de ce pavillon, nous y fûmes reçus tout comme nous l'aurions
été, après présentation correcte, dans quelque château du
Royaume-Uni, à Kingston-House même. Sur le vu de l'invita-
tion dont on était porteur, on franchissait librement le seuil, où
veillaient deux gardiens sous l'uniforme des *policemen* londo-
niens. Et la présentation se faisait seulement en haut du grand
escalier, où un huissier à chaine annonçait les arrivants au colonel Herbert Jekyll, Commissaire général, et à Mrs. Jekyll.
Mais les paroles de bienvenue prononcées, les traditionnels
*shake hands* une fois échangés, on était l'hôte, on était chez soi,
libre de vaguer à sa guise dans le foyer le plus accueillant qui
soit, rejoint seulement de temps à autre par Mrs. Jekyll, ou par
le colonel, qui venaient se mettre à votre disposition pour quelque renseignement, s'enquérir, comme font des amphytrions
très prévenants, de vos impressions, ravis de votre joie, heureux
de voir leurs invités enthousiasmés. Et comme toutes les dames,
avant de pénétrer dans la grande galerie du bord de l'eau, rece-
vaient chacune des frêles petites mains des misses Jekyll, deux
ravissantes enfants blondes, une rose entr'ouverte, je me remé-
morais cet écoinçon de l'escalier du Préfet, à l'Hôtel de Ville,
où le maître Puvis de Chavannes a symbolisé l'Urbanité dans
ce joli geste, l'offre d'une fleur.

On errait de chef-d'œuvre en chef-d'œuvre.

Il y a là, dans tout ce pavillon, une soixantaine de toiles dont
on ne saurait guère dire laquelle est la moins admirable. Gainsborough, Romney, Bonnington, Reynolds, Hogarth, Law-
rence, Constable, Hoppner, Morland, Raeburn, Opie, Turner, Burne-Jones, tous ceux, à peu près, qui ont fait la gloire de

l'école anglaise de peinture aux xviiie et xixe siècles sont représentés par des œuvres d'une triomphale beauté.

Cette seule galerie du bord de l'eau, la *Long Gallery* du catalogue, éclairée par de spacieuses fenêtres et au milieu de laquelle jaillit, tout blanc, d'une touffe de palmiers, de rhododendrons, d'iris, de pâles hortensias, un très beau buste de la Reine, en sa vieillesse grave, auguste, le visage effleuré d'une ombre de tristesse, — œuvre distinguée de M. Onslow Ford, — cette galerie, aux lambris et aux huisseries de chêne mat, au plafond immaculé où s'épanouissaient les roses héraldiques d'Angleterre et d'où pendent trois lustres d'orfèvrerie d'argent d'une superbe simplicité, meublée de reposants fauteuils à oreillettes, de cabinets anciens de marqueterie, de coffres espagnols en palissandre et acajou moucheté avec des serrureries d'or, et de deux tables d'argent massif, toutes ciselées, prêts du South-Kensington-Museum, cette galerie, dis-je, arbore à ses murailles vêtues de velours de Venise rouge cerise sur orfroi, où luisent, de place en place, de petits miroirs margés d'argent et des appliques d'argent, une lumineuse marine de Bonnington, une *Vue de Boulogne*, entre deux Gainsboroughs à l'une de ses extrémités, et, à l'autre, un Hogarth radieux entre un Hoppner et un autre Gainsborough. Et sur le panneau parallèle à la façade, de chaque côté d'une haute cheminée de marbre blanc, jaune antique et noir antique, ce sont un Romney, un Reynolds, deux Constables incomparables, deux Morlands, des Gainsboroughs encore.

Une salle entière, au rez-de-chaussée, est consacrée à la gloire de Burne-Jones. Le colonel Jekyll, Commissaire général, qui s'honore d'avoir été l'ami de l'artiste, a désiré qu'il eût ici son sanctuaire, où ses fervents pourraient l'adorer sans partage, et il a groupé, autour d'une précieuse esquisse du *Laus Veneris*, qui appartient à Mrs. Jekyll, cinq toiles, dont l'œuvre même sortie de cette esquisse, puis un *Saint Georges*, *Cupidon et Psyché*, œuvre frémissante de suave passion, une *Sybille* et *l'Ange des Martyrs*, aux ailes sanglantes, au visage meurtri par la douleur, autant de mystiques « stations » d'un idéal « chemin d'Art », devant lesquelles nous pouvons longuement méditer, l'âme élevée vers ce beau peintre et vers ce grand poète que fut sir Edward Burne

Jones, de même que, dans le salon voisin, la *drawing room*,
nous pourrions communier en Turner, n'étaient, dans l'embra-
sure d'une fenêtre, deux divins portraits d'enfants, la *Princesse
Mary* et la *Princesse Sophia*, signés Hoppner et distraits, pour
quelques mois, de la collection particulière de S. M. la reine
Victoria.

C'est là l'exposition rétrospective des beaux-arts anglais.
Mais l'Angleterre se montre à nous, et fièrement, dans un autre
domaine, où elle a précédé, depuis vingt ans, les peuples, et où
elle conserve encore une suprématie presque incontestée : l'art
décoratif.

Dans cette demeure princière, qui pourrait être habitée demain, où tout donne l'apparence de la vie quotidienne, avec ses
habitudes, ses manies, depuis les coussins froissés des fauteuils,
devant la cheminée de la grande galerie, depuis les chaises rangées aux murs dans la salle à manger, jusqu'aux fleurs qui ago-
nisent dans des cornets de cristal doré ou dans de petits grès, et
qui emplissent l'atmosphère d'un parfum de roses et de muguets,
la Commission nous présente comme un résumé, une synthèse
des efforts victorieux qu'ont tentés, à la poursuite du style décoratif nouveau, nos voisins d'outre-mer, et dont William Morris
et Walter Crane furent les initiateurs les plus autorisés.

Le grand mérite, à mon sens, de cette partie de l'Exposition
anglaise, est de nous présenter tant d'objets élégants ou pratiques
destinés à embellir le *home* ou à le rendre confortable, non point
en des vitrines, mais tels qu'ils s'offriraient à nous, réellement,
dans le logis qu'ils meubleraient.

Des industriels fameux dans leur partie, des villes produc-
trices de telle ou telle matière spéciale, comme la cité de Bath
qui a agencé, elle seule, toute une bibliothèque, ont sollicité de
prêter leur concours pour l'aménagement de ce château au bord
de l'eau, comme ils l'eussent prêté à quelque noble lord renou-
velant son installation.

Des tapisseries de Morris, d'après Burne-Jones, très belles,
et capables de rivaliser comme exécution, comme composition,
comme tenue, avec les produits des manufactures anciennes les
plus renommées, et qui sont des tapisseries, enfin, non des

copies en laine de tableaux à l'huile — masquent, dans le hall
d'entrée, la nudité des murs ; des lustres de cuivre et de laiton,
aux courbes simples et neuves, pendent des plafonds tout blancs,
et enfin on a disposé, au premier étage, trois chambres à coucher
et jusqu'à une salle de bains pourvue des derniers raffinements.
Vienne le Maître, il pourrait dormir ici le soir même de son arrivée : les tapis sont en place, jetés sur d'épaisses nattes de jonc
vert ; les rideaux sont aux fenêtres, les tables de toilette garnies
de leur nécessaire d'étain martelé, les lits même sont faits, et
l'on jurerait que derrière la porte de ces armoires aux architectures rigides, des piles de linge sont étagées.

C'est le *home*, le *home* anglais d'aujourd'hui, confortable —
je répète le mot parce qu'il est le seul qui convienne — et disposé pour rendre la vie agréable et commode ; rempli de souvenirs d'un fier passé et doté de tous les perfectionnements que
sut réaliser l'ingéniosité des hommes nos contemporains.

De tous ces pavillons, d'aspects extérieurs si variés, si différents de structure, qui s'échelonnent du pont des Invalides à
l'Alma, et qu'il serait fastidieux de décrire à la queue leu-leu, les
uns sont originaux, d'autres vénérables ; ceux-ci ont la beauté ou
la grâce, ceux-là cette distinction que lèguent une longue suite
d'ancêtres. Il en est un qui est à lui seul l'antithèse de tous les
autres, qui résume en lui toutes les laideurs, toutes les inélé-
gances, toutes les vulgarités : c'est le pavillon des États-Unis.

Que si le malheur d'autrui pouvait atténuer jamais notre in-
fortune propre, c'est devant lui qu'il faudrait venir nous consoler
de la misère à laquelle est tombée notre architecture. Il est vrai
qu'au bâtisseur yankee un architecte français est venu apporter
l'aide précieux de son beau talent, et que peut-être, même, le
Yankee avait sucé du lait de l'*Alma mater* du quai Malaquais.
L'adversité nous accable inexorablement.

Emerson qualifie d'égoïste l'architecture sans art, édifiée
pour satisfaire le caprice d'un seul, sans souci de beauté. Ici,
l'égoïsme confine au cannibalisme aigu.

A un moment donné, comme la chétive Turquie commençait à charpenter son kiosque, qui avoisine, à l'amont, le pavillon des États-Unis, les Commissaires américains s'aperçurent que son minaret allait dépasser le faîte de leur pâtisserie. Ce furent une colère, des cris, des trépignements d'enfant mal élevé tels, que l'ambassadeur ottoman, comme font les aînés plus raisonnables, dut promettre en souriant d'abaisser — c'est le cas de le dire — son pavillon. Sans quoi, nous avions peut-être la guerre. Oui, Madame!...

Alors que tous les autres peuples, nos hôtes, ont eu la préoccupation d'orner la fête à laquelle nous les conviions, de nous faire honneur des productions les plus marquantes de leur génie, les Américains du Nord, eux, se sont uniquement inquiétés de créer un club un peu perfectionné.

« A l'intérieur de ce monument, déclarait dans un banquet
» le Commissaire général adjoint, l'Américain sera chez lui,
» avec ses amis, ses journaux, ses guides, ses facilités sténogra-
» phiques, ses machines à écrire, son bureau de poste, son bu-
» reau de change, son bureau de renseignements et *même son*
» *eau frappée*. Il pourra suivre le cours de la Bourse de quatre
» heures à six heures de l'après-midi et se renseigner sur les
» cours de New-York et de Chicago pendant les heures mati-
» nales aux États-Unis. »

Et de fait, tout est aménagé en vue non plus de ce confort anglais, savamment et artistement préparé, mais d'une grossière commodité, de la satisfaction facile d'instincts bassement utilitaires.

Le jour où l'on ouvrit ce pavillon au public, tandis qu'aux accents enragés de la musique la *Souza*, une cohue sans nom se ruait à travers le hall, — une partie radieuse à la pensée de se sentir si complètement chez elle, l'autre partie déçue, car elle s'attendait à voir sinon des œuvres d'art, du moins des kilomètres de saucisses et des pyramides d'or massif, comme on le lui avait promis un temps au nom de l'État de Colorado, — des gens prenaient d'assaut les guichets postaux et les guichets de change, donnaient des ordres pour des bagages à enlever ou quelque commission à faire par la ville, sous l'œil inattentif des oldats gardiens, en uniformes noirs, en casques coloniaux à pointe d'argent, mercenaires sans autorité.

Cette bâtisse, que la langue officielle dénomme « pavillon national » tient de l'hôtellerie, du bar et du cercle. C'est, en somme, le lieu de rendez-vous où des Vanamakers très millionnaires se rencontreront, pour causer d'affaires, avec des Rockfelers non moins millionnaires : « Cinq heures, pavillon, salle New-York. » Car chacun des principaux États de l'Union a construit et aménagé sa petite salle, où les « originaires » se peuvent réunir.

Il y en a de très modestes, meublées d'une table, de vastes fauteuils de cuir où l'on somnole à l'aise en attendant l'ami, de chaises de chêne ou d'acajou qui ne redoutent pas le toucher des bottes boueuses au bout des jambes étendues, et d'autres plus prétentieuses, étalant des luxes criards de parvenus, tendues de linoléums ou de *lincrustas* qui jouent de leur mieux, mais de très loin encore, les royales tapisseries des Flandres du pavillon espagnol. Mais toutes, invariablement, ont sur leur cheminée une pendule, parce que, comme vous savez, *time is money*.

Ce qu'il va se perpétrer sous ces plafonds de profitables marchés !

Il se peut que tout cela dénote, suivant l'avis de certains, un grand peuple, et qui surtout « sait voyager », comme dit l'autre. C'est une supériorité à laquelle je suis, pour ma part, fermé absolument et sans retour.

Extérieurement, le pavillon n'est qu'une maison de rapport bien banale, bien lourdaude, — pas même de l'architecture pour les Champs-Élysées, — sur laquelle on a juché des frontons triangulaires, — trois ou quatre frontons et un dôme très élevé, insolent, badigeonné de pistache et d'or. En avant, sous l'arcade à colonnes, comme bien on pense, qui enjambe la promenade du quai, une statue de George Washington, à cheval et saluant de l'épée quelque absent, qui n'est ni meilleure, ni pire que les statues éparses aux façades de nos divers palais à nous, puisqu'elle est de la même école. Au sommet, sur une terrasse, en avant du dôme, le quadrige obligatoire, en or, naturellement,

qui doit compléter l'illusion classique. Ah! les bélitres! ce qu'ils
ont compris l'art antique! Et cet ensemble est hideux, riche,
injurieux, voué d'avance à l'exécration de quiconque a le moindre
goût, la moindre culture, et porte en son cerveau quelque grain
d'idéal.

Certes, nous n'attendions pas de ce peuple sans ancêtres,
sans passé, qu'il offrît à notre admiration des collections de vieil-
leries jolies et vénérables. Nous espérions, du moins, que ces
habiles constructeurs de charpentes en fer, que ces ingénieurs si
hardis, nullement gênés par des souvenirs, des traditions, des habitudes d'esprit, allaient prendre place à la tête du mouvement qui
emporte la vieille Europe à la recherche d'une architecture nouvelle, appropriée à ses besoins récents; qu'ils allaient nous doter
d'une construction de peu de beauté, sans doute, mais audacieuse, mais un peu folle. Que non pas! Ils se montrent les plus
serviles idolâtres des styles défunts, les suiveurs les plus routiniers, et même les plus incompréhensifs. Et le seul sentiment
positif qu'atteste aux yeux des promeneurs leur palais c'est une
morgue débordante, cette morgue qu'on nous reprocha jadis si
fort, qui aurait indisposé contre nous l'univers, et qu'ils ont dû,
selon toute apparence, recueillir à leur foyer, comme firent les
Perses de Thémistocle, quand le malheur, hélas! l'eut bannie de
chez nous.

Or, voici, au contraire, à l'autre bout de la rue des Nations,
comme à l'autre pôle du goût, un monument qui résume en lui
excellemment toutes les qualités éparses dans les divers pavillons, dans les plus aimables : j'entends la grâce, la sobriété, la
beauté.

Le peuple qui le fit édifier — par un architecte français aussi,
pour notre joie, par M. Lucien Magne, — ce peuple a derrière
lui de longs siècles de splendeur, et d'une splendeur telle que
nulle autre ne lui saurait être égalée.

Sans doute ses destins sont accomplis. Mais la gloire des aïeux
rayonna sur le monde d'un tel éclat, qu'un reflet encore en

illumine le front des arrière-petits-enfants, à travers le passé profond, à travers les ténèbres de la barbarie impuissantes à étouffer la fulgurante lueur.

Chez lui, tous les arts atteignirent à la perfection quasi sur-humaine, et les cimes idéales qu'avaient foulées ses aèdes, ses architectes, ses sculpteurs, il devait être donné à peu d'élus, dans la suite des temps, d'y poser le pied. Ce qui survit des temples qu'il édifia jadis demeure sublime même après les outrages de l'âge, et tant de noble simplicité revêt les images sorties de ses mains que leur charme radieux persiste jusque dans l'exil sous d'affreux climats, loin du ciel limpide, loin des parvis qu'elles embellissaient de leur divin sourire.

Entre tous les vestiges grandioses encore debout sur ses col-lines bénies, entre le Parthénon et Olympie, entre Phygalie et le Théséion, il pouvait prendre à son gré le temple aux propor-tions irréprochables qu'il allait faire revivre parmi nous pour y installer les produits de son sol ou de son industrie. Avec un tact suprême, avec le sûr instinct d'une race issue d'artistes supérieurs, il sut éviter cette profanation : il lui eût semblé criminel d'utiliser à de si vils usages les asiles inviolables des dieux qui lui inspirèrent ces immortelles merveilles devant les-quelles se sont prosternées, émues d'enthousiasme, les généra-tions. Et son choix s'arrêta sur un monument plus moderne, et que n'a point sacré encore l'universelle admiration, sur une petite église de petite ville, une des églises byzantines de Mistra, que M. Lucien Magne analysa lui-même dans la pré-face écrite pour le catalogue de l'exposition où il nous montra les aquarelles et photographies qu'il rapportait d'une mission en Grèce, « églises grecques des onzième et douzième siècles, dit-il, dont la coupole centrale est portée sur un tambour poly-gonal se raccordant avec les piliers d'angles par des trompes qui reportent les charges sur huit points d'appui intermédiaires ». Mais l'architecte n'a emprunté à ces édifices que leur principe, et l'a intelligemment approprié à la destination nouvelle, aux conditions d'édification et de vie du monument qu'il avait à construire. Son œuvre est grecque d'origine, il est vrai ; elle l'est encore par l'harmonie de sa couleur, par la grâce de ses lignes ; mais elle est moderne, pourtant, par l'usage judicieux qu'il y a fait des matériaux nouveaux de construction, le fer et les céramiques.

Au milieu de tant de palais menteurs, de tant d'architectures maquillées et truquées, fausses pierres, faux marbres, imitations d'imitations, cette interprétation d'une humble église byzantine en des procédés récemment mis à la disposition des constructeurs, cette transposition d'un style classique en un mode nouveau apparaît comme un chef-d'œuvre de sincérité et de raison. Grâces soient rendues à M. Lucien Magne qui, parmi cet amoncellement d'artifices, nous montre un joli pan de vérité simple et nue.

Le mérite rare de ce pavillon c'est sa logique admirable, sa clarté ; c'est que la décoration en découle directement des procédés de construction, et par là encore il est bien grec, et les devanciers de génie n'ont point à rougir de leur continuateur.

L'ossature de l'édifice est en fer. Elle se compose essentiellement de douze arcs d'acier : quatre grands sur lesquels repose la coupole, par l'intermédiaire de quatre trompes de métal ajouré et de huit fortes nervures, pareillement métalliques, appuyées au départ sur des consoles faites d'une acanthe recroquevillée ; huit autres arcs plus petits dessinant le squelette des nefs, et disposés perpendiculairement aux premiers, en croix grecque, autour de cette coupole et de sa base quadrilatère.

Les murailles, de grosses poteries creuses toutes pareilles à celles qu'utilisa jadis M. Formigé dans ses deux palais du Champ de Mars, ne sont que des clôtures. La partie essentielle de cette élégante construction, la matière nécessaire à son existence, ce sont les douze arcs de fer.

Cette armature, M. Lucien Magne l'a établie avec un art consommé.

Les piliers bruts, ouvrages grossiers des cyclopes d'à présent, le barbare et nécessaire appareil de la charpente en fer, il l'a vêtu d'une gaine de métal ajouré et martelé, peinte d'un vert pâle ; il l'a enveloppé d'une parure de feuilles lancéolées d'olivier et de capsules de pavots lourdes à leurs tiges ployées ; il

LE PAVILLON DE LA GRÈCE

l'a ceint, au chapiteau, d'une couronne des mêmes feuillages
effilés d'olivier, glacée d'un or éteint.

Toute l'ornementation, je l'ai dit, découle, comme il est
rationnel, des éléments constructifs eux-mêmes; ainsi ces cages
de tôle légère, ainsi tous ces fers soigneusement laissés visibles,
du même vert doux, ces consoles saillantes, dans les nefs, sur la
face apparente d'une poutre, où s'appuient avec une crânerie
étonnante les arbalétriers de sapin blond ; ainsi les voliges du
toit, alternativement dorées et vernies, pesant sur la charpente
à peine plus qu'un velum.

S'il vous advient de visiter ce petit temple byzantin par un
radieux soleil, vous serez invinciblement séduits, dès l'abord,
par l'harmonie lumineuse de ces toits de tuiles roses, de ces murs
de briques roses coupées d'assises des briques émaillées bleu
turquoise, rehaussées aux frontons, à la frise, de plaques vernissées qui miroitent faiblement; par ces loggias accueillantes,
aux grêles colonnettes de marbre blanc, et, à l'intérieur, par
l'accord de ces mêmes céramiques rosées et de ces piliers vert
d'eau, si aériens; par vingt détails charmants, comme ce ban-
deau de chardons et de chevrons qui court au linteau des portes.

Hélas ! cet exquis monument loge, pour le quart d'heure, des
denrées bien triviales et de bien horribles vitrines. Mais il doit,
l'Exposition close, être transporté à Athènes, au Zapeion, où il
abritera des collections d'art. Que si la vierge Athènè y reçoit
quelque jour l'hospitalité, elle y conservera son clair sourire,
satisfaite de la demeure nouvelle que lui auront attribuée les
hommes; et la lumière d'Hellas caressera mollement, amoureusement, le gracieux temple bleu, rose et vert.

Et enfin, avant que nous quittions cette rue des Nations, si
encombrée, acceptez-moi pour guide encore au pavillon du
grand-duché de Finlande, qui cache, en arrière de la file triomphante des palais des puissances de premier et de second rang,
sous les ormes accueillants à sa joliesse agreste, son clocher
octogone et sa toiture aiguë.

« L'aigle à deux têtes, l'aigle à la griffe rapace », toute
pareille à celle dont parle le poète, l'aigle russe a beau timbrer
de son éploiement dominateur l'humble tour qui le surmonte,
ce pavillon n'est pas russe. Il s'en défend.

Au Trocadéro, le palais de Sibérie, élevé par le colossal
empire ; au Champ de Mars le pavillon de l'Alcool ; le pavillon
des Armées, plus haut, au quai d'Orsay ; aux Invalides, enfin,
cette grossière maison de bois qui donne asile à l'exposition des
Œuvres de l'Impératrice Marie, se traînent, avec leurs dômes
bulbeux, leurs ogives orientales, leurs crénelures, dans les
redites du style moscovite qui somnole, évoquent le passé, les
antiques barbaries survivantes, les sombres salles du Kremlin
propices aux tragédies, avec leurs plafonds d'or éclaboussés de
sang, bas et pesants autant qu'un couvercle de tombe, leurs
fenêtres étroites comme des soupiraux, aveuglées d'épaisses
verrières au travers desquelles aucun œil indiscret ne se hasar-
derait à plonger du dehors, leurs murs épais et lourds, épandant
autour d'eux une ombre d'effroi.

Ici, c'est la clarté, la vie.

La Finlande râle, enchaînée, le talon de l'Autocrate sur la
gorge. Si elle ne devait pas survivre à ses chères libertés ravies ;
si cette Exposition de France était la dernière occasion qu'elle
eût de jouir de son autonomie, elle serait du moins tombée en
beauté !

Mais non. Trop de sang généreux doit circuler dans les
veines du peuple qui a enfanté ce charmant pavillon, le plus
original, à coup sûr, de tous ceux qui s'alignent du pont des
Invalides au pont de l'Alma ; trop de sève vivifiante. Une nation,
si petite soit-elle, qui possède un art à ce point vigoureux et
sain ne saurait périr. La Finlande vivra, humiliant de l'éclat de
son génie limpide le brutal et grossier oppresseur. Le succès de
son pavillon auprès d'une élite, les ferventes visites que lui font
les artistes de toutes les patries, en opposition avec l'indifférence
où ils demeurent devant les cadavériques reproductions de remparts sacrés et d' « Escaliers rouges », et devant les fastueuses et
gauches cartes géographiques de pierres plus ou moins précieuses, cela, déjà, est une éclatante revanche.

Dans une des fresques savoureuses dont se décore, à l'intérieur, la petite coupole que surmonte le clocher, fresques qui reproduisent des épisodes des grandes rapsodies finlandaises, l'artiste a représenté l'immortel héros Ilmarinen qui laboure, en chantant des exorcismes, le Champ aux Vipères du pays des Ténèbres. Par l'immensité de la plaine, les poings noués aux mancherons de la charrue, le front serein, les yeux au loin sur la lisière où la lande s'arrête au bord de la mer grise, l'épique laboureur va, d'un mouvement régulier, indifférent aux sifflements des vipères. Son pied, chaussé d'épaisses sandales de cuir, en écrase une dans la glèbe grasse, et le sabot du vaillant cheval en broie une autre, et des tronçons épars frétillent, coupés par le soc luisant, demain fumier pour la terre fécondée. D'autres encore, brunes et bleues, dressées sur leurs queues et dardant des langues menaçantes, le guettent au prochain sillon, et parmi elles, à leur tête, une, toute seule blanche, le front ceint du diadème bilobé des tsars. Qu'importe au travailleur sublime? Son cœur est fort, le coutre tranchant. Le soir il se reposera, dans sa cape de toile, au bout du champ, bercé par le murmure des flots pensifs; à l'aube il se remettra en marche, de son même pas rythmique, creusant un autre sillon, toujours calme, confiant dans la vertu du labeur sacré, jusqu'à ce que la plaine entière soit zébrée de sillons parallèles, engraissée des corps enfin immobiles des serpents.

Ce vertueux laboureur m'apparaît comme l'incarnation même de la Finlande courageuse, et cette fresque comme le symbole de ses espérances, de sa foi en des lendemains. Qu'elle imite l'impassibilité sublime d'Ilmarinen; qu'elle suive jusqu'au bout, jusqu'au point où il surplombe l'inconstant océan, le sillon vaillamment commencé, sans plus se soucier des vipères sifflantes, qu'elles soient bleues, brunes ou blanches. L'Esprit est avec elle : le sagace hibou, compagnon de Pallas, veille en effigie, étreignant de ses serres une flèche, au fond de la petite chapelle qu'elle a construite chez nous; et rien ici-bas n'est éternel, hommes ni États.

C'est un écho bien atténué des admirations et des enthousiasmes qu'a soulevés son pavillon que je lui envoie d'ici.

Ce pavillon est cependant bien simple, mais si parfait en sa simplicité, des moindres détails à l'ensemble !

Quelques aquarelles, des photographies découvertes dans une des travées de l'exposition m'ont révélé les origines de ce joli monument, qu'ont édifié de robustes gars blonds, aux regards droits et ingénus, charpentiers habiles, merveilleux ciseleurs de bois et de pierre, sous la direction de deux architectes au talent primesautier, MM. Gesellius Lindgren et Saarinen, tous deux d'Helsingfors.

Ces documents reproduisaient l'intérieur de l'église de Rimito, une petite nef tout historiée de fresques brillantes, mais basse, écrasée contre le sol, dans l'attente de la rafale, tout comme celle de ce pavillon lui-même, inspiré de quelque rustique église pareille : le ciel, là-bas, ne serait pas clément aux audaces des ogives gothiques. Pourtant cet humble sanctuaire a un certain air de famille avec nos cathédrales, parent pauvre des sublimes vaisseaux de Chartres, d'Amiens, de Reims et de Notre-Dame de Paris. Extérieurement, ses frontons triangulaires, tout unis, n'ont pas encore l'élégance ni la richesse des gables fleuronnés des moindres églises de chez nous, et ces petits épis dont se hérisse le toit, aux bas-côtés, ne sont guère que les embryons des clochetons des contreforts gothiques, sculptés de crossettes sur leurs arêtes, et ses porches sont ronds et trapus comme des gueules de four.

Mais la décoration de tout cela, inédite, est remarquablement ingénieuse. On a, devant ce pavillon de rien, qui n'a pas coûté, aménagé, fini, plus de cent mille francs, une indéniable impression de fraîcheur, de jeunesse, et pourtant d'art définitif en ses grandes lignes, de style mûr. En aucun pays, je crois, les recherches de formes nouvelles n'ont abouti d'une façon plus complète à des résultats plus sages, et plus caractéristiques, cependant.

La tour qui s'élève à la croisée du transept est renflée, ventrue, et ses quatre angles abattus lui donnent une assiette octogonale. Chacune de ses faces est surmontée d'un pignon triangulaire, ajouré de découpures rayonnantes, et ces huit pignons convergent au centre, abritant un belvédère étroit, au-dessus

LE PALAIS DES INDUSTRIES CHIMIQUES, AU CHAMP DE MARS

duquel s'effile, portée sur une couronne étranglée, une poivrière
aiguë, coupée à mi-hauteur d'une roue. Des roues semblables,
bizarrement juchées là-haut, s'accrochent encore, en avant du
pavillon, à une sorte de clocheton carré, et, de chaque côté des
tympans, tant du transept que de la façade, à d'autres petits
clochetons pointus, portés à la base sur de grosses pommes de
pin. Elles n'ont rien d'ésotérique, comme le pourraient croire

des gens de lettres trop ibséniens ; ce sont de simples perchoirs pour les hérons et les cigognes voyageuses.

Le pavillon comporte extérieurement une ornementation sculpturale fort curieuse et très trouvée.

Ce sont, aux trois portes, des archivoltes où s'alignent des têtes d'ours pour les entrées latérales, des écureuils pour la porte centrale ; au bas du clocher, quatre ours accroupis ; entre les petites fenêtres abritées sous l'avancée du toit ainsi que sous un auvent, de grosses grenouilles affalées comme à des balcons, et qui sont d'une verve gamine, d'un comique irrésistible ; puis, en frises, des feuillages aquatiques ; enfin les grosses pommes de pin que j'ai dites, et qui supportent, à la façon de corbeaux, les clochetons.

Et chacun de ces accessoires empruntés à la faune ou à la flore finlandaise est traité si largement, avec un sens si parfait de ce que doit être la sculpture monumentale que j'ai plus d'une fois rêvé d'amener là, pour une confession publique, quelqu'un des jolis coiffeurs dont les académiques talents ont fleuri de gaudrioles innommables les colonnades ou les frontons de nos divers palais, de-ci, de-là.

A l'intérieur, c'est la même sobriété, la même élégance discrète.

Voici donc un style nouveau qui n'utilise pas, comme modèles, les lanières de ceinturon, ni les contorsions des ascarides, ni les enroulements flasques des ténias à la devanture des pharmaciens, ohé ! les Belges ! Voilà des formes inédites, enfin !

Je dois laisser de côté, si intéressante qu'elle soit, la décoration picturale, ces fresques de la gracieuse petite coupole sous la tour, ces frises de la nef, dans lesquelles alternent des paysages glaciaires où s'échevèlent de funèbres sapins, de gaies marines où des yachts blancs étirent leurs souples ailes, des lacs paisibles reflétant en leur miroir fidèle l'altière silhouette de quelque féodal château, et des scènes d'école où s'appliquent des fillettes blondes, et des vues de salles de bibliothèques où de rudes marins, des ouvriers se penchent avidement sur le grimoire blanc et noir des livres, le front barré d'une ride opiniâtre. Il faut se hâter, partout !

Mais dans l'ameublement, sur lequel je voudrais pouvoir
revenir, que de découvertes à faire! Et qu'elles sont gentilles et
d'agréables façons, ces consoles épanouies en une grosse fleur
de nymphéa qui soutiennent les étagères chargées de livres!
qu'elles sont distinguées, ces vitrines aux armatures sveltes et
cependant résistantes, on le sent, et quels merveilleux ciseleurs,
à la fois prodigieusement adroits et sincères jusqu'à la naïveté,
ont découpé ces silhouettes de renards, falotes et rappelant par
leur cocasserie bonne enfant les grenouilles épatées au cham-
branle des fenêtres, ces motifs en flabellums qui couronnent
les poteaux d'amortissement des cloisons, et où se relèvent des
feuillages et des fruits sans modelé, cernés d'une taille vive!
Les inventifs chercheurs, que ces Finlandais! Les loyaux, les
bons ouvriers! Au dehors comme au dedans de ce pavillon, c'est
à nos vieux imagiers, si probes, si spirituels, si artistes qu'on
repense, inévitablement. Et le résultat n'est pas mince, de suggérer ce rappel à nos mémoires.

Au seuil d'un minuscule salon réservé à la presse de Finlande est retracée, en une inscription, cette parole de la Genèse :
« Que la lumière soit. »

Elle est partout, dans ce pavillon : dans l'harmonie de ces
bois teints de couleurs tout ensemble opulentes et savamment
dosées, dans les formes jamais chantournées de ces meubles,
dans les produits exposés, porcelaines pâles, tapis soyeux, dans
tout cet art clair; et l'on sort de là avec la durable impression
d'une œuvre achevée, admirablement au point.

☙

En somme, heureux ou infructueux, tous les efforts de nos
hôtes nous sont précieux par les sympathies, parfois insoupçon-
nées, qu'ils nous révèlent. Et nous leur gardons, à tous, une
gratitude infinie. Qu'ils aient, afin de nous plaire, bâti sur nos
bords, pour six mois de vie, des demeures modestes et déli-
cieuses, ou qu'ils aient consenti encore à se séparer d'œuvres
inestimables et à les envoyer courir chez nous tant de risques
et d'aventures, cela mérite mieux qu'un remerciement qu'on
oublierait demain.

## XII

LE CHAMP DE MARS

Juin.

Pas plus que l'Esplanade des Invalides, le Champ de Mars,
si l'on veut se borner à l'examen des palais officiels d'exposition,
ne saurait faire l'objet d'une longue description ; à moins qu'on
ne visite en détail ces palais, et il faudrait alors singulièrement
étendre le cadre de cet essai. Car pas plus que les palais des
Invalides, ceux du Champ de Mars ne révèlent une originalité
quelconque, quant à leur architecture extérieure, du moins. Ne
venez pas ici essayer de retrouver l'impression que vous avez
éprouvée, en 1889, devant les dômes vernissés de M. Formigé,
devant ses ferronneries bleues, ses céramiques d'un rose si délicat : cet étonnement, cette joie, ces espoirs.

Le plan du Champ de Mars est ainsi ordonné : de chaque côté
d'un espace libre, deux files de palais parallèles aux avenues de
La Bourdonnais et de Suffren, chacune comprenant trois palais
qui vont en augmentant de largeur vers l'axe intérieur, le second
de dix mètres sur le premier, le troisième de dix mètres sur le
second, ce qui donne, disent les architectes, deux " décrochements ", et ce qui, en outre, ne facilite guère le raccordement de
l'un à l'autre. Mais ce M. Bouvard se joue des difficultés tout
comme un architecte de génie !

Ce sont, à droite, vers l'avenue de Suffren, le palais de l'Education, de l'Enseignement et des procédés généraux des lettres, des sciences et des arts, construit par M. Sortais ; le palais du Génie civil et des Moyens de transport, œuvre de M. Jacques Hermant ; le palais des Industries chimiques, dû à M. Paulin ; à gauche, sur l'avenue de La Bourdonnais, le palais des Mines et de la Métallurgie, confié à M. Varcollier ; le palais des Fils, tissus et vêtements, édifié par M. Blavette, et enfin le palais des Industries mécaniques que construisit encore M. Paulin, comme celui des Industries chimiques et comme le Château d'Eau, qui raccorde ces deux derniers palais par une série de portiques et une cascade gigantesque : vous vous rappellerez l'affection des constructeurs de cette Exposition pour tout ce qui est ou s'efforce d'être hors des communes mesures.

Ce Château d'Eau, qui n'a qu'un étage élevé au niveau du premier étage des palais latéraux, s'érige au sommet d'une double rampe encadrant le bassin où se déversent ses chutes. Une haute dentelle en éventail le surmonte, forme à son armet lourd comme une auréole : c'est le palais de l'Electricité, ou plutôt c'en est la façade. Car toute l'exposition de l'électricité se trouve disposée dans la galerie transversale qui ferme, au fond, le Champ de Mars, galerie de 30 mètres de largeur pour laquelle, précisément, on utilisa le squelette de la galerie Bouvard de 1889, transporté à cette place, — avec quel insuccès retentissant, vous le savez ! Les groupes électrogènes qui actionnent l'Exposition entière sont au rez-de-chaussée ; en haut on a installé les applications de l'électricité et les engins moins encombrants que ces monstrueuses dynamos.

La galerie des Machines, je l'ai dit, a été conservée, pour les derniers outrages. Entre elle et le palais de l'Electricité, on a disposé, au milieu, le réservoir d'alimentation du Château d'Eau ; sur les côtés les bâtiments des chaudières, sous de légers hangars à tous vents ouverts : cette petite topographie pourra vous permettre de vous orienter, bien que ce livre ne se pique pas d'être un guide à travers l'Exposition, mais seulement un recueil d'appréciations sur les plus marquantes de ses merveilles.

Je dois dire ici, au risque de me répéter, que tous ces palais portent au front la même tare irréparable : leurs façades mentent ;

leurs façades sont inappropriées aux intérieurs. Toutes singent la pierre, au seuil de halls de fer; toutes s'efforcent à dissimuler la structure interne des palais comme on cache un vice. Je n'insiste pas sur le crime, sans expiation possible, que constitue un pareil expédient. C'est une grande misère, et tant pis pour ceux, que je veux ignorer, sur qui retombe la faute.

En toute sincérité, je pense que certains des architectes qui ont élevé ces palais étaient parfaitement capables de donner un autre effort. Il me semble avoir vu, dans un concours, en province, un projet d'une polychromie très moderne, audacieuse, même, qui avait pour auteur M. Blavette, dont la bâtisse est si banale, si plate. Et il est invraisemblable, à mon avis, du moins, que M. Jacques Hermant n'ait pas rêvé pour son joli palais un autre frontispice que celui qu'il a planté là, encore qu'il soit le mieux réussi de toute la série, le plus intéressant, celui qui déjà dénote le plus sûrement un artiste inventif.

Mais, dans l'ensemble, tout cela est affligeant profondément. Des lieux communs, de pitoyables redites, une indigence d'imagination à tirer des larmes de pitié à un tatou.

Le dôme en forme de tiare du palais des Mines est d'une inélégance souveraine, et le dôme en manière de tore qui lui fait pendant, en face, au palais de l'Éducation, — de forme nouvelle, pourtant, — évoque, avec ses allures de queue de crustacé, des idées risibles de cabinet particulier ou d'étalage de traiteur.

Les lanternes qui, aux angles de chaque décrochement, affectent la prétention de résoudre les épineux problèmes architectoniques si magistralement posés par l'astucieux M. Bouvard, s'évertuent à raccorder entre elles des façades disparates, brouillées pour l'éternité, ces lanternes simplement plaquées contre les angles saillants des palais, tout comme les petites tourelles que vous vous rappelez, au grand Palais des Champs-Élysées, et avec le même bonheur, trahissent l'expédient, le truc de métier, et je n'en excepte pas même celle de M. Jacques Hermant, si intelligemment comprise qu'elle soit.

Çà et là, pourtant, des détails ingénieux; par exemple, cette frise où le sculpteur André Allar, avec une exubérance d'invention que j'apprécie, a résumé, au couronnement du palais du

Génie civil, toute l'histoire des moyens de transport, depuis le
chariot primitif, aux roues formées de deux épaisses planches
ajustées, sur lequel s'entassent en désordre et les femmes lasses,
et les enfants débiles, et les quartiers de venaison, réserve pour
la faim du lendemain, tandis que les robustes mâles s'attellent
au harnais de lianes, depuis cette machine grossière jusqu'au
malodorant « teuf-teuf », à l'automobile moderne, toute puissante et de bon ton, jusqu'à l'aérostat, à l'aviateur, en passant
par les carrosses d'apparat les plus fleurdelysés, par la galère
phocéenne, par le char hindou; comme encore ces effigies en
bas-reliefs debout, un peu à l'étroit, contre les piliers des arcades
et représentant tous les travailleurs du génie civil et des moyens
de transport dans leurs costumes professionnels, dans leurs attitudes familières : l'aiguilleur la main au levier; le mécanicien
prêt à actionner la manette de mise en marche; le cocher de
fiacre avec son haut de forme et son carrick, le gazier en blouse,
et la balayeuse matinale, toutes figures qui, même à peu près
réussies — car les vieux sculpteurs, nourris d'académisme, les
pétrisseurs de Dianes et de Zeus olympiens sont mal à l'aise
devant l'ouvrier qui passe, vêtu d'un complet confectionné —
attestent au moins ce désir de renouveau auquel je ne sus jamais
résister, quant à moi. Si faute, heureuse faute!

Les nudités mythologiques, d'ailleurs, prennent une éclatante revanche au Château d'Eau, où s'ébat, avec la sérénité de
la divine sottise, l'impudence des transcendantales ingénuités,
tout un troupeau de Naïades, d'Océanides, de Limnées char-
nues. Tudieu! que de fessiers et que de gorges étalés! C'est-à-
dire que devant cette sarabande de batraciennes énormes, cette
orgie de chairs humides, le souvenir vous revient du Grand
Palais comme de quelque chose de chaste, prodigieusement,
et de par trop simplet.

Ce Château d'Eau détient le record de la ciselure, dans cette
Exposition si guillochée, et il le détient sans modestie aucune
et sans distinction, car il est massif, lourdaud, et tant de
sculpture ne l'allège pas. Et l'eau en ruisselle comme la sueur
d'un casque de pompier.

Mais, en somme, la suprême disgrâce qui soit survenue à

tout cela c'est, me semble-t-il, qu'on n'ait pas eu le temps de
le peindre autant qu'on le devait. L'Exposition s'étant ouverte
en coup de vent, sans rime ni raisons, il a fallu en démolir par
les voies les plus rapides les échafaudages. Et ces murailles con-
çues pour être bariolées fougueusement sont demeurées blanches, ou teintées, parfois, dans les parties qu'on a pu terminer à
peu près, de tons imperceptibles. Les taches de couleur bien
franches y sont rarissimes. Et il en résulte une sensation bla-
farde, le soir, aveuglante par les jours de soleil, l'impression de
quelque chose de cadavérique, de mort-né.

Ah ! je repense à l'accord orangé et bleu des palais de 1889 !

J'ai, chemin faisant, parlant des travaux en fer qu'on nous
présente à cette Exposition, mentionné le seul morceau original
qui ait poussé sur ce terrain immense : le palais du Génie civil
et des Moyens de transport. Je demande à ajouter quelques mots
sur sa structure intérieure, qui constitue une innovation intéressante.

Son plan est d'une extrême simplicité, et d'une simplicité
qui saute à la vue. Pourquoi apparaît-elle moins dans les palais
d'à côté, d'en face, surtout dans les deux palais du premier plan,
puisque leur profil est identique, à part l'excédent de terrain que
donnent les saillies répétées de 10 mètres et qui s'ajoute sur la
travée de façade des palais ? C'est pour moi un profond mystère.

Il comprend trois galeries longitudinales de 27 mètres de
largeur, séparées par deux galeries de 9 mètres, plus, sur les jardins, une autre galerie parallèle large de 10 mètres, et, sur
l'avenue de Suffren, une de 12m50. Cet ensemble est coupé au
milieu, en voûte d'arêtes, par une allée transversale de 27 mètres
encore de largeur, à la hauteur du porche central. Or, l'existence des deux travées extrêmes de 12m50 et de 10 mètres, et
des petites galeries intermédiaires de 9 mètres a permis au constructeur de réaliser un système original.

Dans les grandes galeries, en effet, les arcs doubleaux, ou arcs
perpendiculaires aux axes, au lieu d'être formés de deux moitiés

symétriques s'appuyant l'une contre l'autre au sommet, comme on peut le voir à l'ancienne galerie des Machines, comme il advenait jusqu'ici pour tous les halls, demeurent en porte à faux

LE PORCHE DU PALAIS DE L'ENSEIGNEMENT

et ne se rencontrent plus. La clôture du toit est assurée par un lanterneau simplement posé sur les extrémités libres des fermes.

Sans les galeries intermédiaires, j'y insiste, ce tour d'équilibre était irréalisable : deux moitiés de fermes de 27 mètres, de chaque côté de ces fermes de 9 mètres, forment un système stable, la masse de droite compensant la masse de gauche, et la galerie intermédiaire servant de point d'appui, agissant comme tirant entre ces deux bras lancés dans le vide. C'est proprement une application de ce système que les constructeurs de ponts appellent, en Angleterre, le « système à *cantilever*. »

De cette disposition pareillement est résulté le profil des arcs qui, bien que certains d'entre eux aient jusqu'à sept centres, produisent à l'œil l'apparence de pleins cintres ayant leurs points d'appui sur des supports verticaux. Ces formes se répètent dans les arcs parallèles aux axes des nefs, et la grande galerie transversale est de même profil que les galeries longitudinales. L'effet, à l'endroit où se croisent les voûtes, avec ces longs bras surplombant le vide et chargés du faix des lanterneaux, est réellement impressionnant et de large allure. Elégant, aussi, d'autant que les piliers verticaux sont, je l'ai dit, très grêles, et qu'ils semblent s'arrêter à la naissance des cintres pour s'épanouir en gerbes de quatre arcs bien symétriques ; car ces courbes, qu'on supposerait simplement circulaires, ont été calculées de telle sorte qu'elles partent toutes avec la même tangence du support, atrophié au-dessus de leur point d'attache comme un rameau auquel n'arrive plus la sève ou comme un membre inutile, prolongé par une barre aussi mince qu'un fil et remplissant seulement l'office de tirant.

Dans tous les croisillons, dans les entretoises, on peut remarquer ce que j'ai signalé d'autre part : l'espacement de la matière, condensée autour de vides énormes, si bien que toute la construction, supports, arcs, poutres, apparaît comme un réseau de pièces légères, élastiques ainsi que des lames d'épée.

C'est un enchantement.

Le fer nous avait donné jusqu'ici des constructions robustes, vastes, pratiques, parfois presque sublimes par l'impression d'immensité, de résistance au temps qu'elles suggéraient, mais qui demeuraient toujours un peu grossières, et comme inachevées. La brutalité de la matière y restait trop apparente.

De puissants marteaux courbaient le métal par violence, dans le flamboiement des fournaises, le rudoyaient, l'asservissaient de vive force : on le sentait toujours rebelle, au demeurant, pareil à ces grands fauves qu'on peut bien dompter, parfois, qu'on

n'apprivoise jamais. Toute la lutte de l'homme contre la matière
demeurait écrite dans les lignes des boulons et des rivets, régu-

L'ENTRÉE DU PALAIS DU GÉNIE CIVIL.

lières comme celles des livres, dans l'éraflure du laminoir, fine
et précise comme un trait de plume. Il semblait que dussent demeurer vains à jamais les efforts tentés pour assouplir la poutre
de fer, pour lui communiquer le rythme et l'harmonie.

Or, voici l'harmonie et le rythme. Voici, reconquise, la forêt, primitif abri de l'homme contre l'ondée, la forêt, toit frissonnant, inspiratrice première du bâtisseur industrieux. La voici interprétée en de nouveaux thèmes, pour nous inédits encore, non plus semblable à l'image d'elle-même que nous avions trouvée dans les alhambras touffus, dans les mystérieuses nefs gothiques. Ici, les troncs plus grêles s'espacent davantage, baliveaux plutôt que vrais arbres, gardant on ne sait quel charme de jeunesse, quelle souplesse printanière.

Ce n'est plus la futaie solennelle, emplie d'ombre; c'est une lumineuse clairière aux frondaisons transparentes, où les rayons d'or de midi, les pâles rayons argentés de minuit se jouent à l'aise. Mais les arcs conservent toute la grâce végétale des rameaux, la grâce jaillissante des belles ogives, avec, cependant, quelque chose de plus flexible, de plus vivant. Il semblerait, tant ces rameaux sont délicats, que si une brise venait à passer, elle coucherait de son souffle ces branches infléchies, ébranlerait le dôme de verre qu'elles soutiennent.

La ressemblance de ces piliers d'acier avec des troncs s'accroît de ce fait que les arcs épanouis en bouquet à leur sommet tendent dans l'espace leurs bras déliés, ainsi que je l'ai dit, sans se rejoindre. Ajoutez à cela que ces rameaux courbés, que les tiges droites qui les portent sont peints d'un vert tendre de jeunes pousses, d'un vert d'avril, limpide et doux infiniment ; tâchez, dans votre esprit, de parer ce hall de tous les prestiges de la ligne, de toutes les séductions de la couleur ; faites-y jouer la magie d'une lumière apaisée, sous de grands vélums gris de lin, et vous n'aurez qu'une idée incomplète de sa beauté. Il faut le voir, et, l'ayant vu, l'admirer, l'aimer.

La voie est maintenant ouverte. Les piliers peuvent croître et s'allonger presque indéfiniment vers le ciel, vertigineux. A quelle hauteur s'arrêtera leur essor?

Mais ils seraient inexcusables, à l'avenir, d'être barbares et laids : la grâce a touché le métal de son aile.

Une façade, à cet exquis palais! une façade appropriée, dans une Exposition à laquelle auraient collaboré à la fois M. Formigé et M. Jacques Hermant, quel rêve!

Celle qu'il arbore, quels que soient ses mérites, la logique de certains détails, de ces colonnettes porte-étendards, en avant de la frise et la divisant, de ce porche géant, gueule à vomir les locomotives puissantes corsetées d'or ou de jais, gueule de tunnel ou de gare, celle-là, tout ingénieuse qu'elle soit, ne laisse nullement prévoir, ainsi que l'exigerait la saine architectonique, la structure des halls qu'on trouvera derrière. C'est une façade plaquée, qui déguise, au lieu de la révéler, la disposition intérieure; et si la destination du Palais y est proclamée, c'est par des moyens accessoires, secondaires, par une ornementation rapportée. Il faut bien s'y résigner, car comment oser garder rancune à M. Jacques Hermant après le bon émoi qu'il vient de nous donner?

Vous savez, n'est-ce pas, quel sort on a fait subir à la galerie des Machines de MM. Dutert et Contamin?

Comme, par une disposition excellente du règlement et de la classification, les machines diverses jadis groupées là sont, cette fois, disséminées dans les divers palais, au milieu des matières premières qu'elles utilisent, des produits qu'elles manufacturent, on n'avait plus besoin, en fait, du grandiose vaisseau. On pouvait, direz-vous, le démolir. Oui, plus tard. Pas avant de l'avoir déshonoré.

Et voici ce qu'on a imaginé : de le couper en trois tronçons par un cirque immense, — le colossal, toujours! — par une « Salle de Fêtes » capable de contenir vingt-cinq mille personnes, qui en occupe le tiers médian ; puis d'abandonner les deux autres tiers à l'Agriculture et à l'Alimentation. Or, l'Agriculture a retrouvé ses bras pour édifier sous cette immense cloche, avec la collaboration de l'Alimentation toujours vaillante, un délirant village qui dépasse en insanité les fantaisies architecturales les plus hagardes que nous ayons rencontrées au cours de nos promenades.

Ce village est à la fois terrien et maritime, car une énorme proue de navire l'entame d'une étrave furieuse, menace ses maisons, ses guinguettes, ses tours, entassées en un hérissement de cauchemar, inextricable, extravagant. Il y a là des moulins qui achèveraient don Quichotte, et des châteaux qu'on pressent truqués comme les décors des plus violentes clowneries anglaises, où les murailles donnent des gifles, où les draps des lits se lovent en serpent, où la batterie de cuisine est malfaisante, où la table de nuit sue la sombre méchanceté, où les portraits paternes d'ancêtres, eux-mêmes, grimacent et mordent.

C'est effroyable! et devant cet agressif chaos, on se sent gagner par la contagieuse vésanie de ceux qui l'ont péniblement échafaudé. Il faut fuir, fuir en toute hâte.

Pourtant, dans un angle, à l'abri de la poussée stupide du gros bateau, un clair kiosque nous attire, le pavillon de la Laiterie, qu'on eut le bon esprit de confier à M. René Binet, l'architecte de la Porte monumentale. Et voici encore, dans le choix distingué de ses motifs d'ornementation, ces dinanderies de cuivre rouge, ces petits carreaux de faïence bleus et blancs, égratignés de fines figures au trait, qu'il se montre décorateur fécond, coloriste délicat.

Quant à la salle des Fêtes, construite par M. Gustave Raulin, elle est, en soi, une belle œuvre, consciencieusement étudiée habilement réalisée, d'élégantes proportions et fourmillant d'heureux détails. Autant que le lui ont permis les crédits fatalement restreints dont il disposait, l'architecte a recouru aux matériaux nouveaux, aux céramiques; il a joué avec art de ses ferronneries; il a montré du goût en abandonnant les banales draperies de velours cramoisi et les administratives crépines d'or pour tendre, au travers de ses baies, des peluches d'un jaune souple et changeant, et le vaisseau qu'il a construit est de très imposant caractère. Pourquoi faut-il, hélas! qu'on lui ait attribué cet emplacement. Mais ce n'est point, ici encore, la faute de l'artiste.

La façade sur le Champ de Mars du palais de l'Electricité, qui forme, avec le Château d'Eau, un groupe décoratif indivisible, a été conçue essentiellement pour être vue éclairée. Dans le jour, ce n'est qu'une sèche et roide armature, dégingandée, surbaissée, tiraillée, dirait-on, entre le louable désir de masquer de son mieux le toit de la vieille galerie des Machines et la crainte de ne pas être aperçue par les promeneurs du Trocadéro sous l'arc de la Tour, où elle doit s'inscrire par force, le soir, quand elle s'illumine.

Une fois allumée, c'est un réseau compliqué, ponctué à chaque nœud d'une étincelle, qui s'éploie en arrière de l'égouttoir du Château d'Eau, des indécises chandelles de feu jaillies du bassin.

La lampe électrique devient l'élément initial, à l'infini répété, d'une dentelle lumineuse. Entre les mains d'un artiste d'imagination luxuriante et subtile, cela pouvait être la grande féerie de clartés, le poème même de l'Electricité, de la lumière nouvelle, cette lutte entre les aveuglants éclats de l'eau embrasée et le rayonnement adouci de cet éventail grand ouvert. M. Hénard, l'architecte du palais de l'Électricité, ni M. Paulin, celui du Château d'Eau, n'étaient cet homme.

Dans les contours, déjà, s'accuse de la timidité, une crainte d'oser.

L'arc escalade péniblement l'espace, en deux ressauts sans envolée, sans fantaisie ; la petite silhouette de divinité perdue, toute noire, au sommet, dans la clignotante irradiation d'une étoile gesticulante à l'excès, est minable, alors que c'était si bien le moment d'ouvrir toutes grandes les portes au caprice vagabond, d'enfourcher l'hippogriffe, de partir en plein rêve, en pleine folie même. Plus de styles tyranniques, plus de barrières irritantes, plus d'entraves : l'absolue liberté, la licence de créer, pour une décoration neuve, des linéaments inédits et de laisser pyramider à leur gré les clochetons et fuser les arceaux. Il n'y fallait que du goût et quelque invention. M. René Binet, par

xemple, mis à même de jongler ici avec les lueurs, avec les
ammes, aurait réalisé des prodiges, fait chatoyer au faîte du
alais les irisations de la queue ocellée du paon, la fulgurance
es pierreries frappées de rayons, le calme miroitement des
naux, et, donnant à cette géométrique ferraille la vie qui lui
anque, eût fait palpiter et frémir partout la lumière.

Il y a des moments, entre deux « jeux », quand les lampes
éteignent, où des phosporescences se hasardent sur les rosaces,
ir les montants, sur toutes les mailles du filet, enduits d'un
is jaunâtre. Comme on songe inévitablement, alors, aux revê-
ments scintillants de la Porte monumentale! comme on re-
rette de ne pas retrouver ici un autre magicien, roi au pays
: la Couleur!

Hélas! il faut en prendre le deuil!

Notez que, tel qu'il est, ce décor demeure assez séduisant. Il
: nous suggère du moins aucune sensation nouvelle; nous
: retrouvons point en sa présence les extases que nous procu-
rent, en 1889, les fontaines lumineuses, dont on nous révélait
ut à coup l'enchantement. On avait bien rêvé de nous les
donner amplifiées aux dimensions d'une miniature de Niagara.
n'était besoin pour cela d'aucun art; quelque argent suffisait.
e moindre frisson inconnu dont vibreraient nos artères eût
itrement fait notre affaire. Je confesse d'ailleurs, de bonne
râce, que ce beau résultat n'était guère aisé à atteindre. Nous
'avons plus l'étonnement bien prompt; on a tant fait, en ces
ernières années, pour notre amusement, que nous ressem-
lons à ces enfants très riches qui s'ennuient incurablement dans
ur chambre emplie de merveilles, et auxquels l'apparition
une merveille supplémentaire n'arrache même plus un soupir
: surprise, et qui attendent ils ne savent quoi d'inaccessible à
ux qui les aiment. Seulement, ici, on n'a pas même été capa-
es de réaliser ce qu'on avait projeté. Le liquide a manqué au
hâteau d'Eau, le fluide au palais de l'Electricité. C'est un avor-
ment, et la déception est vive pour ceux qui crurent sur parole
s promesses administratives, se toquèrent d'aquarelles de
urnaux illustrés.

Tenez, je vais avoir l'air de transcrire un paradoxe : eh bien!

l'apparition sur le boulevard de ces réclames électriques que
vous savez, et surtout de cet incroyable tableau où, à volonté,
à la pression d'un bouton, peuvent luire tour à tour dix ins-

L'ENTRÉE DU PALAIS DES MINES

criptions diverses, m'a plus étonné que l'allumage, dans le ciel
nocturne, de la guipure lumineuse du Champ de Mars. Le truc
semble à présent trop facile. Et c'est ainsi, j'en ai crainte, pour
bien des cerveaux pas plus dépravés que le mien, et les

« signes électriques », s'il faut les appeler par leurs noms, ont fait tort au palais de l'Électricité.

Par surcroît, ce motif a quelque chose d'inachevé, lui aussi, comme pas mal de morceaux de cette Exposition. Les fenêtres en flûtes de Pan qui en forment la base, au-dessus des portiques, demeurent dans l'obscurité tout le soir, et creusent dans toute cette lumière un trou d'ombre. On regrette qu'elles n'aient pas reçu quelques vitraux vigoureusement colorés. Et puis, décidément, l'électricité, jaune, terne, fait assez piètre figure dans la fête, par comparaison avec les flots aveuglants que déversent partout l'acétylène et le gaz. Cela eût paru invraisemblable, voilà quelques années, au fort de sa gloire, qu'une telle mésaventure pût lui arriver. C'est pourtant ainsi.

Tout cela, au surplus, n'empêche pas un seul dimanche les foules d'aller voir, à la nuit tombante, surgir du crépuscule le clair flabellum brodé de bleuettes, et sourdre de la nappe immobile du grand bassin la gerbe tour à tour blanche, mauve, azurée ou rose des jets d'eau, retombant en gouttelettes de diamants, d'améthystes, de topazes brûlées, d'escarboucles, de grésillantes émeraudes, de froids saphirs, en filigranes d'argent, en grains d'or vif, et choir du dôme massif — à la place de la tumultueuse cascade qu'on leur avait promise, jet de métal ou de verre en fusion, fleuve de lave bondissant de vasque en vasque, tournoyant en remous onduleux, éclaboussant, au bas d'une mousse de pierreries bruissantes, la nappe crémeuse de l'eau qui bout — les quelques maigres fils d'eau qui dégoulinent à regret des tuyaux taris. Car il est des spectacles dont on ne se lasse pas, même quand ils n'amusent plus et ne font guère qu'hypnotiser l'esprit, engourdir la pensée.

Dans la partie du Champ de Mars qui avoisine la Seine se pressent des pavillons, des cabarets, des kiosques aux architectures variées, minarets et frontons, clochetons et plates-bandes, et des dômes, et des tours. Je n'en veux retenir que trois qui présentent quelque originalité : le pavillon construit par une

Compagnie de navigation anglaise, la *Peninsular and Oriental*, très curieux, avec sa lourde coupole d'argent martelé, ses décorations de fausses céramiques, de tendances très modernes; le pavillon de la Marine de commerce allemande, le fameux pavillon à la menaçante devise, d'ornementation intérieure et extérieure également très cherchée jusque dans les moindres détails, et dont la haute tour reproduit, me dit-on, un vieux phare de Brême, ocreux et cerclé de rouge passé; et enfin le très coquet pavillon construit pour nos « Messageries maritimes » par M. Lucien Roy, d'une distinction toute particulière, avec son toit d'ardoise ventru en forme de carène renversée, — vague ressouvenir de la Renaissance, — et ses charpentes vertes coupant de joyeux colombages des murs blancs.

Et je ne crois pas avoir oublié, ici, grand'chose de bien intéressant.

# XIII

Juin.

Vous devinez, à ce titre, que je ne vais point recommencer à vous parler ici architecture. Nous avons jugé le style expositionnel.

Encore moins vous entretiendrai-je de peinture. Je n'en ai pas le loisir. Il y faudrait employer trop de papier, et ce n'en est pas le lieu. Abandonnons les faux Corots du Grand Palais à leur malheureux sort.

Et aussi les collections Oppenheim, Mannheim, Bernheim, Camondo, Goldschmit entassées au Petit Palais, pêle-mêle avec, comme disaient ces messieurs du comité d'organisation, quelques « bondieuseries » qui n'ignorent point complètement la topographie du quartier Saint-Sulpice, pour y avoir été voiturées quelquefois afin d'y subir de savantes cuisines; avec quelques autres tiares de Saïtapharnès, encore. Je n'ambitionne point de faire ici le petit courrier de la bourse aux lorgnettes, et renonce à la satisfaction même de constater la recrudescence de son activité, qui détermine dans les ateliers clandestins où s'approvisionnent les marchands de « curiosités » et les malins amateurs de brocante un phénomène parallèle de fièvre : l'un des prétextes invoqués par les entrepreneurs d'expositions n'est-ce pas précisément qu'elles stimulent la production industrielle? Je suis charmé, parbleu, que celle-ci ait pleinement réussi à ce point de vue !

Je voudrais utiliser les quelques pages qui me restent, avant de conclure, à rechercher, en une promenade rapide, les tentatives vers un Art décoratif nouveau que nous apporte cette Exposition.

Ici encore, j'aurai plus d'un regret à exhaler chemin faisant, mais les compensations, aussi, seront nombreuses et belles.

Sans doute il nous faut, je vous en préviens d'avance, renoncer à la joie de révélations comparables à celles que nous apporta 1889, et ne pas espérer, par exemple, la découverte d'un nouveau Delaherche ou d'un nouveau Gallé. Ce que nous montrent à présent nos verriers et nos céramistes, c'est la continuation logique, je dirais presque l'aboutissement du mouvement qui s'affirmait, voilà dix ans, avec une si superbe véhémence.

Cette fois, point de surprise, point d'émotions trop fortes : si Gallé, si Delaherche et leurs émules demeurent égaux à eux-mêmes, nous nous y attendions ; nous les avons suivis trop attentivement depuis le jour où leurs œuvres nous apparurent pour nous étonner de les retrouver ce qu'ils sont. Les midis étincelants ne sont point de l'inattendu pour quiconque assista au lever de l'aurore en déshabillé rose.

D'échéance en échéance, ils ont tenu les promesses faites à leur début. Avec joie, nous les retrouvons fidèles à leur renom, justifiant l'estime dont nous les environnons. Mais nous étions sûrs de les revoir tels quels.

Seule, l'Administration aura eu l'ivresse de les découvrir au milieu du fouillis où elle les exila. Cela étant, elle aurait, sur ce terrain, plus savamment préparé son plaisir personnel que, sur tels autres points, le nôtre.

❦

A côté de quelques résultats problématiques, cette Exposition aura eu deux résultats évidents : d'implanter à Paris la mode de boire, dans de jolis verres, des vins du Rhin, et de nous donner la certitude que nous avons, hommes de cette fin de siècle, un style décoratif à nous. Et si je suis prêt à concéder que, pour avoir inscrit sur la carte de leurs caves le « Berncasteler Doctor », le « Liebfraumilch » ou le « Johannisberg », les duvals ne revêtent point un caractère sensiblement plus aristocratique qu'auparavant, j'éprouve, du moins, quelque satisfaction, quelque orgueil même, à la pensée que nous pouvons laisser, mes contemporains et moi, dans l'histoire des arts du mobilier, notre trace, tout comme d'autres; que, pour nous plaire, il aura fallu à des artistes inventer des formes et des dispositions nouvelles, et que nous aurons eu peut-être, nous aussi, nos Caffieris, nos Boulles, nos Rieseners, nos Germains.

J'entends déjà crier au sacrilège. Car il s'en faut que le style nouveau réunisse l'universalité des suffrages : je m'en suis aperçu plus d'une fois, au cours de discussions même très amicales, aux aigres paroles que me valut l'expression de mes opinions personnelles, et je sais plus d'un esprit, d'ailleurs fort distingués, qui se retournent, emplis soudain d'admiratif émoi, vers le Louis-Philippe, en haine des novateurs. Aussi bien, ce serait une fortune unique qu'il fût adopté d'emblée, ce style né d'hier. Il n'a donné encore que peu d'œuvres achevées, et le nombre est grand des gens qui vivent dans des intérieurs pur Napoléon III et qui s'y délectent. Mais quoi! l'éducation des yeux, leur accoutumance, si vous vous voulez, est question de temps.

Un fait est positif : le bazar même, les grands magasins, vendeurs de meubles à la grosse, fournisseurs de clients appartenant aux classes les plus diverses de la société, ont inscrit, comme les bouillons les vins allemands sur leurs cartes, le *modern style* à leurs catalogues. Car c'est sous ce nom composé, si inutilement emprunté à l'étranger, qui, d'ailleurs, avait lui-même tiré isolément les deux mots du français, que le langage courant désigne les recherches des artistes contemporains. Et il suffit d'avoir flâné quelques après-dîners seulement dans les sections de l'ameublement, aux Invalides, pour savoir quelle consommation les pires badauds ont faite de ce vocable insolite.

LA NEF DU GÉNIE CIVIL AVANT LES INSTALLATIONS

Le « modern style » — cette appellation adoptée par nous
le révèle — est d'origine anglaise. La renaissance des arts de
l'ameublement a commencé de l'autre côté du détroit, et les travaux de William Morris, de Walter Crane, de Philip Webbs,
de Burne-Jones, ce peintre et ce poète qui ne dédaigna pas
d'être, à ses heures, *craftsman*, simple ouvrier d'art, — rayon-
nèrent en influence sur l'art décoratif dans l'Europe entière.
Mais, chose curieuse, ces initiateurs sont restés très modérés
dans leurs innovations, n'ont guère osé toucher aux grandes
lignes des meubles, aux lignes constructives ; ou, du moins, que
si timidement ! Le tempérament, conservateur et fidèle au passé,
de la vieille Angleterre, se retrouve dans cette attitude mesurée.
Comme il arrive en pareil cas, les néophytes ont montré une
bien autre ardeur, un zèle autrement révolutionnaire. Les Belges,
notamment, ces contrefacteurs-nés, faillirent tout gâter, man-
quèrent de compromettre le succès du mouvement, de rebuter
les plus las, parmi nous, des perpétuelles copies de Henri II, de
Louis XV ou d'Empire, de leur faire prendre en aversion à tout
jamais le style nouveau par l'outrance grimacière qu'ils affec-
tèrent dans leurs adaptations, par la prétentieuse gaucherie,
l'outrecuidante emphase, la rage excessive de se singulariser
dont ils firent preuve dans leur coopération au mouvement qui
entraîne, depuis près de vingt ans, l'art industriel vers des destinées incertaines. Les inventeurs des fameuses lanières de fouet,
de la décoration microbienne, ce sont eux. Cela aurait pu être
un titre à notre gratitude. Mais bast ! ils galvaudèrent si bien et
si vite leur invention qu'il l'eussent rendue à tout jamais odieuse
si l'on n'avait pu entrevoir, d'après les productions de gens
de goût, qu'elle était susceptible, entre des mains expertes, de
donner des éléments décoratifs avouables.

   Parmi eux, un homme aura eu, pourtant, sa part de haute
influence sur nos artistes mêmes, sur les Autrichiens, sur les Allemands : l'architecte Horta. Tels de nos architectes, comme
M. Hector Guimard, le plus hardi de tous, reconnaissent loya-

lement lui devoir beaucoup, être, comme on dit « partis de lui. »

En France même, on a passé quelquefois la mesure, on est allé un peu loin à la poursuite de l'originalité. Mais le temps des bris de glaces est, je crois, révolu, fort heureusement. Peut-être était-il nécessaire qu'il vînt. Nous sommes, hélas ! moins placides que nos voisins d'outre-Manche, et les coups d'éclat nous semblent toujours le plus sûr moyen pour obtenir la moindre amélioration. Le progrès, chez nous, ne marche pas : il saute !

❦

C'est à l'Exposition de 1889 que nous eûmes la révélation soudaine de ce renouveau des arts industriels qui s'élaborait sourdement depuis quelques années déjà dans les ateliers. Il doit vous souvenir encore de l'émerveillement que nous causèrent et les magiques verreries et les marqueteries prestigieuses de M. Émile Gallé. Une pléiade de loyaux artistes, de bons ouvriers se dévoilait tout à coup auprès de lui à nos yeux étonnés et charmés. Nous les ignorions la veille, et leur apparition nous surprit comme le brusque jaillissement d'une source dans la prairie, au lendemain d'une pluie d'orage.

Du coup, les arts décoratifs avaient conquis, comme par une poussée, leur place dans l'Art, tout court. Nous commençâmes d'entrevoir à quel point était arbitraire et absurde la classification académique des arts plastiques en arts majeurs et en arts mineurs, et combien il était injuste d'accorder plus de considération à un mauvais peintre qu'à un bon céramiste, d'estimer davantage M. Carl Rosa ou M. José Frappa, ou tels autres dont les noms tremblent dans une goutte d'encre au bout de ma plume, que M. Auguste Delaherche, M. Bigot, ou M. Dammouse. Et quand se fonda, l'année suivante, la Société nationale des Beaux-Arts, on trouva tout naturel qu'elle décidât d'admettre à ses Salons, et jusque dans son Comité, les huchiers, les orfèvres, les émailleurs, tous les « ouvriers d'art », sur le même pied que les peintres, les sculpteurs ou les architectes. Les beaux arts et les arts industriels allaient désormais fraterniser partout dans les Expositions.

A Anvers, à Bruxelles, à Chicago, — jusqu'à Chicago ! — l'idée fut reçue, acceptée : les arts appliqués partagèrent avec les beaux-arts un palais commun.

Cette haute considération dont jouit tout à coup l'art décoratif, l'estime qu'on témoigna aux bons artisans décida des artistes parfois déjà consacrés dans un autre domaine à mettre leur talent à la disposition des arts mineurs ; des architectes condescendirent à construire des meubles, des peintres à dessiner des tapisseries ou des tentures, des sculpteurs à modeler des poteries. La féconde renaissance s'affirma.

Or, brutalement, d'un trait de plume, le Commissaire général de l'Exposition de 1900 entreprit de biffer ce progrès. Mû par je ne sais quel fétichisme, incompréhensible de la part d'un homme qui m'apparaît irrémédiablement fermé à toute idée esthétique, par une superstition bouffonne pour la « logique de la classification », très ingrat, au surplus, et oubliant le triomphe qu'avaient valu à la France, en 1889, les efforts de tant de vaillants chercheurs et le lustre qu'ils avaient jeté sur notre art national, M. Alfred Picard décréta, dans son règlement, que les verriers, parce qu'ils travaillent le verre comme eux, retourneraient auprès des fabricants de bouteilles et des vitriers ; et que les céramistes, en raison de ce qu'ils utilisent la même argile, iraient siéger parmi les briquetiers et les fabricants de tuyaux de drainage. Et voilà pourquoi c'est seulement au sortir d'une salle dont le principal ornement est une bulle de verre d'un mètre de diamètre, qui, un jour, étamée, sera l'orgueil de quelque jardin bourgeois, que vous découvrirez les prestigieuses vitrines du maître Émile Gallé. O beautés de la froide raison !

Ce fut un grand scandale, et, qui pis est, une lourde bévue.

En vain on essaya de discuter, de parlementer ; j'ignore si vous êtes en relations avec quelques hommes entêtés, mais vous n'en connaissez aucun, à coup sûr, qui aille, sous ce rapport, à la cheville de l'intraitable tyran qui préside aux destinées de l'Exposition. L'homme n'est pas parfait ! On dut plier.

Contradiction étrange chez un esprit aussi éperdument épris de logique ! M. Alfred Picard allait conseillant aux industriels les expositions collectives, qui seules, d'après lui, pouvaient leur

permettre de faire brillante figure en face de leurs concurrents
étrangers, — et l'idée était excellente, et je n'en veux pour preuve
que le succès violent de cet exquis « Salon de lumière » organisé
par la Chambre syndicale de la couture, — et, dans ce domaine
des arts industriels où, précisément, un groupement intelligent,
une sélection habile devait nous montrer peut-être au premier
rang, toujours, dans ce domaine où nous pouvons nous targuer
d'avoir été des initiateurs, il rendait l'exposition collective impossible. Si bien qu'il fallut, pour se rendre compte de l'essor
qu'a pris, en cette branche, notre activité, aller querir le meuble
au rez-de-chaussée du palais de gauche de l'Esplanade des Inva-
lide, la tenture un peu plus loin, et, pour trouver les grès flam-
més, les porcelaines et la verrerie d'art, explorer précisément le
palais d'en face à ses deux étages.

Or, songez aux noms qu'eût groupés un catalogue spécial de
l'art décoratif : Gallé auprès de Dampt, Carabin auprès de Delaherche, et Prouvé, et Desbois, et Henry Nocq, et Lalique, et
Chaplet, et Wiener, et Thesmar, et Pierre Roche, et Léveillé,
et Grasset, et les deux Chéret, et Dammouse, et Cazin, et vingt
autres. Pensez à ce lot de belles œuvres qu'eût représenté une
sélection des dix derniers salons !

Cependant, les Commissaires généraux étrangers s'efforçaient
de créer, un peu partout, des intérieurs complets où ils mon-
traient un abrégé des efforts de leurs pays dans toutes les branches de l'art décoratif, et même parfois, comme les Allemands,
se donnaient encore la coquetterie de se déclarer insuffisamment
prêts. Vous prévoyez, hélas ! le résultat ; au moins le résultat
apparent !

Mais c'est l'irrémédiable ; car nombre d'artistes et d'artisans
hors pair, rebutés, écœurés du dédain qu'on leur manifestait en
haut lieu, se sont retirés purement et simplement, et ceux qui
demeurent sont indécemment sacrifiés. Tous les remords du
monde n'effaceraient pas cette faute. Sans y insister davantage,
je puis donc constater que, sur ce point encore, l'Exposition
de 1900 ne résume que contre le gré de ses organisateurs les
aspirations et les tendances contemporaines.

Ce qui ne l'empêche pas, au surplus, de renfermer, çà et là

éparpillées, et perdues, souvent, maintes œuvres remarquables d'art décoratif. Cherchons-les donc dans le fatras, parmi le faux Empire très en vogue, parmi les reconstitutions et les copies. Mais je dois vous avertir encore que nous ne nous arrêterons pas à tout bout de champ, et que j'appliquerai ici la méthode que suit, me dit-on, un des pontifes de Sèvres, membre d'un jury : tout ce qui aura de loin un air de parenté vague avec un style mort, l'apparence d'une copie ou d'une imitation, je ne le regarderai pas.

❦

Et d'abord, devant que nous commencions notre promenade, je vous engage à voir, à la fin du Musée centennal du Mobilier, si artistement, si spirituellement et surtout si amoureusement organisé par M. François Carnot, la salle terminale où est rendue sensible la transition brusque entre la queue du style second Empire et l'art nouveau, celui dont, en 1889, le maître Emile Gallé nous apporta la révélation. Dans cette salle, on a groupé un garde-bijoux signé, s'il vous plaît, Pujol pour la peinture et Falguière pour la sculpture, une déraisonnable et ignoble armoire en simili-vernis Martin, au ventre rebondi, mais rebondi à rebours, aux vantaux trop dorés et trop peints, un meuble ignominieux sans circonstances atténuantes ; puis une crédence de Christofle, pastiche de japonais d'une exécution habile dans les détails, mais enfin pastiche, ce qui est un ridicule. Et, en face, en pendant à un meuble de M. Majorelle, un meuble de Gallé, d'une architecture simple, avec des moulurations inspirées des tiges végétales, rameaux ou sarments, avec, surtout, de ces admirables marqueteries si inattendues, si savoureuses.

Comparez, jugez. Et essayez de bonne foi de trouver que ceci n'est pas absolument, indiscutablement supérieur à cela, comme art, comme aspirations, et si, de ses promenades à travers champs, à travers bois, au bord du ru et de l'étang, à la recherche de motifs décoratifs, ce délicat artiste qu'est Gallé n'a pas rapporté comme une sève nouvelle, rajeunissante, miraculeuse.

Et maintenant, en quête !

On a fait, on fait encore très grand bruit autour de l'Exposition de la Manufacture nationale de porcelaines de Sèvres. C'est la rénovation, la résurrection ! La vieille maison renaît de ses cendres, des cendres de ses fours ! *Hosanna ! Alleluia !*

Comme je regrette de ne pas partager cet enthousiasme, moi qui estime l'enthousiasme comme une des premières jouissances et des plus intenses que nous puissions goûter ! Mais, hélas ! que voilà donc du bruit pour peu de chose !

Au total, ce à quoi s'applique aujourd'hui, avec une conscience à laquelle je suis prêt à rendre hommage, la Manufacture de Sèvres, c'est à produire ce que produisaient, voilà dix ans, et nos céramistes non officiels d'une part, et ceux de la Manufacture royale de Copenhague d'autre part, c'est-à-dire tout juste ce qui nous ravit d'aise en 1889. Je sais qu'elle tient sa réponse toute prête : c'est elle-même, précisément, qui a inventé ces procédés dont ses rivaux se font gloire ; elle les connaissait depuis le premier déluge, et même elle aurait pu très bien offrir un de ces vases, genre danois, devant lesquels se pâment ses admirateurs, à la tombola au bénéfice des victimes infortunées de cette antique inondation. Seulement, elle les dissimulait, — sans doute, hasarderai-je, ne les trouvant pas intéressants ? Or, ses concurrents n'ont pas eu la même discrétion. J'en suis bien fâché ; mais c'est elle qui semble copier désormais.

Je ne méconnais pas, tant s'en faut, qu'elle ait fait un effort honorable pour renouveler sa production, surtout au point de vue de la décoration, — car ses formes demeurent sensiblement les mêmes, à part quelques-unes ; et celles-ci même n'ont pourtant rien d'inédit et il me semble bien les avoir aimées déjà lors de précédents Salons. Mais il aurait fallu, en vérité, que ses dirigeants eussent les oreilles et les yeux bien hermétiquement clos pour ne pas entendre et ne pas voir ce qui se passait hors de chez eux.

Jusqu'à présent, Sèvres avait eu le tort immense, disposant d'une matière fort belle, de la recouvrir, autant qu'il était en son pouvoir, d'innommables émaux et de peinturespendables, — il y en a encore des spécimens, çà et là. Mais depuis que le chemin de fer a rendu les communications si faciles entre la capitale du Danemark et l'avenue de l'Opéra, ses décorateurs se sont bien assagis. Et la vraie originalité de cette exposition qu'elle nous offre, la grande nouveauté que nous révèlent ces pièces décorées de fleurs légères, peintes en à-plat et stylisées à peine, géraniums, avoines, fleurettes des sentiers ou des haies parfois un peu sèches de contours et froides de coloris, mais gentilles tout de même, c'est la disparition du bleu atroce, répugnant, de l'or coûteux et agressif.

Cette conversion est-elle sincère? Qui oserait en répondre et affirmer qu'on n'a pas caressé bien complaisamment encore quelques petits pots que j'aperçois, de-ci, de-là, dans les vitrines, habillés de jaune citrin, de bleu turquoise, de vert céladon, de rose de Chine?

Quant aux grès, orgueil, dorénavant, de Sèvres, ils ne nous apprennent rien. Nous les connaissions, eux aussi. Nous les avions rencontrés signés Delaherche, Bigot, Chaplet, Dammouse. La mode les adopta : Sèvres fournira son appoint à la mode. Mais, de grâce, ne parlons pas de résurrection pour si peu !

Même, notre Manufacture faillit se jeter dans ce mouvement avec un excès d'impétuosité. N'avait-elle pas, comme j'ai dit, entrepris de construire, en vue de l'Exposition, un pavillon entier de grès cérame? Par bonheur pour elle, le sage M. Roujon veille sur les destinées des Beaux-Arts. Il calma d'un sourire et de paroles aimables, dans sa bouche irrésistibles, ce beau feu, ce « grand feu de four », si j'ose risquer une calembredaine. Et il ne nous demeura de cet audacieux projet qu'une maquette du pavillon et un portique qui orne la façade de l'un des palais des Invalides, de celui qui précisément n'abrite point l'exposition de Sèvres; et cela nous évite décidément toute velléité de regrets. Sèvres a exécuté d'ailleurs, pour le Grand Palais des Champs Elysées, une frise en grès cérame, aux tonalités adoucies, qui court sous la colonnade de l'avenue d'Antin et s'harmonise assez bien avec la blancheur chaude de la pierre. Je l'aime mieux, pour ma part, que cette maquette et que ce portique. Elle doit suffire à restaurer la gloire de la vieille maison.

Et puis, Sèvres fabrique toujours, par les mains expertes de M. Henry Cros, de curieux masques de pâte de verre ; et toujours des biscuits irréprochables. Elle a même eu le bon goût de chercher, ici encore, à rajeunir ses modèles, et elle a accepté du sculpteur Agathon Léonard un surtout de table tout à fait original, un éparpillement, sur la table, de petites danseuses vêtues à la Kate Greenaway d'étoffes à mille plis, qui virevoltent, oscillent mollement en agitant des rameaux, des torches embrasées ou des écharpes, au rythme d'une double flûte antique dont joue l'une d'elles, juchée sur un socle au milieu de leur essaim ballant, se pavanent avec des mines d'une feinte décence, Agnès très chastes dans leurs gestes, — ô, celle qui rattache sa sandale d'une main, en achevant de l'autre le mouvement commencé ! — mais Agnès aux yeux flambants, en dessous, d'arrière-pensées voluptueuses.

Il faut encourager tout cela, je le sens, avec le vague espoir de résultats prochains.

Mais Sèvres a été moins bien inspirée quand, empruntant à Copenhague des émaux givrés, cristallisés, qui servaient à celle-ci pour masquer, peut-être, des accidents, pour recouvrir, en tout cas, des pièces de petites dimensions, elle a prétendu faire de cette anomalie un décor et habiller de givrures, de cristaux, des potiches grosses comme des potirons de concours agricole.

Quant aux Gobelins, à Beauvais, ce sont les mêmes errements, toujours, le même incorrigible encrassement, l'entêtement forcené dans le mal, et aussi, hélas ! la même infatuation, le même condamnable orgueil d'arracher aux bonnes gens qui passent cette constatation vengeresse : « On dirait que c'est peint à la main ! » Pourtant, on a commandé à M. René Binet un somptueux tapis de pied qui, exécuté en Savonnerie, est vibrant, saturé de couleur et d'allégresse. Est-ce que, là aussi, on aspirerait à jouer la « Renaissance » ?

❦

Pour moi, il est une exhumation qui m'a surpris bien autrement que celle de Sèvres : c'est celle de l'Union centrale des
Arts décoratifs.

Je n'ai pour l'œuvre qu'elle a poursuivie depuis sa fondation
qu'une médiocre estime. En plus d'un cas elle a failli étrangement à sa mission ; elle a été vilainement rétrograde, despotique
à l'excès, encourageant parfois des tentatives sans aucun intérêt
pour l'avenir des arts industriels, en proie à des accès d'étrange
favoritisme.

Mais la voilà qui, assumant de son mieux le rôle méritoire
que l'Administration n'a pas su prendre, fait construire aux Invalides un pavillon entier et le meuble de vitrines, et nous
donne, imparfait, certes, encore, un résumé du mouvement
d'art décoratif de ces dix dernières années, un abrégé de notre
production, réduit à ses seules acquisitions aux Salons, mais
indiquant cependant quelques étapes importantes ; la voilà qui
réunit dans une exposition collective, autour du plus séduisant
décorateur de ce temps, peut-être, M. Albert Besnard, cette
pléiade admirable : Gallé, Thesmar, Léveillé, Delaherche,
Dammouse, Deck, Francis Peureux, Grandhomme, Lalique,
Henry Cros, Chaplet, Jean Dampt, Carriès, Lachenal, Cazin,
Brateau, Bigot, Dalpayrat, Wiener, Alexandre Charpentier,
Joseph Chéret, Roty, Soleau, — sans doute en oubliai-je ! C'est
méritoire autant qu'inattendu.

Tout d'abord, je confesserai que je n'ai point un enthousiasme immodéré pour l'architecture extérieure du pavillon.
Mais le contenu en est vraiment digne d'applaudissements.

L'architecte a aménagé trois salles que j'appellerai, si vous le
voulez bien, en raison de leur structure, la salle de fer, la salle
de bois, la salle de céramique. Plus une quatrième salle assez
petite, en supplément, qui contient des travaux de dames pa-
tronnesses de l'Union, ouvrages d'amateurs assez quelconques,
mais dont les auteurs sont animées évidemment de très bons
sentiments. Il est toujours honorable de s'appliquer à faire

œuvre belle ou utile, même si on n'y réussit qu'à demi. « Et
puis, dit un personnage de Courteline, est-ce que ça ne vaut
pas mieux que d'aller au café? » Dans l'espèce, cela vaut cent

LA LANTERNE DE RACCORDEMENT AU PALAIS DU GÉNIE CIVIL.

fois mieux que de médire, au fond d'une bergère, des petites
amies. Toutefois, sur cette partie-là de l'exposition de l'Union,
je fais des réserves. Mais les trois autres salles sont fort bien ve-
nues et rencontrent auprès de l'élite des visiteurs toute l'attention et l'estime qu'elles méritent. Ce sont d'heureuses tentatives
d'ensemble, dans un style d'un modernisme bien tempéré et bien
timide, évidemment, mais joliment hardi tout de même aux yeux

de quiconque connaît les sentiments et les préférences des
membres de la Société. Et il faut aimer l'Union d'avoir pris
cette initiative et de l'avoir réalisée avec ce goût.

J'apprécie particulièrement, pour ma part, la salle du milieu,
avec ses tentures chaudron, décorées d'applications et de broderies dont le thème est fourni par de sveltes lauriers et par de souples ronces ; avec ses boiseries claires, sculptées de ronces aussi ;
ses vitrines d'une construction simple, sobrement décorées, et derrière lesquelles scintillent de si jolies choses ; avec, surtout, cette
admirable toile décorative de M. Albert Besnard, qui rayonne à la
place d'honneur, sur le panneau principal, et devant laquelle un
seul nom vous monte aux lèvres, celui de Watteau : ciel lan-
goureux, eaux profondes et veloutées, bois chevelus qui chantent à la brise, et la quiétude du village blanc qui somnole, et
l'indicible volupté des belles chairs nues, des étoffes onduleuses.
Et je constate que si l'Union n'a pas toujours été guidée, dans
ses achats, par un souci constant d'éducation et de marche en
avant, du moins a-t-elle été suffisamment éclectique et large. Il
y a beaucoup à apprendre, ici, chez elle. La leçon, sans doute,
eût été plus complète si, au lieu de nous présenter dans un
cadre, d'ailleurs intelligent, des collections de bibelots, on nous
avait montré des objets usuels, un ameublement pratique et
beau en même temps. Par malheur, il y a le goût du jour à
satisfaire, quand on n'est pas le bon tyran omnipotent et maître
de ses actions, et qu'on doit compter avec des souscripteurs ; or,
nous vivons toujours dans la superstition absurde de l'objet de
prix, inaccessible au vulgaire. Conception fausse, et dont il
faudra bien quelque jour revenir. Il eût été honorable pour
l'Union centrale des Arts décoratifs de donner l'exemple : elle
a laissé à d'autres, à des architectes comme MM. Guimard,
Plumet, Majorelle, à Émile Gallé, enfin, maître en tous les
nobles métiers, à bien des étrangers, aussi, un pareil soin. C'est
grand dommage.

Tous les efforts des sergents-majors de l'avenue Rapp pour
faire rentrer d'autorité dans le cadre des signalements spécifiés

par leur classification tout ce qui leur fut confié, n'ont pu nous empêcher de découvrir, çà et là, aux sections françaises, quelques résultats dignes d'attention et tout à fait réconfortants, l'honneur est sauf.

Sans doute nos émules nous ont envoyé des œuvres très belles, très définitives, surtout; mais nous avons le droit de revendiquer, dans cette fièvre de nouveauté qui tenaille la vieille Europe presque entière, notre part d'inspiration, notre influence excitatrice. Nous fournissons notre large apport de résultats.

Dans les sections du mobilier, nous rencontrons de dangereux rivaux, et les temps, certes, ne sont plus où notre goût exerçait sur le monde une hégémonie universellement subie. Pourtant, même ici trouverait-on, en y regardant de très près, que le ressouvenir des suggestives marqueteries de M. Emile Gallé, exposées en 1889, n'a pas été sans hanter plus d'un architecte, plus d'un ouvrier d'art étranger.

Nous sommes entrés en danse timidement, et comme à regret. On nous a dû des productions distinguées. Mais d'autres qui, hors de nos frontières, s'étaient élancés dans la carrière sur nos traces, pour ainsi dire, y mettaient une telle fougue, tant de décision et d'audace, qu'ils arrivaient presque à nous distancer, affirmant plus nettement leurs aspirations, formulant plus résolument, d'une façon plus précise leurs goûts, arrivant à dégager plus nettement la formule nouvelle; ainsi, au tout premier rang l'Autriche, puis l'Allemagne, la Hongrie, les pays scandinaves, y compris la Finlande dont le pavillon, que j'ai louangé, accuse tant de ressources.

Ce mouvement, d'ailleurs, qui aboutit à la renaissance indubitable du mobilier contemporain, était parti, je crois l'avoir indiqué déjà, — et personne, au surplus, ne l'ignore, — d'Angleterre. Il s'est figé, chez nos voisins d'outre-Manche, dans une certaine roideur hautaine, qui garde cependant quelque prestige aux yeux épris de sobriété et de noblesse. Il faut voir attentivement les chambres à coucher du pavillon britannique de la rue des Nations, pour se rendre compte de l'orientation actuelle de l'Angleterre vers l'excessive simplicité, vers l'élégance discrète, avec, toujours, cette préoccupation dominante du confort, de la commodité, de l'agrément qu'on peut éprouver à vivre au milieu de tels meubles.

C'est là qu'est sa vraie exposition d'art décoratif, complète, groupée en des meubles qui se tiennent, depuis les lits historiés de peintures dans le goût archaïque et légendaire jusqu'aux garnitures d'étain ou de cuivre martelé des tables de toilette, jusqu'aux petits bibelots de faïence des étagères, peu coûteux, et combien éloignés de nos précieux et absurdes riens de vitrine, qu'on n'oserait laisser à portée d'une main mercenaire !

Il faut aussi faire une visite, à l'Esplanade, à la section anglaise du mobilier, et détailler posément l'intérieur complet aménagé par une maison de Londres. Tout cela, évidemment, n'a rien de révolutionnaire. C'est, plutôt qu'une transformation complète, une adaptation aux goûts et aux besoins du jour des styles du passé. Et tout cela garde toujours un réel cachet d'élégance patricienne, et surtout de savant confortable ; tout cela est très au point, très en place, ayant, dans les formes, dans les tendances, un lien, de communs caractères, un style enfin.

Les Allemands, pas plus que les Anglais, pas plus que nous, n'ont abandonné définitivement les styles anciens d'ameublement. Ils copient le Louis XIV, le Louis XV, le Louis XVI et aussi l'Empire avec une perfection quasi comparable à celle que nous apportons nous-mêmes à cette besogne. Ce qui ne les empêche pas, quand ils abordent le style moderne, d'y montrer de la crânerie, une volonté ferme, de l'imagination, plus de mesure et de goût qu'avec nos préjugés favoris nous n'aurions cru pouvoir en attendre d'eux, un sens très particulier de la vie familiale, un amour du luxe, un souci d'aises et de commodité ; ils manifestent une prédilection intelligente pour les appartements qui se prêtent docilement aux fantaisies comme aux besoins de leurs hôtes, à des métamorphoses rapides au gré des circonstances de la vie courante, avec un penchant toujours vers la rêverie, vers le mystère, vers l'intimité quiète.

Des boiseries simples, solidement charpentées, laissées sou-

vent dans leurs tons naturels ou injectées de nuances discrètes ;
des vitraux ménageant la lumière, blutant des pénombres douces
et chaudement colorées, tout en évoquant en traits synthétiques,
au milieu même de l'exil douloureux dans les cités agitées et
tristes, les grands aspects de la nature regrettée, guérets opulents, saulaies embrumées, bois ombreux et prairies baignées de
rosée, et les couchants somptueux et les frissonnantes aurores ;
des foyers paisibles et reposants qu'on s'imagine volontiers emplis, à la veillée, de la vapeur légère montée des pipes, et silencieux, et recueillis, voilà les caractères que montrent les industries d'art des Allemands dans cette série d'appartements aménagés aux Invalides. Ce sont parfois aussi des fantaisies d'une
imagination un peu plus vagabonde, comme cette « Chambre
de la Belle au Bois dormant », transposition ingénieuse, amusante, du thème fourni par le vieux conte de Ma Mère l'Oie.
Puis, çà et là, de jolis objets usuels, étains, poteries, ferronneries, d'habiles adaptations ou d'originales créations, tous les
ustensiles de la vie domestique rénovés, affranchis de l'imitation
servile des vieux modèles. Et partout, sur tout, une pensée lisi-
blement écrite, la marque évidente des aspirations de toute une
pléiade d'artistes, constructeurs, dessinateurs, sculpteurs, déjà
rendus bien près du but. Chez aucun peuple le style nouveau
ne s'affirme avec plus de rude franchise, plus de décision, plus
de bonne foi, plus de logique et de sagesse dans toutes les branches de l'art décoratif.

En dehors même de ces classes des industries somptuaires,
l'Allemagne s'est attachée à des recherches décoratives, souvent
avec un rare bonheur, dans l'installation des vitrines de ses
diverses expositions, ici se rappelant qu'elle est la terre classique des gnomes du feu, des petits forgerons à la barbe che-
nue, aux jambes torses, au capuce pointu, et s'acharnant à
tordre et à marteler savamment le métal, et produisant des
ferronneries dignes des plus beaux jours ; plus loin, s'attaquant
au bois, l'arquant en courbes simples, le moulurant discrète-
ment, le rehaussant d'applications de bronze ou de cuivre doré
d'un riche effet. Et des centres d'art d'une activité intense se
révèlent par des productions souvent d'un indiscutable intérêt :

Berlin, Munich, Cologne, Hambourg, Dresde, Carlsruhe, Darmstadt, où tous les métiers à la fois sont en faveur, ébénisterie, verrerie, céramique, poterie d'étain, travail du cuir, tapisseries, et où, sous l'égide de princes éclairés ou de sociétés de Mécènes, de véritables écoles s'épanouissent.

« On nous a reproché de faire bon marché, mais de faire laid, aurait dit un jour à M. Alfred Picard M. le conseiller Richter, Commissaire général allemand. Nous pouvons maintenant montrer que nous savons faire beau et bon marché. »

Ils ont fait comme avait dit leur Commissaire général.

Des préoccupations analogues hantent les Autrichiens, et davan-

L'ESCALIER DU « PNOM », AU TROCADÉRO

tage encore, peut-être, les Hongrois; et les résultats, même quand ils ne nous plaisent pas, quand ils accrochent un peu nos préférences personnelles, ne peuvent manquer de nous intéresser. C'est, en tout cas, une surprise vive que nous éprouvons. Si longtemps on nous a dit que nous avions le monopole du goût, que l'artisan français était le premier des ouvriers, comme le « calicot » français était le calicot type, que nous ressentons comme de la stupeur à constater qu'en somme il existe à Vienne, à côté d'ébénistes fort adroits et d'étalagistes experts à présenter sous le meilleur jour, les cotonnades ou les soies, des architectes chercheurs et curieux d'inédit.

Je crois assez volontiers les Autrichiens quand ils affirment qu'ils ont été les initiateurs et les éducateurs des Allemands

d'Allemagne ; que leurs écoles professionnelles ont été une pé-
pinière d'ouvriers dont ont bénéficié largement leurs voisins et
amis.

Les Autrichiens, en effet, nous ont montré des audaces
devant lesquelles nous reculerions.

Sans parler de l'art parfait, mais très révolutionnaire, avec
lequel est installée leur section entière et notamment, aux
Invalides, à la classe du Mobilier de cette jolie garniture des
rampes d'escalier, tentures vertes coupées de cordelettes blanches, ferronneries dorées masquant la hideur achevée, brutale
des ferrailles architecturales ; sans parler de tout cet ensemble
si sobre et si réussi, ils ont établi une salle d'honneur au milieu
de laquelle trône, entouré de lauriers taillés en ifs, très louis-
quatorzièmes, un buste de l'empereur François-Joseph, salle
d'un style hardi, avec ses tentures claires sur un soubassement
un peu funèbre d'ébène et de velours pourpre, ses frises
de larges roses thé brodées à la cimaise de feuillages pâles
sobrement silhouettés au raccord du plafond et du mur, et ses
petits bas-reliefs de bronze patiné. Et si des colonnes y subsis-
tent, c'est bien uniquement pour ne point froisser les convictions des braves gens pour qui il n'est de salle majestueuse et
vraiment royale qu'entourée de colonnes. Encore a-t-on cherché à rénover celles-ci par l'application, malheureuse et
gauche, d'ailleurs, de chapiteaux de treillage métallique.

Tout près de là, l'Autriche nous montre encore une curieuse
pièce entièrement meublée, des boiseries aux orfèvreries, par
les élèves de l'École impériale des Arts décoratifs de Prague, ce
qui est tout de même un peu humiliant pour nos écoles Boulle
et autres et pour notre amour-propre national en général ; puis
un cabinet encore, qui est l'un des coins les plus violem-
ment originaux de l'Exposition entière, boiseries rouge ama-
ranthe, tentures grises rehaussées de galons du même rouge,
fusant en longues trajectoires.

Dans toute la section, nous retrouvons ainsi l'Autriche à la
tête, pour ainsi dire, du mouvement, y apportant beaucoup de
mesure, en général, et une distinction qui manque quelquefois à
ses concurrents. Je n'ai pas besoin, je pense, de signaler aux

artistes et le beau vitrail du palais des Fils, tissus, vêtements, et, au premier étage du même palais, ces trois salles exquises du Lin, du Coton et de la Laine, œuvres très remarquables, très complètes de l'architecte impérial Baumann, ni certaines tentatives plus risquées, comme l'aménagement de la classe de la Papeterie. Et il faudrait, hélas! pouvoir disserter longuement sur toutes ces choses.

A la petite exposition des Pays-Bas, le mouvement s'accuse aussi avec une vaillante énergie, dans la décoration générale, peluche gris souris et vert mousse, d'une harmonie, d'un tact qu'on n'a nulle part dépassés, comme dans les installations particulières : toute une série de petites pièces où l'on admire des étoffes étranges, des velours foulés, passés, et comme craquelés, des tapis d'une exquise douceur, et, aux murailles, des papiers de tentures tirés non plus en rouleaux, mais bien par petits carreaux qui font songer à des bois japonais, où les noirs jouent, inégaux de tons, et profonds, très séduisants à l'œil.

La Hongrie, plus téméraire encore que l'Autriche, comme de raison; la Suède, avec ses céramiques; la Norvège, avec ses délicats mais ruineux tapis; la Finlande, où un artiste, M. Meixmontan, a poussé le souci « d'embellir la vie » jusqu'à ciseler sur un coffre de marin, largement calé sur sa base, contre le roulis, des bas-reliefs de bronze qui exaltent la splendeur des couchants en mer, le recueillement du grand large où s'égare la barque glissant au froufrou rythmique de ses avirons; le Danemark, dont nous retrouverons plus loin les céramiques, tous sont emportés par la même fièvre, la même soif d'art inédit, approprié à nos désirs comme à nos façons d'être.

Quelle figure fait la France dans cette sarabande? Officiellement, on l'a vu plus haut, elle joue un piètre personnage. Mais quelques individualités vigoureuses, et qui ne redoutent pas les horions, la remettent à son plan, en bonne posture.

Si, pour le meuble, tous les pays peuvent être considérés, au départ, comme tributaires de l'Angleterre, à travers la roublarde et prétentieuse Belgique, — qui faillit un moment tout gâter, avec son gros goût de lendore, son affection désordonnée de maritorne pour les fluets ténias et les onduleuses lanières de

fouet, — dans telles autres branches, des influences françaises
s'accusent impérieusement. Tous les verriers, — je ne parle pas
des copistes du passé mort, — à l'exception, peut-être, de l'Allemand Karl Kœpping, procèdent d'Emile Gallé; tous les céramistes se sont souvenus, à une heure de leur vie, de Carriès, de
Delaherche, de leurs confrères français, — quand ils n'ont pas
songé à Copenhague, ou, remontant aux sources, au Japon.

Cette double empreinte des bons potiers de France et des
porcelainiers de Copenhague se retrouve jusqu'à Sèvres. Comment nous étonnerions-nous de la rencontrer, çà et là, en Allemagne, en Suède, un peu partout?

A Copenhague, Sèvres et ses émules ont emprunté ces sobres
décors aux tons adoucis, bleus, légèrement glacés de roux ou de
vert olive. Ils y excellent, sans atteindre pourtant à la liberté
d'exécution de leurs modèles, au moment où, je le crains, pour
son malheur, la Manufacture royale danoise tend à les abandonner ou à les compliquer inutilement; où, poussée par une soif
honorable de nouveautés, elle sort du genre qui lui avait valu,
depuis la dernière Exposition, un succès si mérité. Il semblerait que, comme de malfaisantes goules, tous ces copistes aient
épuisé la sève dont ils se sont nourris. N'empêche qu'il demeure,
dans la vitrine des Invalides où sont exposés les produits de
Copenhague, des pièces d'une savante distinction, comme ces
gourdes aux cols effilés où resplendit la candeur de paysages
givrés, où pendent en grappes de neigeuses glycines; comme ces
petits porte-violettes enveloppés d'un émail humide, trempés
d'une onde où stagnent, entre deux eaux, des bulles argentées,
où scintillent des cristallisations coralliformes, suggérant l'idée
de fonds sous-marins, de cavernes inexplorées, retraites inviolables des perles fabuleuses, des madrépores épanouis, pareils
à des corolles.

De ces prestigieuses poteries, Sèvres encore s'est inspirée, je
l'ai dit plus haut. Mais si maladroitement! Possédée du désir,
digne d'une parvenue, de révéler ses extraordinaires moyens,
d'utiliser ses fours vastes à loger Ali Baba et ses quarante voleurs,
elle a créé des potiches monstres, habillées de ces seules traînées aqueuses où scintillent des bulles et des cristaux arbores-

cents, sans songer que cette parure, au début fixation, utilisation très artiste d'un accident, j'imagine, et très divertissante sur des pièces minuscules, ne saurait constituer une décoration pour des vases qui ont l'ampleur d'un tonneau ; que cet enduit fluide ne peut que masquer inutilement l'aspect savoureux de la belle pâte blanche, en un mot s'appropriant inintelligemment un procédé auquel elle n'a rien compris.

Le piquant, c'est qu'il y a, en face de l'exposition de la Manufacture royale de Copenhague, celle d'une fabrique particulière danoise qui s'est au contraire appliquée soigneusement à rechercher des effets différents de ceux où excelle sa rivale privilégiée, et qui, n'ayant ni les ressources, ni la belle et fine matière de celle-ci, est arrivée, pourtant, à faire des œuvres attrayantes, à témoigner d'initiative et de goût.

Au reste, il faut ajouter à la décharge de notre vénérable Manufacture nationale, qu'elle n'a pas été la seule à tomber dans le panneau, et que les givrures, les jaspures, les coulées humides de Copenhague se retrouvent dans les céramiques d'Allemagne, de Suède, d'Autriche, de Hongrie, et jusque dans celles du Japon, — preuve admirable, à un autre point de vue, de la rapide diffusion des procédés industriels, et, partant, de l'inutilité parfaite des Expositions internationales.

Hélas ! nos céramistes français ont été dévalisés avec le même sans-gêne, et quelques comparses font du Delaherche et du Carriès, et du Chaplet, non sans habileté.

C'est une grande gloire pour ces potiers inquiets et pour leurs confrères français qui ont tour à tour apporté à la céramique l'appoint de leurs patientes recherches. On les a suivis : on ne les a pas rejoints ; et les concurrents vont pouvoir encore emprunter à leurs expositions de quoi travailler pendant quelques années.

Si nous devions avoir, dans deux lustres, une nouvelle foire du monde, je gagerais que nous y verrions, entre autres choses, des imitations de ces très séduisantes pâtes d'émail dont M. Dammouse a modelé des amours de petits vases, de formes élégantes, de tons fuyants, presque opaques au fond, translucides au bord et bosselés de cabochons de pierreries, dirait-on ;

nous y retrouverions encore des copies des grès de Delaherche, le plus puissant de nos céramistes parce que le plus simple, le plus calme dans la recherche des lignes comme dans celle des couvertes ; des porcelaines de M. Chaplet, inventeur de matières grasses et robustes, des pots de M. Jeanneney, de M. Bigot.

Laissez-les donc copier et plagier ; laissez-vous détrousser, bons potiers de chez nous ! Vous êtes riches. Rappelez-vous les généreux conseils du don César de *Ruy-Blas* au laquais ivre, et continuez de travailler en paix.

Je crois bien ne faire de tort à personne en proclamant le maître entre les maîtres M. Emile Gallé, ébéniste, verrier, céramiste; M. Emile Gallé dont l'influence est si visible dans maintes des sections étrangères; qu'on a pillé à l'envi et qui a, certes, le droit de s'en montrer fier.

M. Emile Gallé n'a son pareil dans l'histoire de l'art d'aucun pays et d'aucun temps. Et nous ne saurions assez le glorifier, car un peu des honneurs que nous lui décernons rejaillit sur nous : celui-là est Français, bien Français, rien que Français, et son nom le crie haut : Gallus !

Il a surgi, au renouveau de l'art décoratif, à la façon de ces étranges colchiques de la prairie, dont il s'est inspiré quelquefois pour telles de ses belles décorations, que rien n'annonçait la veille, ni un bourgeon, ni une feuille, ni une tige, et qu'on voit sourdre, un matin de rosée, parmi l'herbe humide, reflétant, semble-t-il, dans leur petite cupule mauve, toutes les lueurs de l'aube qui souriait à leur éclosion. Je vous rappelais, tout à l'heure, quel fut, voilà onze ans, nôtre enthousiasme devant ses fragiles chefs-d'œuvre.

Il ne doit rien à personne, sinon peut-être à ceux qui avaient pris avant lui la route de la forêt, des prés ou de l'étang, et qu'il a suivis à la trace pour aller cueillir, derrière eux, les sagittaires et les iris, les boutons d'or et les bluets, et les baies des myrtilles, et les feuilles dentelées des chênes, les bonnes plantes

du sol gaulois, afin de les pétrir et de les ciseler, plus tard,
comme ses grands modèles, toujours, dans la glaise ou le
verre, dans le métal ou dans le bois. Mais que d'autres, j'y
reviens, lui ont fait, à lui, des emprunts, avoués ou non !

Dans toutes les sections des arts somptuaires, françaises ou
étrangères, vous retrouverez, visible, la trace de son influence,
dans tous les métiers du bois, de la terre ou du verre. Car il a
été un prodigieux créateur de formes et de nuances; car il a
réellement, selon la parole du poète, « doté l'art d'un frisson
nouveau »; il a arraché à la nature des mots qu'elle n'avait seulement pas bégayés avant lui, — et je songe surtout, en ce
moment, au grand verrier qu'il est.

Ce fut lui, non un autre, qui réapprit aux modernes décorateurs le chemin que vient de reprendre Sèvres, le chemin
des champs que lui avaient enseigné à lui-même les œuvres
de ses devanciers, pénétrées par son sûr entendement de génial
artiste; lui qui ramena leur attention sur la fleurette du sentier,
sur le silène rose et la frêle pervenche entr'ouvrant dans l'herbe
du talus leurs yeux clairs. Et ses suggestions puissantes sont
partout visibles, dans les marqueteries autrichiennes, allemandes, ici trahies par de candides pastiches, là, mieux dissi-
mulées par des assimilateurs retors.

Mais comment louer dignement ce merveilleux et fécond
producteur. Il est partout : au musée centennal du mobilier, à
l'Exposition centennale des Beaux-Arts, à la classe contemporaine du meuble, avec vingt ou trente numéros du catalogue,
avec une salle à manger idéale, belle de construction, belle d'ornementation, stylisation, en chacun de ses éléments, d'une
plante, tiges, fruits ou fleurs, depuis le lustre en fer forgé où se
gonflent en ampoules des graines de clématites, jusqu'aux gobelets; il est encore au musée centennal de la verrerie, à la
classe contemporaine du verre, enfin, où il règne en triomphateur sans second. Et alors qu'il faudrait examiner en détail
toute son exposition, à laquelle nulle autre n'est comparable, je
ne puis que lui rendre ce rapide et passager hommage. Un chapitre entier ne suffirait pas à décrire, à admirer comme il convient ses envois, des vitrines élégantes et robustes aux purs

16

joyaux qu'elles recèlent, des meubles si expressifs, si attachants aux ensembles architecturaux ; et je ne puis même dénombrer ses perfections : il faut passer, se contenter d'enregistrer cette triomphante supériorité, cette souveraineté toute-puissante.

Cet homme ose traduire en une matière palpable, pesante, des vers ailés, des proses cadencées; et il fait songer presque au delà des vers, fussent-ils de Baudelaire, presque au delà des proses, fussent-elles de Marcel Schwob. Ses buires ont le rythme et la couleur, comme le verbe impeccable. Dans un cornet signé de son nom, et que les doigts étreignent, il y a plus d'air, plus de lumière, plus d'espace, plus de murmures, plus de rêve, enfin, que dans vingt toiles alignées de tel paysagiste à la mode. Et quand tant d'autres, autour de lui, se contentent d'être artistes, il est un grand, un authentique poète, et ses verreries et ses marqueteries sont belles comme des chants d'Hésiode, comme des strophes d'Hugo, et à leur vue se lèvent en nous des pensers sans nombre.

Un artisan français encore a exercé, tant chez nous qu'au dehors de nos frontières, une influence considérable, et, qu'on me permette de dire toute ma pensée, plus surprenante. C'est le joaillier Lalique.

On ne saurait contester à M. Lalique une certaine imagination, un peu chantournée toutefois, quelque ingéniosité à tirer parti des gemmes d'une façon parfois inattendue, à utiliser jusqu'à leurs imperfections de formes en vue d'un effet sûr, et souvent un peu forcé, un goût de l'étrange qui plut vite aux imaginations faisandées de nos belles neurasthéniques, un amour un peu barbare pour les pierreries monstrueuses et chères. Je lui reconnais, de plus, pour ma part, une incompréhension absolue, incurable, de la gracilité, de l'élégance féminines. Il a toujours un peu l'air de travailler pour des femelles d'éléphant : je vous signale en ce genre, dans ses armoires, tels lourds carcans dont, galant homme, on n'oserait décemment infliger le port à des négresses captives, et qui évoquent

les idées de caravane et de fourche. Je le dis tout net, encou-
rant la peine inéluctable d'être traité de Béotien. Peu me chaut!

Tout cela, m'objecterez-vous, justifie mal la vogue considérable dont jouit M. Lalique dans les coulisses et les boudoirs,
j'en conviens. Mais ce qui explique autrement ce phénomène,
c'est la facilité qu'éprouvent les faussaires et les suiveurs à imiter en toc tant de
ruineux bibelots.
Tandis qu'on peut
bien singer les œu-
vres d'un Gallé, mais
non jusqu'à donner
le change, un peu
partout on fait, avec
de fausses pierres et
de fausses perles,
avec des cristaux de
verre, des émaux bon
marché et de l'écaille
d'ablettes, du Lali-
que très présentable.

L'ÉLÉPHANT BLANC AU TROCADÉRO

Vous pouviez voir, avant même que s'ouvrît l'Exposition,
à pas mal d'étalages, des articles de Vienne ou de Berlin qui
jouaient assez adroitement les plus opulents de ses colliers, les
plus chatoyantes de ses agrafes. Et maintenant, je n'apprécie
plus. Ce fait seul, il me semble, prouve assez surabondam-
ment que l'art de M. Lalique n'est ni si personnel, ni si précieux que l'ont cru ou que le croient encore des caillettes.
Il suffit pour frapper d'une tare, à mes yeux irréparable, tous
les bijoux sortis de ses mains : dans un réel bibelot d'art, on
ne saurait pas plus remplacer une gemme précieuse par du
clinquant, par une verroterie que, dans une phrase accomplie, le mot propre par un à peu près.

Tandis que, dans la bâtisse monumentale, aux Champs-
Elysées, aux Invalides, au Champ de Mars, d'un bout à l'autre

de cette Exposition, il se montrait si vidé, si parfaitement nul,
l'architecte se révélait, au contraire, comme dessinateur, comme
inspirateur d'installations intérieures, — ce qui tend, d'ailleurs,
heureusement, par suite de la prédominance fatale que prendra
sur lui l'ingénieur, à rentrer de plus en plus dans ses attribu-
tions, au détriment de l'horrible tapissier des « drapés » que
vous savez, — l'architecte se révélait, dis-je, comme un impro-
visateur plein de ressources, un éducateur très fécond, un précurseur, et collaborait puissamment à la renaissance décorative.

J'ai mentionné, chemin faisant, faute de pouvoir faire davantage, les efforts des Allemands, des Autrichiens, des Hollandais,
des Hongrois dans l'arrangement de leurs sections respectives,
dans l'utilisation des espaces qui leur étaient attribués. J'ai la
grande joie de constater que tout un petit groupe de nos architectes fait hardiment face aux « professors » d'outre-Rhin, aux
constructeurs du Nord.

Et tout d'abord, au sein de l'Administration de l'Exposition,
un homme s'est trouvé dont la présence, dans un fauteuil de
chef de service, sous le même toit qui abritait M. Bouvard,
apparaît comme une anomalie, un non-sens, ou plutôt comme
une espièglerie du sort : M. Louis Bonnier, architecte en chef
du service des installations.

Artiste au goût affiné, au talent élégant, aux idées abondantes, et devant lequel s'inclinent ceux-là mêmes qui admettent
le moins ses théories esthétiques; auteur de ce rapport remar-
quable sur l'architecture des grandes villes qui résume si lumi-
neusement les travaux de la commission nommée par l'édilité
de Paris pour étudier les moyens de moderniser et d'embellir la
rue, M. Louis Bonnier, de son bureau de l'avenue Rapp, où le
secondaient des collaborateurs épris du même idéal, comme
MM. Lucien Roy, Guillemonat, d'autres encore, devait avoir
sur la décoration des palais, l'aménagement des classes, la plus
heureuse influence. Les inventeurs les plus hardis allaient trouver auprès de lui un accueil empressé, un appui sûr et inlas-
sable.

Si, aux dispositions originales adoptées par telles classes
allemandes, autrichiennes, hongroises, danoises, hollandaises,

nous pouvons opposer l'ameublement des classes de la Parfumerie (par M. Frantz Jourdain), des Cuirs et Peaux (architecte M. Benouville), de la Bijouterie (MM. Arfvidson et Vassas), de la Décoration fixe des édifices publics (M. Ch. Plumet), de la Décoration mobile (M. Risler), de la Papeterie (M. Sorel), du Matériel colonial (M. Deperthes) ; si l'honneur, en ce qui concerne la décoration de la section française, demeure intact ; si nous avons cette revanche du goût public, représenté par certains Comités d'installation, sur le goût officiel qui imprima au frontispice des palais son stigmate injurieux, c'est en grande partie à lui que nous en sommes redevables. Et quand il eut à faire œuvre personnelle, il affirma encore plus courageusement sa foi, car il est l'auteur de ces très curieux pylônes et de ces enseignes suspendues qui indiquent pour chaque salle son contenu, s'efforcent de rendre sensible une classification fort embrouillée et obscure, comme vous savez, et qui multiplient sur le passage des visiteurs les indications utiles. Et il a su réaliser ici des dispositions claires, ce qui était le premier point ; il a, en même temps, par des moyens primitifs, économiques, à l'aide de simples planches découpées à la scie et superposées, créé des motifs ornementaux du plus vif intérêt. Il a donné un exemple précieux. Il a fait montre d'une belle crânerie. Si vous saviez comme moi ce qu'il lui a fallu d'audace, d'entêtement pour atteindre ce résultat qui vous paraît tout simple, vous lui en sauriez un gré infini, ô vous tous, engagés aussi dans la mêlée !

Enfin, à ces motifs qui risquaient d'être belges, lourdauds, il a conservé cette souplesse de lignes et cette capricieuse élégance qui sont nôtres, et qui ne sont guère qu'à nous. C'est un méritoire effort et un résultat méritoire.

En dehors des installations, les architectes, dans les classes de l'Ameublement, s'affirment encore tels que des éducateurs, des collaborateurs précieux de nos artisans. Il me faudrait, pour être juste, insister davantage sur l'importance et l'excellence de leur apport. Habitués, par métier, à se préoccuper des conditions de l'équilibre statique des objets, à se défier des formes incertaines, ils devaient être pour les constructeurs de meubles

de sages conseillers. Leurs envois, aux Invalides, sont des plus
remarquables. Mais je ne puis presque, hélas! que citer des
noms, là où tant d'envois mériteraient une étude approfondie;
et encore,... n'en vais-je point oublier? C'est un tel fouillis, un
tel dédale! Ces palais des Invalides, tout en culs-de-sac, en
escaliers, sont si incommodes, si inhospitaliers aux studieux!
Je crains de n'avoir découvert que ce qui s'impose.

C'est d'abord le « stand » où M. Hector Guimard, l'aven-
tureux bâtisseur du castel Béranger, à Auteuil, l'œuvre architecturale la plus osée qu'on ait produite en France depuis
cinquante ans et plus, a réuni une sélection de motifs tirés de
cette maison ultra-révolutionnaire, cheminées d'originale structure, de très belle matière, papiers de tenture un peu inquiétants,
huisseries, meubles, et jusqu'au plafond, admirable exemple
d'architecture rationnelle, où les éléments de construction,
laissés apparents, les poutrelles de fer garnies d'un hourdage de
briques viennent concourir à l'effet décoratif. Puis c'est un ensemble de trois salles, — cabinet de travail, chambre à coucher,
salle à manger, dues à M. Majorelle, de Nancy, qui a déjà
conquis dans tout le petit groupe des novateurs une enviable
notoriété : des meubles heureux de proportions, sans rien
d'outré ni de tapageur, et quasi comparables, oserai-je proclamer, par l'aisance de leur galbe et la loyauté de leur confection matérielle, aux meubles qui ont contribué à établir la
gloire des styles défunts. Plus loin, une salle à manger-fumoir
de M. Ch. Plumet, qui avait pensé un moment à construire
la « Maison moderne » tout entière, garnie de son mobilier,
de son argenterie, de son linge, et qui, n'ayant pu réaliser
qu'une partie de son rêve, l'a formulée du moins crânement,
avec la collaboration de M. Tony Selmersheim, dans une délicate harmonie, claire, tiède, bois d'un roux doré, vitraux tami-
sant une lumière blonde. Plus loin encore, un « intérieur » de
M. Louis Bigaux, de destination indécise, mais fort agréable,
malgré quelques contournements inutiles, et fourmillant de
bons morceaux : des sculptures enlevées d'un ciseau souple,
des bronzes de tons superbes, des appliques inspirées directement de la nature, interprétations de plantes, corolles, tiges

ou feuillages, véritables pièces de musées que l'Allemagne a
acquises en partie, mais dont elle nous renverra des copies bon
marché, soyez sans crainte.

Et encore, un certain coffre-banquette de M. Th. Lambert,
solide comme une chaire gothique, bien assis, orné de simples
découpures de cuivre, de silhouettes abrégées où se recon-

L'ENTRÉE DE L'EXPOSITION DE L'INDO-CHINE

naissent, évidemment, des influences japonaises, mais intelligemment assimilées.

Pour tous ces appartements, des tapissiers s'appliquent à
trouver des tentures inédites, en plein accord, comme couleurs
ou ornementation, avec le mobilier : MM. Joly et Sauvage
apportent la série de leurs toiles décoratives, de leurs étoffes
décolorées, soies et velours, que vous connaissez bien et que,
conséquemment, vous aimez, un nouveau venu, M. Louis
Préaubert, prête aux murailles un vêtement riche, chaud, que
ne dédaignent pas d'illustrer d'arabesques, d'ornements ou de
paysages de grand caractère des artistes comme Henri Rivière,
Georges Auriol ou, parmi les jeunes, Francis Jourdain.

D'autres architectes encore s'appliquent à la construction
de kiosques ou de petites baraques démontables, comme
M. Henri Sauvage, l'auteur de cet étrange théâtre de la Loïe
Fuller, à la rue de Paris, qui est d'une si amusante excentricité

et qui renferme de si jolis détails, et surtout de l'avenant Guignol des Invalides, gai dès l'extérieur, sous son badigeon vif; comme M. Auguste Bluysen qui a conçu, construit et meublé, au quai Debilly, l'original pavillon de la maison Lefèvre-Utile.

La sève circule à flots, portant partout la fièvre et l'inquiétude. Les troglodytes mêmes qui ont bâti les Champs Elysées la sentent monter, subissent son action bienfaisante, cherchent, comme M. Louvet, pour son escalier du hall du Grand Palais, des ferronneries un peu moins banales qu'à l'ordinaire. Les bazars aussi, vous l'avez vu, adoptent le « modern style » comme ils disent, tous les déballages interdépartementaux et internationaux, toutes les maisons du coin du quai, — et les autres!

Voici des appartements qui, sans les renier, ne ressemblent à aucun de ceux qui les avaient précédés, et que la mode accepte, et que l'on peut habiter sans risquer la céphalalgie. Et, chose singulière, il advient que cet art nouveau, auquel on reprochait, au début, au temps des folles mais nécessaires audaces, d'être trop tarabiscoté, — le Louis XV l'était si peu, n'est-ce pas? — est étonnamment simple de galbes, sobre de moulures, de tons et de ciselure, et risque par conséquent d'être vraiment beau.

Il est inconfortable chez nous, en France, dites-vous? Ses sièges se prêtent mal aux longues causeries au coin du feu? Mais ne serait-ce pas précisément parce qu'il est éclos en un temps de vie détraquée, folle, en un temps de visites en coup de vent, avec un fiacre à l'heure qui attend à la porte? Ne serait-il pas, d'aventure, l'image de notre agitation?

Vous ne sauriez nier, toutefois, de fort intéressantes trouvailles des artistes, architectes, sculpteurs ou peintres, qui se sont si généreusement jetés dans la bagarre ; vous ne sauriez méconnaître le charme de telles tentures inédites, aux colorations claires, plus variées que nos désirs, aux lignes capricieuses et souples comme nos rêves.

Les ébénistes, autre nouveauté, se décident à employer des bois avant eux inconnus, et dont les dota la mise en

valeur des forêts exotiques jusqu'alors inexplorées, conséquence inattendue du mouvement d'expansion coloniale; et
ceux aussi que leur tendaient depuis si longtemps les chimistes
et qu'ils affectaient de dédaigner, bois injectés et teints, inal-
térables et indestructibles, bois aux nuances invraisemblables,
diverses à l'infini, doucement violacés, bleuâtres, gris comme
l'écorce argentée des bouleaux, verts comme le tronc des hêtres,
— et je ne parle pas ici, bien entendu, des verts sauvages in-
ventés pour le bazar. Les marqueteries les plus riches et les
plus harmonieuses sont devenues possibles. La gamme décorative est sans limites, aussi bien pour les bois que pour les
étoffes, aux tons tantôt amortis et comme bémolisés, tantôt
étonnamment vibrants. Le bois demeure du bois, dépouille
la couche d'or ou de laque, les pommades étranges sous
lesquelles, en d'autres temps, on le cacha. Il se montre au jour
à l'état de bois, simplement, vivant, avec ses veines souli-
gnées par les sels, sous son aspect franc, et souvent travaillé
et sculpté avec une adresse, un esprit qui ne furent en aucun
temps dépassés, par des ouvriers qui ont appris à respecter la
matière, à demeurer toujours honnêtes avec elle, à ne point
tricher. Et de tout cela, je ne vois pas que nous ayons à rougir,
même en présence du passé, même devant l'avenir.

A ceux qu'attriste, je ne dis pas le renversement de leurs
vieilles idoles, car nous leur demeurons fidèles, mais le trouble
apporté dans leur manière de voir, — et de s'asseoir, — je
conseille d'envisager un peu la situation, telle qu'elle nous est
révélée par leurs expositions, où en sont arrivées l'Italie et
l'Espagne, qui ne sont point entrées dans la révolution. Nous
allions là tout droit et très rapidement, et je loue hautement,
pour moi, ceux qui nous ont tirés de cette ornière.

Le style République troisième est né; — ou plutôt non, car,
par malheur, nous ne régentons plus le goût du monde : il est
né dans l'Europe entière, presque en même temps, résultat
des étonnantes facilités dont nous jouissons pour l'échange et

la diffusion des idées, un style caractéristique de cette époque, de ses prédilections, un style « fin xix^e siècle », peut-être beaucoup moins uniforme, à travers le monde, que d'aucuns ne le prétendent, car le génie de chaque peuple le marque, au fond, de son empreinte.

Je me réjouis que tant d'efforts généreux aient abouti à ce résultat. Quant à juger en dernier ressort, ce n'est point notre affaire. Nos successeurs en ce bas monde s'en chargeront. Ils aimeront ou blâmeront, et, à leur gré, jetteront tout cela au feu ou au musée.

## XIV

25 juin.

Autant que des dîners réchauffés, défions-nous des plaisirs préparés trop longtemps à l'avance. Ils font long feu et n'apportent, leur moment venu, que déceptions et que leurres.

Ainsi est-il des divertissements de cette Exposition.

Quand elle fut décidée, entreprise, nous gardions dans notre mémoire, tout chaud encore, le souvenir des franches repues de 1889, des danses du ventre, des saturnales de la rue du Caire, de tant d'impurs frôlements avec le vice exotique. Ah! c'est que là, certes, on s'était amusé sans pudeur et sans peur du remords.

Cela, d'ailleurs, avait été tout à fait imprévu. Qui donc, à la veille même de l'ouverture, en pleine crise politique, croyait possible le succès de l'Exposition? Qui croyait, même, à l'Exposition? Elle s'était ouverte, pourtant, et dès le premier jour, on l'avait trouvée charmante, enchanteresse. Et brusquement, en impromptu, un vertige de joie, un vent de folie avait mis les têtes à l'envers : le plaisir passait, on le saisit aux cheveux, brutalement. Et six mois durant, ce fut l'orgie de tous les jours, l'orgie improvisée et qui se prolonge, l'orgie effrénée, cynique. Autour des almées de l'Orient, des gitanes, des petites ballerines javanaises, gagné par l'hystérie des Aïssaouas, Paris tout entier flamba, et non seulement Paris, mais ses hôtes innombrables. Le relent des turpitudes de la grande ville troubla d'un frisson jusqu'à l'âme ingénue et limpide des provinces reculées.

On se réveilla lassé, mais non rassasié de ce rêve sensuel, tendant les bras encore à d'autres voluptés, déjà escomptant la foire décennale prochaine pour se rendormir, grisés de bruit, de beuveries et de luxures, et oublier le triste présent. Guère plus de cinq ans après, on commençait, si je puis dire, à border les lits.

A la seule annonce de l'Exposition de 1900, nos courtiers en ivresses se mirent en peine de pourvoir abondamment à nos désirs, assiégèrent les guichets des gares, frétèrent des flottilles pour aller querir et collectionner autour du monde des éléments de plaisir un peu rares. Tandis que l'Administration se faisait ouvrir, pour construire ses palais, les meubler, y recevoir le monde entier, un crédit de cent millions, eux tiraient des coffres les plus verrouillés, pour nous divertir seulement, nous nourrir et nous abreuver six mois, la somme rondelette de quarante-six millions et demi : le compte en a été fait exactement.

C'est que des légendes mirifiques avaient pris naissance et s'étaient solidement enracinées dans la croyance des foules, touchant les fabuleuses fortunes élaborées au cours de l'Exposition précédente; et vous savez le pouvoir magique des sornettes pour attirer l'argent des gogos et épuiser les bas de laine! Plus les idées d'entreprises étaient folles, plus elles trouvaient de crédit : il semblait que la moitié de la France dût s'enrichir en amusant l'autre moitié.

Quel réveil sinistre, pour les deux camps!

Un de mes bons amis, pour stigmatiser l'Exposition de 1900, l'a baptisée « Pornopolis ». Il fut, ce jour-là, par extraordinaire, injuste souverainement, et contribua, sans le vouloir, à embourber la foule dans l'erreur.

Pornopolis! Ah! mon cher ami! Vous repensiez à l'autre; vous vous remémoriez les démentielles lubricités d'il y a dix ans!

Quand je songe que le respectable M. Bérenger et ses collègues de la Ligue contre la licence des rues s'étaient émus, voilà un an ou deux, à la seule annonce des distractions qu'on nous promettait ! — Émus pourquoi, grands dieux ! Comme je comprends, maintenant, la réponse que lui adressa M. Alfred Picard, d'une si fine ironie, au dire des gens qui l'ont lue !

Porno-polis ! mais cette Exposition n'est même pas joyeuse !

Sans doute, elle se recommande par d'autres mérites. Elle est un merveilleux, un incomparable terrain d'études, que nous aurons le vif regret de voir disparaître, hélas ! avant d'en

AU TROCADÉRO : UN COIN DE JAPON

avoir tiré complètement parti. Elle est, par fragments, jolie, quelquefois. Elle est animée certains jours : elle a un demi-succès et elle le mérite. Mais elle est morose. Il faut bien rendre cet hommage à la vérité : elle est morose.

Et quand, doutant que tant de mirifiques projets, développés naguère à son de trompe, aient été réalisés, on les cherche et qu'on les trouve, on s'aperçoit que tous ont, comme disait l'enfant terrible du *Monde où l'on s'ennuie*, « raté leur effet », à de rares exceptions près.

L'une des grandes pensées du règne de M. Alfred Picard, une idée sur laquelle on comptait beaucoup pour donner de l'entrain à l'Exposition, c'était l'exode en masse des cabarets de Montmartre au cours la Reine, où on les a groupés en enfilade, comme les voitures de deuil d'un cortège de première classe, sous le titre de « Rue de Paris ».

Seulement, Paris va où bon lui semble. Et tous les caissiers des petits théâtres du cours la Reine affirment qu'il n'est pas encore venu chez eux. Même, d'aucuns, prévoyants, redoutent qu'il ne s'y fasse, quelque jour, représenter par le recors.

Je suis, je l'avoue, de ceux que l'entreprise avait séduits, et qui croyaient à sa complète vogue. Grouper dans cette enceinte, auprès des résultats de nos labeurs, auprès des progrès conquis dans la fièvre et les larmes, les quelques joies que nous goûtâmes aux heures de répit et de délassement, nos joujoux d'hier et d'aujourd'hui, chansonniers à la verve frondeuse, candides soupireurs de romances dont les accents faisaient s'épanouir, jusqu'au bord des ruisseaux de la rue Victor-Massé, les bleus myosotis auxquels nos vieux cœurs blasés se surprennent parfois à sourire, ombres adorables du Chat Noir, exquis et tremblotants fantômes qu'animait de toute son âme de grand artiste ce prodigieux Henri Rivière, cela m'apparaissait désirable et possible, et appelé à un succès certain.

Puisqu'on préparait la revue du siècle, de ses acquêts, ne nous devait-on pas un compte exact de ces épisodes d'art qui parfois tinrent dans notre vie une place importante? Je le pensais.

Eh bien! je me trompais, voilà tout; en bonne compagnie, d'ailleurs.

Je me suis ressouvenu, un soir de flânerie au cours la Reine, de la désillusion que j'éprouvai, une fois, à relire, à la campagne, au sein de la maternelle et chaste nature, si spontanée, si simple, un roman très compliqué d'un écrivain qui m'est très cher. Les sentiments précieux, les idées perverses, les actes savamment calculés en vue de l'effet, les phrases chantantes, tout cela devenait autant de contresens, autant d'inharmonies cho-

quantes, en face de l'étang pur, du ciel ingénu, des prés
paisibles. Je fermai le livre et regardai le ciel, l'étang et la
prairie.

A la rue de Paris, j'éprouvai une surprise comparable à
celle-là.

J'ai revu, ramassé, — par quel sortilège? — dans l'écran
large comme la main, les vastes, les vivants paysages d'Henri
Rivière, mers profondes effleurées de lueurs d'aubes, déserts
torrides où s'évanouissent des crépuscules : je ne les ai point
reconnus; et les blagues froides des chansonniers tombaient
lourdement, figées avant d'atteindre le parterre, et les romances
que j'entendis me parurent plus que jamais mélancoliques. Et
je compris quelle erreur ç'avait été que de vouloir faire revivre
des choses définitivement mortes, et de transplanter en plein
air des fleurs de serre surchauffée.

Un seul homme, peut-être, était capable d'animer, de faire
mousser et pétiller, par la vertu de son bagout endiablé, cette
« rue de Paris » : Rodolphe Salis. Et encore!... y fût-il parvenu ?
Sa verve sonore eût-elle réussi à galvaniser ces badauds errants,
écarquillant des yeux stupéfaits aux parades?

Le Chat Noir qui résume, quoi qu'on en ait dit, tout le
Montmartre des cabarets et des petits concerts, né de lui ; le
Chat Noir qu'on n'a ni égalé ni remplacé, ne fut jamais une entreprise populaire, une entreprise à l'usage des foules étrangères
ou seulement départementales. Il fallait être très Parisien ou
très acclimaté pour s'y vraiment délecter. Si de vagues princes,
si des grands-ducs en veine de s'encanailler, ou des provinciaux,
ont feint de s'y amuser, ils nous ont trompés : ils ne pouvaient
pas comprendre. Nous étions dans Paris une poignée, toujours les mêmes, qui nous retrouvions là, de temps à autre,
chaque nouvelle fois ravis, et qui formions le fond de la salle,
le public sympathique et vibrant dont l'enthousiasme démons-
tratif entraînait les applaudissements et les rires. Et puis, il y
avait de la part des spectateurs de passage la crainte des
cuisants lazzis de Salis, le snobisme, le désir louable de se
hausser à la compréhension de cette blague quintessenciée, de
cet art délicat et raffiné. Tous les tempéraments artistes, sans

doute, goûtèrent le charme délicieux des tableaux et des ombres
de Rivière. Mais ne me dites pas que des Slaves, même coiffés
de la couronne fermée, ont jamais savouré le *Parnasse*, de
Goudezki, *Ailleurs*, de Maurice Donnay, l'ironie aigüe de Jules
Jouy ou les cinglants couplets de Jacques Ferny. A peine les
empaumaient les larges récitatifs de Fragerolles et la voix dé-
faillante de Gabriel Montoya. Pour le reste, ils riaient de confiance. Et déjà ils faisaient partie d'une élite, intellectuelle ou
non ; ils n'étaient pas M. Tout-le-monde, ayant dans leur
poche les cent sous qu'il fallait pour solder là son bock.
Jugez alors de l'ahurissement des cohues exotiques et popula-
cières devant les tréteaux du cours la Reine, pâles succédanés
du Chat Noir, où l'on n'a guère retenu de lui que son manié-
risme, son emphase.

Les « boniments », écrits quelquefois par des gens de lettres
de talent, sont débités toujours par des acteurs imbus des plus
saines traditions, et bien pénétrés, au surplus, de la valeur lit-
téraire des tirades qu'ils détaillent. Mais ces gens-là, poètes,
diseurs, ne parlent pas le même langage que ceux qui les
écoutent : « Oyez », comme on dit sous ces ombrages, en quels
termes une petite bonne femme, d'ailleurs assez gentille, apos-
tropha les flâneurs attroupés, un soir du mois de juin courant :
« Mesdames, Messieurs, je viens faire cette parade sans but
initial !... » Cherchez à vous représenter la tête de l'auditoire
sous cet épique : « initial ». Il rentra son sourire comme un
escargot ses cornes devant un gros doigt qui les heurte. Les « or
ça, gentes dames ! » les concetti dans le mode de Cyrano tombent sur les badauds comme une giboulée. Les nasardes et les
coups de pied quelque part qu'encaisserait, sans sourciller, à la
foire du Trône, un Auguste barbouillé de fard, les facéties un
peu lourdes du moindre queue-rouge trouveraient autrement
d'écho. Et puis, pour tout dire, Bilboquet a plus d'inventions
drôlatiques que tous ces écrivains, même vaguement frottés
d'Aristophane. Mieux qu'eux il sait les mots magiques qui dé-
chaînent le sain rire.

Le milieu n'y est plus. Loin de la « mamelle granitique de la
France », comme tonitruait si drôlement Salis, loin de l'ombre

que projettent, les minuits de lune, les ailes du Moulin de la
Galette, les traits de Montmartre s'émoussent singulièrement.
Il faut les entendre dans le cadre pour lequel ils furent aiguisés
avec tant de soins; sinon, c'en est fait d'eux : l'expérience est
concluante. Valmajour, le tambourinaire de Daudet, n'était pas
plus dépaysé au milieu du salon ministériel que la blague
montmartroise au bord de l'eau, où elle s'enroue.

Pourtant, dans la rue de Paris, que de charmants efforts, rien
que dans certaines constructions : Jardin de la Chanson, théâtre
des Auteurs gais, fragile comme une tente foraine, sous son
vélum de toile, et pimpant et joyeux comme un récit de Courteline, théâtre de la Roulotte, enfin, tous trois si agréablement
décorés par M. René Binet, et si simplement, en quelques
coups de pochoir, sans parler de peintures qui sont parfois des
morceaux bien amusants ! Mais le public y prend-il seulement
garde? On lui avait promis qu'il se divertirait ici, et il a beau
s'y appliquer, il ne peut y parvenir. Sur la foi des traités, il va,
son bon de l'Exposition en main, quêtant au rabais d'inénarrables drôleries : il a le choix entre des rosseries sur des gens
qu'il ignore profondément et les alexandrins essoufflés de quelque poète sur le retour, soudainement élevé au rang d'homme
représentatif de la vieille gaîté française, de troubadour national. C'est maigre, et il a le droit, dont il use, de demeurer
un peu vexé. Il va chercher plus loin des distractions.

Je m'excuse auprès de M. J.-Charles Roux, l'éminent délégué
général des Ministères des Affaires étrangères et des Colonies,
de contempler ici sous un aspect un peu bien frivole l'œuvre
admirable de la représentation des Colonies françaises à l'Exposition, que lui et ses collaborateurs ont organisée avec un si
beau zèle et une si ardente conviction, et, ajouterai-je, une si
complète réussite. Mais comment aurais-je la prétention de
juger en quelques pages, que dis-je? en quelques lignes, une
section dont les seules préfaces, écrites par des hommes compé-
tents, forment toute une bibliothèque? Je me bornerai, à mon

très vif regret, à l'envisager sous le rapport des distractions qu'elle nous offre, des dédommagements à la rue de Paris qu'elle nous présente.

Le Trocadéro, où elle est établie, est l'un des endroits de promenade qu'affectionne la foule.

D'un côté, les colonies étrangères et les pavillons de quelques

puissances qui n'ont pu trouver place à la rue des Nations : la concession chinoise, groupe de pagodes aux bariolages dévergondés; la concession japonaise où s'élève, au milieu d'un prodigieux et exquis jardin, un temple aux murailles laquées de bronze, his·toriées de fuyants bas-reliefs, et qui, œuvre d'art par lui-même, est peuplé d'inappréciables œuvres d'art sans cesse renouvelées, kakémonos précieux, bibelots de rêves un moment échappés, pour notre joie, des collections impériales ou seigneuriales, des trésors des temples; les pavillons des Indes Néerlandaises, dont les cloisons de planches peintes et dorées, dont les toits de fibres de palmiers, éperonnés de clinquant, abritent pêle-mêle et des dieux de bois doux ou terribles, et de petites marionnettes de carton.

L'EXOTISME : UN COIN DE CHINE

De l'autre côté, les colonies françaises plus variées encore, s'il est possible, huttes de paille, kiosques légers, palais de laque et d'or. Le peuple moutonnier vient là.

Non qu'il comprenne mieux que la titillante et vide rhétorique des vers plus ou moins érotiques, ou que l'incisive malice d'un couplet de chansonnette, l'énigmatique sourire de Tjandra,

la Tanit javanaise, ou la sereine splendeur de Padjanamita, la
déesse suprême, qui toutes deux trônent, vivant un songe inaccessible aux mortels, au milieu des admirables bas-reliefs du
temple bouddhique de Tjandi-Sari, aux Indes Néerlandaises,
ou encore la voluptueuse beauté de tels laques, orgueil des trésors impériaux, tout constellés de lucioles bleuâtres, au pavillon
japonais. Non. Mais sa curiosité, ici, à chaque instant est en
éveil, son imagination sans cesse en travail, et, dans ce cadre
infiniment pittoresque, le seul endroit peut-être où la flânerie
ne soit par une fatigue, sous les hauts catalpas, sous les marronniers fleuris naguère de thyrses blancs, toutes deux trouvent
maintes raisons de s'exalter.

Aux plus casaniers des terriens, à ceux dont le rêve eut le vol
le plus court, dont les désirs furent le plus tôt fourbus, des
mondes sont tout à coup révélés, des vies nouvelles, des dieux
nouveaux. Que de pensées peuvent prendre leur essor devant
telle pirogue de roseaux, voilée de joncs flexibles, qui sillonna,
portant quelque Indien superbe, la vaste Amazone ; devant les
misérables ustensiles d'un Groënlandais, les barbares bijoux
d'or des indigènes de la Côte d'Ivoire, ou devant les fantastiques marionnettes du sultan de Souracarta, rangées en frise
autour du pavillon de Java, loin de leur maître qui s'ennuie,
privé de ses joujoux ! Que de destinées, diverses jusqu'à l'hos-
tilité, sont brusquement révélées au passant qui, dans la salle
souterraine du Pnom, où l'on pénètre par deux vis vrillant
l'ombre, contemple les fabuleuses idoles accroupies dans le
mystère, les yeux mi-clos, ou qui s'arrête à examiner un
moment quelque fétiche de bois criblé de fers de flèches et de
clous, comme une pelote d'aiguilles, devant lequel, à l'heure
du danger, tremblait un nègre au crâne plat.

Et puis, il faut tout dire : pour ceux qui ne pensent pas, qui
ne pensent jamais, les remous de ventre d'Aïscha et de Fatma,
tant dénués de littérature, sont autrement suggestifs que les
appels en style archaïque des bonnisseurs de la rue de Paris, et
les hurlements mêmes des danseurs cinghalais qui gambadent
en brandissant des étendards ou des armes aux silhouettes
terribles, les grêles musiquettes bémolisées des chanteurs

annamites ont pour eux un imprévu, un petit air impénétrable
qui attire et séduit. Autre part, en passant d'une hutte de
paille à un kiosque de cèdre peint, en frôlant un rébarbatif
cactus, ils ont la sensation vive de quelque voyage lointain et
précipité, agréable comme un rêve, en des contrées insoup-
çonnées. Ils errent, béats, au milieu d'architectures insolites,
engourdis par le murmure les uns des autres, bercés au rythme
des vagues humaines; ils flottent des *souks* tunisiens débordants
de chatoyantes étofles aux concerts arabes, des temples obscurs,
inquiétants, aux boutiques où stagnent d'énervants effluves, aux
cases emplies d'âcres parfums d'outre-mer, odeur musquée des
corps demi-nus, bronzés ou noirs, des objets apportés de très
loin, coffres de bois précieux, litières d'herbes entêtantes. Des
chants étranges les hypnotisent, des tournoiements de ballerines les étourdissent. Ils vivent heureux, dans une torpeur
inéprouvée, incertains, transplantés si loin déjà de leurs trous
départementaux, s'ils sont encore chez nous, ou ces chez ces
hommes bruns et jaunes qui les bousculent au passage, et dont
les maisons à minarets, à champignons, dont les pagodes et les
temples déversent à leurs pieds des ombres dentelées bizarrement. Et il y a dans leur contentement quelque stupeur.

Point de ces grands éclats qu'il me semble bien avoir
entendus souvent à la précédente exposition : la joie est
décente, comme les divertissements. La danse du ventre n'est
plus neuve et n'arrache plus de cris d'émerveillement à personne pas même aux tout petits enfants, qui trop en enten-
dirent divaguer par les grands.

Il y a pourtant, à la rue des Nations, à la *Féria*, au dessous
du pavillon espagnol, une danseuse qui fait recette, une
certaine « Carita » aguichante, aux trémoussements lascifs, au
masque expressif et fin, aux yeux de fièvre, qui, de ses longues
mains souples, caresse étrangement ses hanches frémissantes.
N'importe! elle n'a pas su ramasser le sceptre de clinquant de
la Soledad et de la Macarona d'autrefois, si fringantes; elle ne
règne point sur leur tumultueux empire, et les bacchanales
passées sont bien passées. Ollé! ollé!

Nulle, non plus, n'a pris dans nos cœurs la place laissée

vide par le départ des quatre mignonnes Javanaises dont la
présence fut l'une des joies de l'autre Exposition.

Vakiem! Seriem! Sakiem! Djamina! Six mois durant, elles
régnèrent sur la grande ville par la grâce de leurs gestes lents,
l'étrangeté de leurs visages peints, le doux éclat fauve de leurs
yeux. Casquées comme la sage Pallas, ou tiarées comme le
Bouddha, elles dansaient ainsi qu'on officie, hiératiques. Elles
avaient le charme même, voluptueux et virginal, de la petite
Tjandra, du temple de Tjandi Sari, et les mains expressives et
flexibles de la déesse Padjanamita qui rêve sur son trône, au
milieu du parvis; elles semblaient, dans les pauses, à la lumière
des lustres, des statues d'or aux formes impeccables. On les
idolâtra éperdument.

Puis elles partirent, et dix ans durant nous escomptâmes la
joie de les revoir « à la prochaine », en la personne de sœurs
cadettes, — car elles, maintenant, les pauvres!...

Et elles ne vinrent pas : elles refusèrent de venir, les
petites sœurs de Vakiem, de Seriem, de Sakiem et de Djamina,
parce que ces aînées avaient été, leur rôle joué, vilainement
abandonnées et horriblement malheureuses, et qu'elles avaient
conté là-bas au prince leur maître, assez fou pour nous
les prêter, leur odyssée, et l'ingratitude des vilains bonshommes que nous sommes, et qui se soucient peu de ce
qu'il advient de leurs joujoux une fois passée l'heure de la ré-
création. Et les pourvoyeurs de nos menus plaisirs furent chas-
sés honteusement, quand ils se présentèrent pour tenter d'enlever à quelque prince trop confiant ses bayadères. Nous avions
mérité amplement l'avanie. Que ne nous montrions-nous, à
nos poupées, meilleurs et plus reconnaissants!

Mais nos regrets sont infinis, et de tous les instants.

Comme, l'autre jour, au cours d'une promenade officielle
à travers le Trocadéro, nous visitions les pavillons des
Indes Néerlandaises, le désir vint à quelques-uns de nous de
réentendre — délectation morose! — l'*angklong* de bambous
qui si allègrement clarinait, scandant leurs danses. Un gar-
dien était là, drapé de pourpre intense, un de leur race, et,
pour nous plaire il agita les tintinnabulants roseaux. Mais à

l'appel de leur carillon mélancolique ne se levèrent point les
onduleux fantômes safranés des petites prêtresses, et la chanson de l'*angklong* nous sembla nostalgique et plaintive.

Et cependant Paris faillit élire un temps, pour reines de sa
fête, tout au début de la grande foire, deux Japonaises aux
joues de pêches avivées de fards, deux *gheishas* qui faisaient

LE PAVILLON DE THÉ A LA CONCESSION JAPONAISE

des grâces
quelque
part, dans
un coin du
Champ de
Mars, au
milieu d'un
paysage
fleuri de
glycines
mauves, et,
dans des
atours aux tons mourants,
marchaient rythmique-
ment, ballaient aux ac-
cents grêles du *rebab* et
du *banjo*, agitant en leurs
mains fluettes des éven-

tails épanouis comme des corolles. On en parla huit jours, après
quoi le silence se fit : elles n'avaient pas su envoûter le fan-
tasque géant, qui les oublia pour des divertissements moins
futiles.

Il pensa encore s'enflammer d'un beau feu pour « la vieille
Cynthia, lampe de nos repaires », pour la blonde et l'insaisis-
sable Phœbé, qu'on lui promettait presque de lui laisser embrasser. La gloire d'Endymion le tentait. Seulement, la mystification
fut si forte et si maladroite que, badaud complaisant, pourtant,
il s'en aperçut ; et quoiqu'une réclame savamment agencée eût
essayé de lui offrir, comme diversion, le spectacle bouffon du
Nonce apostolique venant bénir, mitre en tête et bâton pastoral
en main, une entreprise aussi païenne, bientôt la « Lune à un

mètre », qu'il avait tant aimée avant que de la bien connaître, alla rejoindre, au fond de sa mémoire, les vieilles lunes.

Il est pourtant deux spectacles qui mériteraient de retenir la faveur des foules : ce sont le Palais du Costume et le Stéréorama mouvant. Et je dis ces deux-là uniquement parce que je m'y suis plu. Je les ai vus et revus d'innombrables fois, et j'y ai pris toujours un plaisir aussi vif. Je ne sais quel sera leur sort, encore que leur succès se dessine franchement; je donnerai tout de go mon impression.

Dans le Palais du Costume, il y a plus et mieux qu'un amusement. Il y a une indéniable recherche d'art, à laquelle il faut applaudir sans fausse honte. Je laisserai, d'ailleurs, de côté la partie de pure archéologie, ces étoffes anciennes, ces joailleries authentiques exposées dans des vitrines, véritables collections de musée qui, chose merveilleuse, rapprochées des reconstitutions des parures qu'elles concouraient à composer, parviennent à intéresser des curieux fort peu cultivés, quelquefois. Je ne veux louer ici, abstraction faite de la science pourtant si méritoire qu'on a dépensée à ces évocations du passé, que l'ingéniosité, le goût exquis qu'ont déployé les créateurs de ces groupes admirables, l'architecte Thomas et le costumier Félix, et tous leurs collaborateurs, grands industriels de Paris et de Lyon s'appliquant à reproduire avec une scrupuleuse fidélité de vieux meubles, des broderies prodigieuses, des soieries célèbres, pour vêtir et pour encadrer ces mannequins, les Ancelot, les Dalsace, les Jansen, — j'en passe, et de non moins réputés, de non moins célèbres dans leurs spécialités, qui ont mis leur amour-propre à coopérer à cette œuvre parce qu'elle devait contribuer hautement à maintenir, à affirmer la suprématie de notre goût.

Que nous sommes loin du banal musée de cire ! Pour quelques figures, c'est à peine si l'on a cherché à donner aux masques l'apparence des carnations. Mais la vie est dans chaque détail de l'ajustement, dans la cassure d'un pli, dans l'ondoiement d'une traîne. Et seuls de grands artistes passionnément épris de leur art, habitués par profession à regarder respirer et agir leurs semblables, experts aux harmonies des lignes et des nuances, pouvaient réaliser tels des chefs-d'œuvre enclos dans ce Palais du Costume.

La petite Impératrice byzantine, roide en sa dalmatique, sous le poids des joyaux et des gemmes, dressée en avant de sa niche de mosaïques comme une sainte, avec des fidèles prosternés à ses pieds; Marie de Bourgogne, fille du Téméraire, que, par une idée quasi géniale, on a relevée de sa pierre tumulaire pour l'ériger, seule dans une loge, toute droite, engoncée et charmante en ses vertugadins; Catherine de Médicis en atours noirs, penchée, pâle et fébrile, sous les menaces de son astrologue, et, tout proche, ces patriciennes de Venise dont les beaux corps vêtus de velours et d'orfrois font osciller, sur l'eau sans ride du canal, la noire gondole effilée; ou encore Marion Delorme franchissant, au bras de Cinq-Mars ou de quelque Didier, le porche de sa maison de la Place Royale, toutes vivent d'une vie intense, de notre vie même, au point que leur souvenir le soir nous hante, comme celui de gens coudoyés dans la rue. Et cette impression, j'y insiste, découle non point d'une servile copie de la nature animée, — ce qui serait un grossier artifice, — puisque au contraire certaines têtes sont simplement en cartonnages, mais de l'habileté consommée, de la profonde vérité avec laquelle ont été drapés les jupes ou les manteaux, aménagés les décors, scrupuleusement imités, eux, meubles et tentures, des modèles les plus parfaits, clairs lambris Louis XIV, majestueux canapés Louis XVI, lourds fauteuils Empire, acajous de Louis-Philippe.

Et, chose inouïe, voici que devant les loggias où voisinent les modes de 1867 et celles de 1900, j'ai découvert la grâce délicieuse de la crinoline, d'où la taille jaillissait si svelte, si flexible! Y a-t-on mis quelque coquetterie? l'a-t-on enjolivée? je ne sais. Ce qui est certain, c'est qu'elle est exquise, et que, même auprès de cette vaporeuse toilette qui représente la dernière création de Félix, et dont la traîne semble bruire et

remuer comme si elle était peinte par Albert Besnard, j'ai regretté, oui, regretté la crinoline de nos mères et les corsages
lacés, et goûté leur charme de modes périmées, de choses dé-
funtes.

☙

Le Stéréorama mouvant est au Trocadéro, englobé dans les
« attractions de l'Algérie ». Entrez-y quelque jour, et vous y
reviendrez.

Une sorte de rotonde au plafond bas, dans la pénombre. Et
au centre, au delà d'une série de loges obscures, comme celles
des dioramas, du bleu éblouissant : le ciel vêtu d'aurore et
déjà chaud, pourtant ; la mer doucement scintillante, irisée de
paillettes de soleil levant, où courent des barques haut voilées.
Un port au lointain, blanc et rose, inondé de jeune lumière, et
des steamers qui fument et dont la fumée se disperse dans le
ciel, absorbée, bue par l'air léger : et ce n'est ainsi qu'un tableau, une fine et lumineuse aquarelle de la Méditerranée, d'un
surprenant relief.

Mais soudain, tout s'anime : les lames de la mer, les lames
d'un indigo intense, se soulèvent et halètent ; les barques fuient
à tire-d'aile, le ciel vibre, baigné d'une buée transparente, la
lumière partout palpite, à la crête des flots qui moutonnent, à la
pointe des mâts penchés, sur les fines antennes des bateaux,
monte au ciel et l'incendie. Et, miracle ! le port décroît au loin,
et disparaît, la côte s'abîme derrière le cercle tremblotant de
l'horizon. Les grands souffles du large caressent à présent des
vagues argentées où se reflète l'aveuglante clarté du ciel torride,
chauffé à blanc. C'est la pleine mer, illimitée. La rétine s'est
accoutumée aux dimensions restreintes du spectacle ; elle embrasse l'immensité, et les poumons se dilatent, grands ouverts
à la brise vivifiante. Jamais illusion ne fut plus complète, plus
impérieuse. On glisse d'une vitesse lente, régulière, et le
tic tac du moteur à gaz qui donne à tout cela la vie, ajoute à
la sensation de marche, simule le halètement saccadé de la
machine.

Par le sabord béant, on contemple la course des vapeurs qui passent avec un bruissement doux, on guette l'approche du port, de la blanche Alger entrevue au passage, torpide, dans l'embrasement de l'atmosphère.

Puis voici de nouveau, salissant le bas du ciel, traînant au ras de la mer écumeuse, des fumées rousses, puis noires, des

LE JARDIN JAPONAIS

bateaux : une escadre piquant vers un but inconnu. Puis des côtes dorées, roses et bleues qui montent, montent, laissent apercevoir à leurs flancs des havres, des criques, des villes, des hameaux. Tout le rivage algérien défile lentement sous nos yeux de voyageurs enchantés, grisés de lumière et de couleurs comme nos cerveaux de grand air.

Jusqu'au soir, nous voguons, bercés au branle caressant des vagues....

La nuit monte à l'Orient, verdâtre, violâtre; le port d'arrivée apparaît comme une lueur laiteuse au bas du firmament crépusculaire, où scintillent des phares qui s'allument. C'est l'escale, le repos, avec le regret, hélas! de toucher au but et de n'espérer plus rien, ni flammes radieuses, ni cantilènes des flots.

N'est-ce pas que je n'ai rien exagéré, ô vous qui m'avez
suivi là, et que nous reviendrons vers ce Stéréorama comme
vers l'une des trouvailles les moins discutables de cette Exposition tout entière? — avec, peut-être, le trottoir roulant, cette
joie des joies, qui remplace tout ce qui nous manque, çà et
là, pour être gais.

Car nous ne sommes pas gais, plus j'y réfléchis.

Cette morosité que je disais, n'est pas spéciale à la rue de
Paris. Elle est partout répandue. Elle tombe des corniches des
palais avec la lumière crue du gaz, avec la lumière douce de
l'électricité. Elle flotte dans l'atmosphère éblouissante. Elle
vous saisit dès le seuil, dès qu'on traverse cette allée sombre qui
fait suite à la Porte monumentale, ou ce steppe, si morne le soir,
qui règne entre les deux palais des Champs-Élysées, espace
tellement énorme qu'on ne parvient jamais à le remplir. Des
gens avisés arrivant là retourneraient sur leurs pas.

On rêverait tout cela bouillonnant d'éclats, de vivats, de
fionflons, comme le fut, me semble-t-il, l'Exposition de 1889.
Si grande que soit la foule, à de certains jours, c'est vide,
inanimé. Il manque à ce grand corps l'âme toute-puissante.

Là, encore, il eût fallu auprès de M. Picard quelqu'un qui
le complétât, un homme aux idées abondantes et joyeuses,
ami des fêtes et des pompes. L'imagination de M. Bouvard,
épuisée par l'effort qu'il lui avait fallu fournir et dont vous
avez vu de si abondantes traces dans ces architectures éparses,
était vide, sans ressort. Il semblait que tout le monde, au Commissariat général, fût dans le même état torpide. On avait un
cadre, au demeurant, quelque opinion qu'on professe sur son
esthétique, un cadre vaste, varié, un peu forain, parfois, ce qui
ne messied pas. On ne sut pas y faire entrer la vie. Quel dommage!

Et puis, j'y pense, peut-être est-ce un peu notre faute, à
nous tous qui devions jouer notre rôle au milieu de ce riche
décor, dans cet impromptu de mardi gras, — je parle des
heures où l'étude s'interrompait par force, des heures de récréa-
tion, — et qui, mauvais acteurs, n'y avons pas mis assez du
nôtre, donnant la réplique sur un mode lugubre, avec des

mines de *De Profundis*. Pressentiments? papillons noirs? Il
semble à beaucoup d'entre nous qu'ils assistent au divertissement du quatrième acte, l'acte fameux du ballet. Une secrète appréhension pèse sur nous et fait rentrer le rire dans
les gorges.

Comment aurions-nous l'âme en allégresse? Tandis qu'on
célèbre ici, dans tous les discours, « la fête pacifique », les
« grandes assises de la concorde », là-bas, au sud, à l'orient,
le canon gronde, on s'entretue. C'est la même ironie un peu
excessive qui avait présidé à l'inauguration de l'Exposition
de 1855, où l'Empereur exaltait les bienfaits de la paix, dont
cette solennité était le gage, au lendemain d'un jour qui avait
vu périr, sous Sébastopol, deux à trois mille soldats dans les
deux camps!

Et nos regards furtifs tremblent d'apercevoir, dans la cou-
lisse où vont s'engouffrer tout à l'heure les histrions et les ba-
ladins, appuyé contre le portant enluminé lourd d'étendards
claquants, quelqu'un de formidable et d'inconnu, de mystérieux
comme le malheur, prêt à entrer, sitôt dansée la dernière va-
riation.

Que sera demain?

# XV

15 Mai.

Nous sommes le peuple le plus vaniteux de la terre, c'est convenu. Nous adorons le galon et le panache, c'est entendu encore. De bons amis nous l'ont si souvent répété que nous devons bien finir par le croire.

Toutefois, il suffit d'avoir vu une fois, une seule, le chef de la musique des États-Unis la *Sousa*, quelque chose comme leur « Garde républicaine », là-bas, venir prendre sa place au pupitre, un jour de concert, pour acquérir le pressentiment que nous commençons à avoir, sur ce terrain aussi, de dangereux émules : la vanité n'est déjà plus, pour nous, un monopole.

Chaque après-midi, la *Sousa*, qui est parfaite, d'ailleurs, donne un concert dans l'un des kiosques des Invalides.

Vers trois heures, un groupe sort du pavillon des États-Unis, de cet étrange club qui doit recéler quelque vestiaire confortable, et où l'on doit pouvoir s'apprêter pour l'entrée en scène.

En tête marche le chef de musique, flanqué de deux porte-drapeaux tenant en main des bannières étoilées d'une superficie de draps de lit de belle dimension, mais enroulées sur leurs hampes.

L'homme est grand et trapu, et tout glabre, comme ses deux

acolytes. Il a sur eux l'avantage d'un uniforme plus resplen-
dissant. Eux, sur leur dolman noir, sur leur casquette noire,
sont galonnés d'argent. Lui, porte au couvre-chef quatre
galons, au moins, mais larges, mais brillants de façon à donner
l'illusion qu'ils sont six ; ils ne tiendraient pas sur la bande
d'une casquette d'amiral. Et ils sont en or, naturellement, —
l'or étant, pour le quart d'heure, le métal le plus cher dont on
tisse des galons, — en or, comme le pommeau de cette fine et
longue colichemarde qui lui bat le tibia gauche.

En arrière marche un imposant état-major galonné seulement d'argent — quelques sous-chefs, je pense, cinq, six.

A grands pas, en suivant, comme une troupe en marche, le
milieu de la chaussée, le groupe reluisant arrive au kiosque, où
déjà les musiciens sont rangés en rond. Les vastes bannières
étoilées se déploient, le chef se campe, cambre la taille, lève son
bâton, et bat la première mesure d'un *Yankee doodle* ou d'une
*Star spangled banner*.

Et le retour s'accomplit avec la même solennité, dans le
même ordre rituel.

Hourrah ! nous n'avons plus longtemps à être le peuple le
plus vaniteux du monde !

❦

16 Mai.

On a inauguré tantôt, en grand apparat, le pavillon de
l'Allemagne, à la rue des Nations. Et la réception fut d'une
exquise urbanité.

Rien de la cohue des autres fêtes pareilles.

Dans ce cadre royalement élégant, au milieu de ces chefs-
d'œuvre de France, retour d'exil pour quelques mois, une contagion de distinction, de retenue, domine les foules qui défilent.
On est là tête nue, et l'on parle à mi-voix, comme dans le salon
le plus correct.

On va, on vient, on admire, on s'exclame. On échange des
poignées de main et des compliments et de brèves impressions
laudatives.

M. le Conseiller Richter, Commissaire général allemand, se tient dans un petit salon d'angle tendu de damas cerise, en face du buste en bronze de Charles XII par Bouchardon, que reflète, au-dessus de la cheminée, une glace au cadre ajouré, parmi des Chardins, des Paters, un Watteau. Il sourit, de l'air extasié d'un homme qui aspire l'encens à pleines narines, complimenté, louangé, exalté. Et près de lui, la haute silhouette de M. le prince de Munster s'enlève grave, roide sur le fond lumineux de la fenêtre en bow-window. Des fleurs agonisant dans des cornets de cristal doré complètent l'illusion de logis habité, vivant, que donne cet accueillant pavillon. Si, dans le cadre d'une porte, le Maître allait apparaître, impérieux, l'œil aigu, la moustache conquérante, debout à l'autre extrémité de la Salle d'Argent, qu'on entrevoit d'ici?

Mais cette sensation, nous l'avons eue déjà l'autre jour, quand ces appartements s'entr'ouvrirent pour une centaine d'invités. L'impression d'aujourd'hui, l'impression inoubliable. la voici qui surgit.

Du fleuve, tout à coup, monte un bruit de fanfares. On se bouscule vers les fenêtres.

Un bateau est là, pavoisé aux couleurs de France, d'Allemagne et des États-Unis, portant à son bord la *Sousa*, la musique américaine, qui revient de je ne sais quelle excursion officielle, et qui donne une sérénade, aimablement.

Cependant, on est allé querir M. Richter. Avec M. Lewald, son coadjuteur, il paraît au grand balcon, salué par des vivats, des chapeaux, des mouchoirs qu'on agite. Et puis, lente, solennelle, et dominant de ses sonorités ce tintamarre, s'élève la *Wacht am Rhein*.

L'hymne allemand!... sur la Seine! Qui l'eût dit, voilà seulement trois ou quatre ans?... qui l'eût cru?

Dans le Salon d'Argent, où nous nous écrasons aux vitres, Allemands et Français mêlés, on se tait. Un indicible frisson a passé sur nous, et d'étranges coups d'œil s'échangent.

J'ai devant moi, debout contre un opulent meuble d'écaille et d'argent, un des gardiens en uniforme, un gars superbe, comme ils sont presque tous, — car on les a choisis, dit-on,

parmi les plus beaux hommes de la gendarmerie impériale. Nos
regards se croisent. Ils n'ont rien l'un ni l'autre d'agressif, ni
d'ironique. Une petite flamme passe dans ses yeux gris d'acier,
un petit voile est sur les miens. C'est rapide, indéfinissable.
Quelque chose comme le : « Ça y est! » qui vous éclate quelquefois entre les dents,

Un événement vient de s'accomplir, peut-être.

Et tandis que l'enragée *Sousa* joue le *God save the Queen*
après la *Wacht am Rhein*, puis la *Star spangled banner* après le
*God save,* et enfin entame une *Marseillaise* rugissante, avec
d'inattendus *pianos,* je repense à une phrase écrite dans la préface du catalogue de l'exposition groupée là, sous l'invocation
du grand Frédéric, préface qu'IL a dû, Lui, qui sait? corriger
peut-être de sa main qu'alourdit le sceptre. Lisez bien!

On y conte le voyage que fit à Paris, en 1784, le prince
Henri de Prusse, frère de Frédéric le Grand, de ce Frédéric II
qui tant aima nos philosophes et notre art. Et l'auteur dit :

« Le grand roi suivit en pensée, et non sans une secrète envie
« le premier voyage de son frère, ainsi que le prouve une lettre
« qu'il lui adressait à Paris le 24 Octobre 1784 : *Vous avez, mon*
« *cher frère, tous les jours, de nouveaux objets qui vous*
« *occupent; vous passez vos jours à parcourir de chef-d'œuvre*
« *en chef-d'œuvre et à voir les traces encore récentes des magni-*
« *ficences du règne de Louis XIV. Cela peut occuper plus long-*
« *temps qu'on ne pense.* Le prince Henri goûtait le séjour de
« Paris pour les mêmes motifs que son frère, et nous devons
« le croire sincère quand il écrit : *J'ai passé la moitié de ma*
« *vie à désirer voir la France; je vais passer l'autre à la re-*
« *gretter.* »

Or, ce prince Henri amoureux de la douce France et de
Paris peuplé de chefs-d'œuvre, ce prince Henri fut adoré dans
les salons qui le connurent.

Si quelque prince Henri songeait à refaire, aujourd'hui, ce
délectable voyage? Si quelque impérial frère s'apprêtait à le
suivre « en pensée, et non sans une secrète envie »? Si ce frère
lui-même....

Mais que vais-je chercher là?...

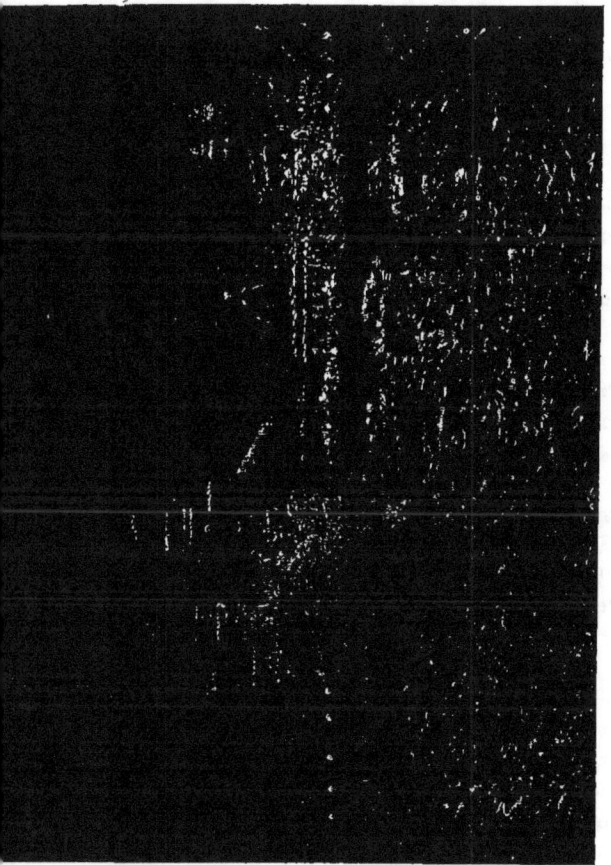

UNE FÊTE DE NUIT SUR LA SEINE

Tableau de M. Maxime MAUFRA (Appartient à M. Durand-Ruel.)

✦

Une corvée de métier m'a conduit ce matin, au Trocadéro, au panorama de la Conquête de Madagascar.

J'en avais eu, voilà quelques semaines, une vision effroyable.

A la tombée du jour, un ami, me tenant par la main, m'avait conduit le long d'un haut corridor sombre, troué de place en place d'échappées sur quelque diorama mieux éclairé : Suberbieville qui s'endort dans la nuit pourpre, sous l'œil las d'un petit soldat en sentinelle, l'arme au pied, songeant, devant ce couchant, à d'autres couchants plus dorés, au bas d'un ciel moins morne; une bataille, où fuient « des ennemis », la figure contractée par la souffrance, étanchant le sang qui ruisselle sur leurs bras de bronze, et qui va abreuver le champ qu'hier ils labouraient, qu'avant eux défrichèrent leurs aïeux; une forêt vierge, si calme, si fraîche, après ces tableaux de carnage...

Et puis, brusquement, nous étions arrivés sur un plateau d'où l'on dominait une vallée incendiée de soleil, des terrains vermeils au point qu'on les eût dits ensanglantés, et sur la nudité desquels des champs verts étendaient leur tapis pudique; une ville assoupie à l'horizon, exténuée par l'ardeur des combats, silencieuse et terrifiée, à l'abri du blanc drapeau parlementaire. Et des troupes partout, des bataillons en rangs pressés, des soldats blancs et bleus, redressés dans des attitudes conventionnelles de triomphe, basse flagornerie pour les mauvais instincts des foules; des chevaux, moins crâneurs, des tentes, des bivouacs. Et, à nos pieds, couchés dans les tranchées qu'ils défendirent, des morts, de pauvres corps noirs, les mains crispées encore sur leurs méchants fusils, des cadavres grimaçants et strapassés, figés dans la convulsion suprême, des hommes à cheveux grisonnants déjà, des enfants presque, pêle-mêle, tombés pour la même cause, en défendant le patrimoine des ancêtres, leur foyer, leurs dieux.

Horrible! horrible!

Mais pour cette visite officielle que je suis aujourd'hui, on a fait la toilette du panorama. La petite sentinelle veille bien toujours dans le crépuscule mélancolique, la bataille continue, la forêt pacifique respire de tous ses larges feuillages éployés, de toutes ses lianes enchevêtrées ; mais on a débarrassé un peu les bastions des morts qui les encombraient ; à l'aube, en cachette, on les aura remisés au magasin des accessoires, honteux de tant de cadavres, hésitant à donner une image trop exacte de la guerre, abhorrée des mères

5 Juin.

C'est la classe 100, aux Invalides. Elle est pleine de chants d'oiseaux et de cocoricos. Elle ne relève point, cependant, de l'aviculture. C'est la classe des jouets, de la bimbeloterie, comme dit la classification officielle. Et tous ces oiseaux chanteurs et claironnants sont des automates qui modulent sans cesse les mêmes gazouillements, avec les mêmes clignements d'yeux, les mêmes inclinaisons de tête, les mêmes contournements du col, puis s'arrêtent cinq minutes, régulièrement, avant de recommencer.

Les enfants, ici, sont chez eux, et s'émerveillent en liberté ; avec une juvénile franchise ils s'abandonnent à leurs impressions, et envient sans hypocrisie, et quémandent sans fausse honte.

Sur une table s'étalent, verdoyants, symétriquement rangés, de gros chous cabus. Leur cœur s'entr'ouvre, une tête duvetée en point, doucement, et non avec ces façons brusques et désobligeantes du diable surgissant d'une boîte à surprise : c'est un tout petit lapin, grignotant une carotte rose, qui sort ainsi, posément, redresse ses petites oreilles, agite son petit nez, fait comme une petite révérence, et puis rentre dans son gros chou. Les bébés, s'amusent follement.

Parmi ces chous, une lourde tortue de bois va et vient, balançant la tête comme un ours, sa tête de plantigrade ou d'ophidien, progressant avec les mines les plus gauches, les plus comiques. Les hommes raisonnables sourient.

Des vitrines sont pleines de poupées adorables et inacces-

sibles, cheveux blonds, lèvres roses, avec de larges prunelles de
velours noirs ou de claires aigues-marines, rangées en flûte de
Pan sur leurs étagères, de machines très compliquées qui sourient et saluent et ferment leurs yeux bleus ou bruns, roides et
méthodiquement alignées. Fini de rire, pour les grands comme
pour les petits. Ces poupées semblent s'ennuyer si incurablement, serrées là, les coudes au corps, mal à l'aise, qu'on
ne se sent plus la force de se divertir tandis qu'elles souffrent.

Or, traversons l'Esplanade, et venez avec moi vers la section des jouets allemands, des jouets de Nuremberg et de
Sonenberg.

Les poupées d'ici ne sont pas plus jolies que les poupées de
Paris; non certes. Et même, si vous voulez toute ma pensée, je
trouve aux nôtres, dans la tenue, dans les atours, une distinction, un charme un peu frivole, mais exquis, auquel nulles
autres ne sauraient atteindre. Et quant à ces gnômes encapu-
chonnés de fourrures, à ces marmousets emmitouflés de blancs
frimas, porteurs de la traditionnelle branche de sapin de Noël,
ils sont franchement laids. Mais poupées, gnômes et marmousets d'Allemagne ont si bien l'air d'être ici pour leur
agrément autant que pour le nôtre qu'on ne peut se retenir de
partager leur joie.

Ils jouent entre eux des scènes; ils s'amusent follement,
c'est visible. Il en est qui s'abordent sur la grand'route, au
milieu de paysages montagneux, avec des mines à mourir de
rire, et d'autres qui débordent en kyrielles joyeuses, comme
sur une affiche de Chéret, de corbeilles trop pleines pour les
contenir; d'autres, enfin, qui s'esclaffent, ou bien qui dardent
sur le monde des quinquets ingénus et ravis, du haut de quelque
balcon gothique. Ils vivent et se plaisent à vivre.

Et ceux qui leur donnèrent la vie sont plus près d'eux que
nos fabricants parisiens de leurs belles filles en falbalas du
bon faiseur. Les candides ouvriers allemands croient encore,
j'imagine, à leurs gnômes, à leurs babouins vêtus de givre et
de poil de lapin; ils les comprennent, ils les aiment, prennent
plaisir à les parer, à les enjoliver, à les faire grimacer de cet air
bon enfant qu'ils affectent. Leurs âmes simples sympathisent

avec ces petites âmes falotes. Le Parisien est bien trop spirituel pour couper dans ces sornettes : il a perdu la foi, celle-là comme les autres.

Il se rattrape sur le plaisir qu'il prend à créer quelque jour ces extraordinaires automates : la portière qui balaye, le violoniste, le doux « poivrot », le phoque, le clown, chefs-d'œuvre à quarante sous la pièce, devant lesquels je vous défie bien de conserver votre sérieux, ô les gens graves.

Et, ici, l'ouvrier parisien est sans rival, même lointain.

# XVI

EN GUISE DE CONCLUSIONS

Novembre 1900.

La voilà close! enfin! enfin! On peut en parler désormais librement, sans crainte de lui nuire, lui dire ses vérités, comme à une défunte. Ses architectures de mensonge, ses palais de carton et de clinquant vont s'écrouler sur la litière des feuilles mortes, sous l'insulte des rafales et des ondées — et de la pioche. Qui donc leur ferait l'aumône d'un regret?

Mes dernières promenades à travers ses rues et ses allées, aux heures tranquilles où les foules évaporées, bruyantes ne les emplissaient pas encore ou bien les avaient désertées, furent traversées de pensers mélancoliques. Tout, d'ailleurs, dans ces moments-là inclinait à la tristesse, les ciels défaillants, les arbres déjà dénudés, l'aspect défraîchi et sale des façades, où les premiers mauvais temps avaient plaqué des lèpres morbides comme ils avaient mis de la rouille aux feuillages. Ce fut une agonie sinistre. Il y eut des soirs où, dans l'immensité vide et nue du Champ de Mars, au fond duquel grésillait en pure perte la frigide dentelle lumineuse du Palais de l'Électricité, en face de ce Génie grelottant au faîte, dans un reflet blanc comme du givre, j'aurais pleuré.

Non point sur ces choses qui allaient disparaître. Non!

Mais sur tant d'espoirs irréalisés, sur tant de rêves de fortune, de gloire, ou seulement de joie auxquels l'annonce de cette vaine foire donna l'essor.

Il y a une caricature fameuse de J.-L. Forain où, si je me rappelle bien, des hommes politiques méditent devant quelque image de la République; et l'un d'eux de soupirer : « Qu'elle était belle, sous l'Empire !... »

Ciel, quand j'y pense! comme elle nous apparut belle aussi, en imagination, pendant la période de sa préparation, cette Exposition qui vient de s'achever dans la tristesse! De quelles gracieuses façades, de quels pinacles fantaisistes et charmants, de quelles flèches d'or nous revêtions toutes ces charpentes de bois et de fer! quelles magiques peintures nous voyions rayonner sur ces frontons, dont le squelette escaladait si audacieusement l'azur, au cours du précédent été! De quelles foules, surtout, nous peuplions ces rues, ces carrefours de contes et de romans de voyage; de quelles cohues épanouies, riantes, bruyantes! Quelles soirées lumineuses, dignes de tenter un Turner ou un Whistler nous révions! Et quels désenchantements, ces soirs lugubres de la rue de Paris, avec les affligeants lazzis des bonisseurs essoufflés, de la rue des Nations, noire autant que l'Érèbe après neuf heures, abandonnée comme un coupe-gorge dont le passant s'écarte avec effroi, et que nous traversions en hâtant le pas, au sortir de quelque réception enchanteresse dans l'un des pavillons étrangers. Et ces fêtes qui se terminaient inévitablement par des hécatombes, faute de prévoyance, manque d'organisation! Quel pénible souvenir cela va nous laisser! Projets, espoirs, rêves, que sont-ils devenus? et comme la réalité fut décevante! Ce serait à vous guérir pour la vie du mal d'imagination.

Le moment n'est pas venu, je crois, de, juger encore les hommes qui préparèrent cette manifestation d'où tant d'honneur et de profit, à les entendre, devait rejaillir sur notre pays. On aurait l'air de prononcer un réquisitoire. Il faut attendre. Il faut les laisser un peu en tête à tête avec eux-mêmes, quand la fumée des toasts et des discours officiels se sera dissipée. Il est prodigieux, et sans précédent, que déjà ils aient entendu ou lu quelques dures vérités. Je n'envie pas les lendemains qui les attendent. Si olympienne que soit leur sérénité, si imperturbable que soit leur confiance en eux, quelque prodigieuse que soit leur inconscience il leur faudra bien, quelque jour, courber la tête sous l'évidence.

Vous savez, dès maintenant, quelles revendications les assaillent, financièrement; vous connaissez cette ligue de mécontents et de malchanceux dont le plus grand tort fut de croire, un peu aveuglément, il faut en convenir, à de fallacieuses, à de folles promesses! Pour moi qui assistai, un jour, à une réunion des syndiqués, je demeurai effrayé de la somme de rancunes, de colères amassée contre l'entreprise et contre ceux qui l'ont conduite. Attendons les plaidoiries!

Je voudrais aujourd'hui, sans prétendre donner ici des conclusions catégoriques sur l'Exposition qui vient de s'achever, ni tirer de la pièce dont le dernier acte est encore à jouer une moralité précise, enregistrer seulement un certain nombre de constatations à mes yeux évidentes.

On a prononcé le gros mot de « four », emprunté à l'argot théâtral, et, sous ce rapport, assez bien en situation. Le mot est excessif. Il est certain, cependant, que si, au point de vue sérieux, l'Exposition de 1900 a été, par certains côtés, fort réussie, elle n'a point justifié, à beaucoup près, les espérances qu'on avait mises en elle. Elle apparaît surtout un insuccès si l'on se reporte aux engagements pris solennellement par M. Alfred Picard, son grand organisateur, homme de quelque mérite, certes, mais qui, en prétendant assumer une tâche au-dessus de ses forces, on le voit clairement aujourd'hui, en a compromis bien des chances de réussite; elle apparaît manquée, lamentablement, si l'on relit les discours déraisonnables qu'il prononça dans l'enceinte législative; si l'on se rappelle surtout tant de promesses qui ne furent pas tenues, tant de projets mirifiques qu'on ne réalisa jamais, et sur lesquels avaient tablé les braves gens à qui l'on semble tout prêts à faire un crime, maintenant d'une confiance qui fut universelle.

On a reçu aux guichets plus de 40 millions de tickets. C'est bien, évidemment, à première vue. C'est maigre si l'on réfléchit qu'il en fut émis 65 millions, et qu'encore on caressa le déraisonnable espoir d'être obligé à une émission supplémentaire !

Il est certain que ce Château d'Eau du Champ de Mars, du faîte duquel s'égouttaient, comme des larmes, quelques filets d'une eau trouble, était bien loin des imposantes cascades qu'on avait fait miroiter par avance à nos yeux. Quand je pense qu'il fut un temps où l'on discutait pour savoir si l'on devait colorer ces chutes « niagaresques » en vert, au moyen de la fluorescéine. Et l'on avait beau objecter que quelques parcelles de cette matière ont suffi, jadis, à verdir l'eau d'une rivière entière, Dieu me pardonne, je crois que ce fut devant la dépense formidable que c'eût été, en l'espèce, que l'on hésita. La « Cascade d'Émeraude! » ce fut le titre d'articles dithyrambiques et d'entrefilets délirants. Et vous savez ce qu'on nous a donné à la place !

Pareillement, le jeune dieu à l'apollonienne chevelure qui, six mois durant, au faîte du Palais de l'Électricité, tendit gauchement, à bout de bras, l'un au devant de l'autre, deux bâtons entre lesquels la foudre devait jaillir avec des grondements terribles, et qui, tout ce temps, attendit en vain l'étincelle que le sculpteur lui promettait, tandis qu'il le pétrissait dans la glaise en ce geste niais de bon gobe-mouche, ce jeune dieu symbolise trop éloquemment pour que j'y insiste, le four indéniable de l'électricité à cette Exposition.

Nous n'aurions point osé espérer l'étincelle d'un mètre vingt de long si l'on ne nous en avait pas parlé ; nous ignorions qu'elle fût possible et nous ne songions pas à mal. Ce nous fut une déconvenue de ne pas la voir surgir quand nous l'eûmes guettée quelques soirs sur la foi des traités.

Sur le même chapitre, on nous rebattit les yeux de tableaux enchanteurs du Château d'Eau illuminé ; des illustrés trop bien documentés nous en montrèrent le spectacle, tel qu'il serait ; et au-devant fusaient à des hauteurs vertigineuses des

fontaines lumineuses si éclatantes, que celles de 1889 se rape-
tissaient, dans nos mémoires, à des proportions de feux de la
Saint-Jean. Or, malgré un effort très méritoire, une machinerie
extraordinairement compliquée mettant en mouvement, d'une
seule pression du doigt, les verres colorés de cent lampes, malgré des raffinements ingénieux, il se trouve que nous en
sommes à regretter les belles gerbes de flamme et de pierreries
dont la vue, il y a onze ans, nous enthousiasmait au-delà de
toutes limites, et dont, pourtant, les glaces se manœuvraient
à bras d'hommes. Il fallait être sur celles de 1900 pour les voir,
parce que les ingénieurs n'avaient pas prévu des machines assez
fortes pour les alimenter d'électricité !

❦

D'un bout à l'autre c'est ainsi, et je pourrais donner vingt
exemples semblables qui démontreraient la totale impuissance
de l'Administration, ou sa coupable étourderie.

Gouverner c'est prévoir, dit un adage cher à toutes les
oppositions. Mais organiser, c'est encore bien plus prévoir. Et
c'est justement là que fut le point faible des organisateurs, et
notamment de M. Alfred Picard.

La cause primordiale de l'insuccès partiel de l'Exposition,
ce furent les conditions dans lesquelles elle s'ouvrit, devant que
les travaux fussent, à beaucoup près, terminés. Cette faute se
répercuta longuement et terriblement sur les recettes. Ce n'est
guère que dans les quatre derniers mois, quand on sut qu'à n'en
pas douter, tout était au point, qu'enfin les foules affluèrent.
Or, quinze jours avant l'ouverture, M. Alfred Picard criait à qui
voulait l'entendre qu'on serait « prêt, archi-prêt ». Le Commissaire impérial allemand, qui avait osé avouer devant le
Reichstag la vérité toute nue, — et en termes pourtant si
modérés ! — fut semoncé autant qu'on pouvait se permettre de
semoncer un homme de cette envergure, et aux bons offices de
qui on allait être obligé de recourir, moins d'un mois après, pour
éclairer, le premier soir, l'Exposition organisée par la France, —
car lui était « prêt, archi-prêt ». Et les quelques journalistes

qui, considérant comme un devoir de simple honnêteté, vis-à-vis de nos hôtes, de révéler franchement, à la suite de ce haut fonctionnaire, l'état exact des choses, se virent excommuniés, disgrâciés, et, plus tard, privés de dessert.

Tout cela, impéritie et légèreté.

En vain le gouvernement, qui allait partager les responsabilités avec le Commissariat général, s'aperçut au dernier moment de l'abime où l'on courait. Il était trop tard, a-t-on dit, pour reculer. Et l'on dissimula comme on put les

UNE FÊTE A LA CONCESSION DU JAPON

blessures d'amour-propre et les brèches sous des flots de cordons rouges et des averses de rosettes. Mais le mal était fait, hélas!

On avait eu, précédemment, à pourvoir à la nourriture des foules formidables qu'on attendait. On estima que vingt-sept restaurants y suffiraient, dans toute l'étendue de l'enceinte. Et on les mit en adjudication. L'affaire, dans ces conditions, parut bonne à « l'Alimentation ». Elle soumissionna avec un ensemble tel, qu'on cite certain des adjudicataires qui, avant d'ouvrir boutique, avait déjà 345.000 francs de frais. Or, comme chacun des Commissaires généraux étrangers, propriétaire, en somme, pour la durée de l'Exposition, du terrain sur lequel s'élevait son pavillon national, s'était empressé, à l'exception de deux nations, d'y installer un cabaret; comme plusieurs autres concessionnaires en firent autant, on se trouva, finalement, en présence de *cent soixante-dix-sept* établissements vendant à

boire ou à manger, ou même les deux. Ce fut la ruine pour
tous.

Imprévoyance, ici encore !

Si les conduites du Château d'Eau charrient le liquide
en quantité insuffisante, malgré les sommes énormes dépensées
pour ce seul objet ; si l'électricité ne court pas à flots dans les
fils souterrains, et s'il a fallu, par suite de cette disette, renoncer
à plus d'un projet peut-être intéressant, imprévoyance, toujours,
impardonnable imprévoyance.

On était hypnotisé par les idées de grandeur, et l'on ne se
demandait pas si l'on pouvait atteindre à leur réalisation. Un
plan avait d'autant plus de chance d'être accepté qu'il semblait
plus fou.

Les preuves abondent de cette mégalomanie que je vous
montrais naguère sévissant avec rage dans l'architecture.

La Porte monumentale, cette pauvre porte de M. René Binet
qu'on abandonna si vilainement aux sarcasmes des échotiers
après l'avoir trouvée d'abord admirable, au Commissariat
général et à la Direction des services d'architecture, est la
plus probante.

En lui donnant la commande de cet arc géant qui s'ouvrait
sur le vide d'un jardin, on avait dit à l'architecte : « Nous
prévoyons des arrivages monstrueux de foule. Il nous faut un
vomitoire gigantesque et tel que les multitudes les plus innombrables ne puissent l'encombrer. Allez ! Cherchez !

M. René Binet, très ingénieux, chercha, — et trouva. Son
premier projet permettait un débit de soixante mille personnes
à l'heure ! Mais la mariée était trop belle : on se contenta, en
dernier ressort, d'un dispositif permettant l'accès de l'Exposition à une trentaine de mille personnes à l'heure. Et vous
n'êtes pas sans avoir remarqué que le quart seulement de ses
vingt-huit guichets, ouverts à la fois, suffisait amplement aux
visiteurs. Il n'y eut jamais d'écrasement là, non plus qu'à
aucune des cinquante autres portes, d'ailleurs.

Une autre joyeuse facétie fut la création des agents de la
brigade fluviale, vite baptisés « agents plongeurs » par la foule
goguenarde, témoin, chaque jour, de leurs promenades

ennuyées le long du fleuve. La monomanie des grandeurs avait
gagné jusqu'à la préfecture de police. Est-ce donc qu'on avait
escompté davantage de suicides après faillite? Par bonheur, les
« agents plongeurs » furent de bons, de doux inutiles, d'ailleurs
bien stylés, et fort complaisants aux étrangers en quête de
renseignements. Mais de mémoire d'homme nul ne les vit
plonger, — pas même faire le geste de dérouler la longue corde
tannée qu'ils portaient en bandoulière et qui devait leur servir
à repêcher le pauvre monde en détresse.

Une caractéristique encore de cette Exposition, ce fut son
manque absolu de clarté, son incommensurable désordre. Dans
aucune autre l'étude n'a été aussi difficile.

Pendant cinq ou six ans, on nous a exalté les bienfaits de la
classification logique pour aboutir à ce résultat d'englober
l'exposition de la parfumerie dans le palais des Fils, tissus, vêtements, alors qu'il existait un palais spécial des Industries
chimiques. Je donne là un exemple entre cent.

Cependant les étrangers, eux, s'efforçaient de dégager la
logique qu'on leur avait dit exister à flots dans cette classification, et les mieux doués y parvenaient presque. Il y eut, à la
section allemande des Industries chimiques, précisément, une
vitrine où l'on nous montrait le bois et tous ses dérivés dans un
ordre, dans une disposition d'une clarté admirable. Mais rien
de ce qu'organisa, — si je puis dire! — le Commissariat général français n'arriva même à approcher cette perfection.

L'embrouillamini résulta, au surplus, en grande partie de la
construction même de certains palais. Ceux des Invalides, sous
le rapport de l'incommodité, de l'impropriété, atteignaient au
sublime. Le légendaire Dédale n'eût pas fait mieux en s'appliquant. Il y a telles classes que j'ai visitées, certains jours où le
bon hasard me guidait par la main, et que jamais, jamais plus
je n'ai pu dénicher quand j'ai voulu en faire les honneurs à des
amis. Et pour retrouver une porte de sortie dans ce labyrinthe

de couloirs, de recoins sombres, d'escaliers, d'annexes et de
sous-annexes, il fallait une chance providentielle. J'avais, sur
les derniers jours, renoncé à tout parti pris de sortir par une
porte plutôt que par une autre, et surtout je me gardais fort
d'annoncer par avance à ceux qui voulaient bien m'accepter
pour guide l'endroit où nous allions tomber. Je serais mort de
honte au bout de trois déconvenues, moi qui, cependant,
pouvais, je crois, sans vantardise, me targuer de connaître
autant qu'homme au monde une Exposition où je vivais depuis
quatre ans. Jugez des agréments qu'éprouvaient les autres, les
passants!

Des spécialistes m'ont affirmé n'être jamais parvenus à découvrir, dans ces palais combinés pour tous les égarements, les
choses qui les intéressaient et qu'on leur avait signalées, tant il
est vrai que la logique n'était que dans les imaginations des
organisateurs, et sur le papier.

Ajoutez à cela que la pénurie des moyens de communication
ne rendait pas précisément les recherches faciles. Ce trottoir
roulant, qui eut beaucoup de succès et qui aurait pu en avoir
davantage, tournait, à l'intérieur de la grande foire suivant le
plus court circuit, et précisément avec le même itinéraire que le
chemin de fer électrique. Ils desservaient à peu près la rive
gauche; mais la rive droite était totalement déshéritée. Et ce
n'est pas dans ce livre que je pourrais vous dire la vraie
raison de cet oubli. Mais tout cela, vous le voyez, portait la
marque indélébile d'un esprit aussi peu pratique que peu
clair.

Une autre chose plus grave, en ce qu'elle a déterminé bien
des désastres, et qu'elle a, d'autre part, produit sur les représentants accrédités des puissances le plus déplorable effet, ce fut
le mercantilisme féroce, la rapacité, digne de Shylock, de
l'Administration. Sans parler de pauvres restaurateurs ou marchands de vins, ou tenanciers de danses du ventre qu'on a mis à

mal, des pauvres exotiques qu'on dut renvoyer dans leurs foyers aux frais de la préfecture de police, ruinés et désabusés, on raconte des faits à peine croyables, comme l'aventure de ce Commissaire général étranger qui, excédé des prétentions du Directeur des finances, aima mieux payer sur sa cassette personnelle le bout de jardin dont il voulait entourer le pavillon construit déjà à beaux deniers comptants, que d'avouer à son gouvernement les exigences qu'il subissait.

On a fait argent de tout, et, à ce point de vue, l'entreprise a été d'un scandaleux exemple, d'une immoralité pernicieuse. D'un autre côté, on a irrémédiablement compromis, au dehors, le renom de gentilhommerie, de haute urbanité de la France. Je passe sur ce sujet pénible, où j'aurais trop à dire.

Cette Exposition était-elle même bien utile? Et quel profit pouvions-nous raisonnablement espérer en retirer? Évidemment l'issue d'un plébiscite qu'on ouvrirait sur la question de savoir s'il convient de recommencer au bout d'une nouvelle période décennale ne serait pas douteuse. Et tandis que, dès le lendemain de la fermeture de la précédente, on prenait déjà ses dispositions pour la fête prochaine, je vois mal un ministère, un député prenant, au printemps prochain, la même initiative.

Depuis cinquante ans qu'on en fait, on a discuté abondamment sur l'utilité et l'inutilité des Expositions universelles internationales, sur leurs avantages et sur leurs inconvénients. Si tant est qu'elles aient eu, une heure, leur raison d'être, cette heure-là est loin. Et je ne saurais mieux résumer ici la discussion qu'en donnant l'opinion d'un homme qui a réalisé ce miracle d'être à la fois un économiste éminent et un écrivain charmant, M. de Molinari :

« Les Expositions, universelles ou non, a-t-il écrit tandis qu'on préparait celle-ci, n'attirent, il faut le dire, qu'une faible partie de visiteurs sérieux, économistes et technologues, qui cherchent à se rendre compte des progrès de l'industrie, industriels intéressés à connaître les produits de leurs concurrents ;

la grande majorité se compose de simples curieux pour lesquels une Exposition est une foire agrandie et perfectionnée, mais qui n'offre pas à l'intelligence des plaisirs sensiblement supérieurs à ceux qu'elle trouve dans les foires à roulottes. »

Si probante, si décisive que soit cette opinion, j'y ajouterai quelques mots.

D'abord, au point de vue de la diffusion des idées ou des inventions, la vanité des Expositions est aujourd'hui absolue. Pas de découverte, actuellement, pas d'application nouvelle d'un principe connu qui, moins de trois mois après sa venue à la lumière, ne soit adoptée dans le monde civilisé tout entier, dans tous les pays où elle est susceptible d'être jamais accueillie.

Il n'y a peut-être pas deux engins, dans toute cette Exposition si énorme, que la vieille Europe contemple pour la première fois, ou que l'Amérique ait une première occasion de voir chez nous. Quoi ? une lampe à incandescence sans ampoule, voilà ce qu'on signalait comme découverte sensationnelle.

Cette Exposition était particulièrement inutile ; et ceux qui ont assumé la charge de l'organiser, et qui sont censés suivre, depuis dix ans, la marche du progrès le devaient savoir pertinemment.

En revanche, ce qu'on peut le mieux, le plus sûrement s'approprier, dans une manifestation pareille, ce sont les procédés, les tours de main, les modèles relevant des arts industriels. Or, puisque notre goût prétendait, hier encore, à régenter le monde, malgré tout, avions-nous une si grande hâte de nous livrer ainsi à nos concurrents? Cette question, je l'avoue, ne s'est posée bien nettement dans mon esprit que l'après-midi où je vis, à l'Esplanade, deux visiteurs évidemment étrangers d'allures, s'installer au café, à une table voisine de la mienne, et croquer, presque en cachette, des objets qu'ils venaient de voir, dont ils avaient encore les dessins vibrants sur la rétine, pour les emporter quelque part et les imiter, plus ou moins adroitement, plus ou moins élégamment.

Est-ce donc là ce que nous cherchions ?

Nos voisins d'outre-Manche, notamment, les vrais inventeurs des Expositions universelles, y ont depuis beau temps renoncé. Ils viennent, à l'occasion de celle-ci, de renouveler l'exposé de leurs doctrines sur ce point, ajoutant toutefois, assez insidieusement, qu'en somme nous pouvons bien, nous, continuer à convier périodiquement les nations à des tournois de ce genre, puisqu'il n'y a que chez nous qu'ils font recette, parce qu'il n'y a que chez nous que les nations s'amusent.

Ce serait charmant si ce n'était d'une si cruelle ironie.

Oui, certes, comme entrepreneurs de fêtes publiques, de réjouissances, nous avons fait nos preuves, et même nous n'avions pas attendu cette Exposition, par bonheur : l'expérience eût été par trop peu concluante.

Car l'Exposition de 1900, ayons le courage de le reconnaître, cette Exposition, dont on s'était promis tant de plaisir, n'a point tenu, à beaucoup près, ce qu'on attendait d'elle, et je puis bien, je pense, sans trahir des confidences amicales, consigner ici qu'elle a déçu ceux-là mêmes qui s'étaient dévoués avec le plus d'entrain, de conviction à son succès, qui s'étaient donnés à elle corps et âme.

Elle fut triste.

D'abord, la malchance s'acharna longtemps contre elle. Ici, des accidents, là, des incendies de paquebots, de ces superbes paquebots qui devaient, précisément, lui amener d'Amérique des visiteurs; un peu partout, des guerres, des deuils, des peuples attristés, et peu enclins à courir s'amuser. Et puis, les organisateurs eux-mêmes étaient des gens moroses, évadés pour la circonstance de leurs cabinets d'étude, et comme fâchés d'avoir été forcés de lever un moment le nez de leurs bouquins. Enfin, là où il eût fallu, par extraordinaire, un danseur, on avait mis un calculateur.

Les rares fêtes qu'on tenta d'organiser furent, en grande majorité, affligeantes. Jamais on ne pouvait complètement animer le cadre édifié pour de truculentes bamboches. On avait notamment mutilé, massacré l'ancienne Galerie des Machines en bâtissant au beau milieu une Salle des Fêtes. Qu'a-t-on fait pour justifier cette ruineuse extravagance? La Salle des Fêtes ainsi créée contre toute raison n'a pas servi six fois, au total. Il en allait de tout à l'avenant! L'Administration de l'Exposition, et partant l'Exposition elle-même, furent incurablement chagrines et renfrognées.

Quelques-uns des Commissaires généraux étrangers, gentlemen accomplis, ont essayé de donner des fêtes, des réceptions. Ils n'eussent pas demandé mieux que de faire davantage encore. Mais en face de l'abstention du Commissariat français, thésaurisant sordidement, cette attitude de gaieté et de mondanité prenait l'allure d'une satire. Ils se sont tenus bien sages et l'ont regretté amèrement. Nous y avons perdu!

Mais ce ne sont point là les seules déceptions qu'entraîna cette kermesse maussade. Il en est de plus sérieuses et de plus dommageables.

Les entreprises de ce genre sont de puissants stimulants des appétits. Que de convoitises déchaînées! que de rêves ouvrirent toutes grandes leurs deux ailes dans les cerveaux! Et pour quels résultats?

Dans le domaine de la morale, une Exposition universelle n'est pas seulement inutile; elle est néfaste et condamnable, et il faut une bonne fois faire litière des rengaines journalistiques sur les « assises pacifiques », des lieux communs sur les « fêtes du travail ». Ce après quoi courent tant de gens d'allures désinvoltes, ce sont ou des honneurs ou des louis d'or.

Que d'avidités aiguillonnées, inassouvies plus tard, j'ai vues grouiller autour de moi! que de concupiscences, que de gabegies, consommées ou tentées, de marchandages de consciences! que de brigues, d'envies délirantes, féroces, de rages, aussi! Que de

désirs, en moi-même, dont j'ai rougi plus tard! Et que de
découragements! Et de même qu'ayant si savamment préparé
la « rigolade » énorme, on n'a réussi qu'à créer le morne ennui,
de même, ayant cru tout organiser pour recevoir la Fortune,
on n'a vu débarquer que la louche Faillite. Qu'advint-il de ce
brave cabaretier de Givet, je crois, ou de Rethel qui paya dix-
sept mille francs la location d'un terrain de huit mètres carrés,
pour avoir le droit d'y débiter du saucisson et du coco?

Un plaisantin, un quelconque histrion à qui l'on demanda
la « cantate de l'Exposition » — car enfin, « il faut bien que tous
les arts vivent », — mettait dans la bouche de paysans le
chœur admirable, et si élégant, et si juste de ton que voici :

> Lorsque, de Paris, la lumière
> Aura bien enchanté nos yeux,
> Revenus dans notre chaumière
> Nous n'en travaillerons que mieux.

Folle ineptie! Et quel crime d'aligner des mots avec une
telle inconscience!

Eh non! Monsieur! quand vos Bretons auront vu six mois
« de Paris la lumière », comme vous dites, ils brûleront de
demeurer dans la grand'ville, dans l'espoir d'y jouir un peu,
eux aussi, des plaisirs qu'on leur aura fait miroiter certain
soir, et pour y crever, tout doucement, en fin de compte, de
misère et de tuberculose dans quelque hôpital, aux abords des
usines de Saint-Denis ou d'ailleurs. Et voilà! Et s'il n'y a que
demi-mal à ce que des gargotiers, des hôteliers, ravis en des
songes éperdus, s'éveillent brusquement hors du lit, la tête
ecchymosée sur le plancher, il est pénible de penser à tant de
pauvres diables amorcés sur leurs landes, au seuil de leurs
chaumines par de grossières annonces, par des cantates sans
rime ni raison, ou par des couplets de journalistes pour un
pareil leurre.

J'ai dit, maintenant, de l'Exposition tout le mal que j'en avais à dire. On peut se demander, et je me le suis demandé moi-même, en ma bonne foi, s'il convenait de crier ainsi ces choses sur les toits.....

Eh bien oui, après tout, car d'autres sont tout prêts à nous les dire. Ne voyez-vous pas, déjà, de quel ton de feinte commisération les voisins et amis vous parlent, et avec quels airs compatissants ils gémissent : « Elle méritait mieux !... quel dommage !... quel grand dommage ! » Or, j'estime qu'il vaut mieux confesser soi-même ses fautes ou ses misères que de se les entendre reprocher par autrui.

Maintenant, voici le bien que je pense :

Tout d'abord, si l'Exposition de 1900 ne fut, suivant le mot de M. de Molinari, qu'une foire comme les autres, du moins a-t-on fait le possible pour la rendre instructive, éducatrice, avant même, nous l'avons vu, de songer à la rendre amusante.

Cherchez à vous remémorer, vous tous qui l'avez parcourue en détail, l'amas des choses intéressantes que vous y avez dénichées en fin de compte, les trésors amoncelés dans son enceinte, si nombreux qu'on en arrivait parfois à déplorer l'immensité d'un tel effort pour un résultat si éphémère : les musées dépouillés de leurs toiles, de leurs marbres, de leurs bibelots les plus précieux; les collections particulières libéralement vidées pour le plus grand profit de tous, — rare et bel exemple de solidarité, d'altruisme; — des peuples même, et des monarques, se séparant pour quelques mois d'œuvres inestimables, nous les confiant, ce qu'ils n'eussent peut-être fait à personne au monde, — ô prestige de la chère France ! — et tout cela réuni composant un ensemble tel qu'il faudrait à un homme d'étude avide de le connaître en son entier, courir le monde sa vie durant pour retrouver, dans les vitrines, aux murailles où elles vont retourner demain, tant d'œuvres d'art. Et encore! quel touriste serait assez accrédité, quel voyageur assez tout-puissant pour être admis, par exemple, dans les chambres de laque et d'or qui recèlent, en temps ordinaire, les trésors que nous envoya l'empereur du Japon? dans les temples d'où sont venus tant de chefs-d'œuvre immortels, avant cette aventure inconnus?

Dans tous les coins, dans tous les palais, au Trocadéro, aux Champs-Élysées, devant ces merveilles, des conférences, des causeries, des leçons : des spécialistes, des hommes distingués, parfois uniques chacun dans leur partie, condescendant à faire part aux foules du savoir longuement et péniblement acquis sur un point d'art, de littérature, de science ou de sociologie; l'exposition entière devenue une école incomparable, vivante, de par la vertu de cette idée admirable qu'on avait eue d'y placer, dans divers groupes, des machines en marche, de montrer l'agent producteur en action entre la matière première et le produit manufacturé, tandis que les musées centennaux — une autre idée féconde, et grandiose, — nous initiaient, pour chaque classe, aux variations du goût public au cours du siècle, ou aux progrès réalisés dans tel ou tel champ de l'activité humaine, nous révélaient l'histoire complète d'une industrie ou d'un art. La leçon de choses eût été plus parfaite encore si l'on avait, mettant en pratique une autre conception du plan primitif, organisé dans les classes où il y avait lieu des ateliers collectifs, montrant nos ouvriers, nos artisans rois de tous par l'adresse, par l'esprit. On ne l'a pas voulu ou pas pu. La faute en retombe sur les obstinés ou les incapables!

Toutes les tares, en somme, toutes les imperfections ne sauraient prévaloir contre ces faits prestigieux.

L'œuvre fut d'une splendide ampleur, et tout imprégnée d'un désir ardent de bien et de beau. Si le résultat n'a été que partiellement atteint, c'est peut-être parce que rien de ce que cherchent à réaliser les hommes ne saurait être parfait ; c'est aussi parce que M. Alfred Picard qui est doué de rares qualités, — d'une énorme et prodigieuse puissance de travail, surtout, — mais qui a, comme contrepartie, des défauts non moins éclatants, et qui, en tout cas, quoiqu'il en pense, d'ailleurs, n'est, pas plus qu'homme au monde, universel, compta trop sur lui-même et sur lui seul et ne sut pas s'entourer des collaborateurs nécessaires; qu'il ne put embrasser la tâche énorme qu'il avait assumée, et qui était surhumaine et à la taille d'un héros. Fatal orgueil!

J'envie les gens qui sont venus passer huit jours seulement parmi nous, et puis s'en sont retournés éblouis, sans avoir eu le temps d'apercevoir ces taches qui nous ont gâté, à nous, bien souvent notre plaisir. Ils sont heureux d'emporter dans leurs yeux, de conserver au plus profond d'eux-mêmes une vision de beauté parfaite, d'immarcessible splendeur!

Pour moi, je rends pleinement hommage à l'énormité de l'effort et rougirais de faire état des seuls résultats. C'est pour l'idéal que poursuivit un homme qu'il faut le révérer, non pour le but à mi-chemin qu'il a pu atteindre, exténué, trop faible pour aller plus haut. Je m'incline donc.

La perspicacité, — si j'en ai bien, — n'étouffe pas en moi l'esprit de justice. Je puis sentir le manque de mesure, de goût, de cette foire du monde, me rendre compte de ses imperfections, et pourtant reconnaître la grandeur de l'intention.

Il est certain que l'Exposition n'a pas été la « synthèse du siècle » qu'on avait rêvé de nous donner; qu'en architecture, elle est une trahison des efforts que soutiennent autour de nous quelques artistes; qu'elle ment, à moins qu'elle ne nous veuille signifier, démontrer la définitive déchéance du bâtisseur en pierres, de l'échafaudeur de colonnes et d'architraves, et le prochain avènement d'un constructeur logicien, audacieux dans ses déductions, comme elle nous fait toucher du doigt, devant telles vitrines arrangées par des commis de Vienne, la vanité de cette prétention du « calicot » français d'être le premier, le seul étalagiste du monde.

Il est certain encore que si elle avait résumé ce siècle « plus agité qu'il n'a été grand », selon la parole d'Ernest Chesneau jugeant sa première moitié, ce serait surtout par l'activité fébrile, et parfois un peu désordonnée, qu'elle a déterminée dans le monde, et surtout chez nous.... Sans reparler ici de quelques autres côtés, moins jolis encore, hélas! sur lesquels je ne veux pas m'appesantir, sans parler non plus des marchandages et des intrigues qui s'agitèrent tout autour d'elle, avec ses diplômes et ses médailles pour appâts.

Pourtant, accordons-lui cet hommage : en nous liant les mains, en certaine occasion, elle nous a peut-être rendu service; elle a évité de nouveaux désastres; et même, si, tandis qu'elle poursuivait sa carrière, le canon tonna, le sang coula au sud, à l'est, elle eut tout de même une influence pacifique, reconnaissable à maints symptômes.

Dans tous ces congrès qui se sont tenus au disgracieux palais du Cours-la-Reine et qui sont peut-être la plus belle partie de l'œuvre de cette année qui s'achève, bien des idées ont été échangées qui n'eussent pu, parfois, prendre leur vol nulle autre part que chez nous; des frôlements, des rapprochements se sont produits dont les conséquences ne peuvent être que bienfaisantes; des hommes se sont connus qui ne pourront plus jamais, quoi qu'on fasse, se haïr. Le résultat déjà est inappréciable et fait pour inspirer quelque fierté, et pour consoler de bien des déboires.

Et maintenant, comme disait gaillardement M. Alfred Picard, un jour qu'il avait bien promené, sur les chantiers, le ministre d'alors, et maintenant, allons travailler sérieusement! Mais, de grâce, que cette Exposition soit la dernière! Voilà le vœu que doit nous suggérer notre intérêt aussi bien que le souci de notre tranquillité.

# TABLE

BIBLIOTHÈQUE

48859. — PARIS, IMPRIMERIE LAHURE

9, rue de Fleurus

# LIBRAIRIE DES MATHURINS

DUJARRIC et Cie, Éditeurs, 5o, rue des Saints-Pères.

## EXTRAIT DU CATALOGUE (*Ouvrages divers*)

48859. — Imprimerie LAHURE, rue de Fleurus, 9, à Paris.